ひなた商店街

山本甲士

潮文庫

ひなた商店街

装幀：重原隆
装画：田尻真弓

1

近江貴仁は実家の前で自転車を降り、敷地の外から家屋を眺めた。十年ぶりぐらいだろうか。そう、父方の祖父である直弘じいちゃんの葬儀のために帰郷して以来のはずだ。

低い柵に沿って植えられているコニファーやベニカナメの木は、最近剪定されたようで、形が整っていた。クマゼミがワシワシと合唱しているのは、おそらくベニカナメの方だろう。昔はよく葉に抜け殻がくっついているのを見かけたものだ。

そろそろ西日が差してくる時間だった。既に九月の中旬だが、日中は真夏と変わらない蒸し暑さが続いている。セミの鳴き声がツクツクボウシに変わるのは、まだ先だろう。

そういえば子どもの頃、夏の夜にベニカナメの枝につかまったセミの幼虫が羽化するところを目撃し、何度も出て行っては経過観察をしたことがあった。小三ぐらいだったろうか。結果、夏休みの自由課題はその様子を下手くそなイラストつきでレポートにしたのだが、同じクラスの山北くんから「図鑑を見て写しただけやん」と言われてケンカになり、山北くんはその後も主張を譲らなかったので遊ばなくなった。後で知ったことなのだが、山北くんのお父さんはその頃亡くなっていたらしいので、もしかしたらそのことが彼の態度に影響していたのかもしれない。

二階建ての家の外壁は、最近塗り直したようで、ぱっと見は新しそうに見える。二階の裏側にある部屋が貴仁の部屋だったのだが、今は何部屋になっているのだろうか。

カーポートに車がなかった。車を運転するのは親父の明(あきら)だけのはずなので、今は両親共に出かけているか、親父だけが出かけていて母信子(のぶこ)は在宅のどちらかだろう。

後者であることを願いつつ、自転車を押して敷地に入り、玄関ポーチ前に自転車を駐めた。エアコンの室外機がコオオオーッと空手の息吹きみたいな音を立てている。母ちゃんは在宅らしい。

玄関チャイムを鳴らすと、インターホンからの応答はなく、代わりに「はーい」という返事と共に足音が近づいてきた。

玄関戸のすりガラスに小柄な姿が映り、ロックが解除される音がしてドアが開き、母ちゃんが「ああ、お帰り。暑かけん、はよ入り」と言った。貴仁は「じゃあ、ちょっとお邪魔するわ」と中に入った。

リビングダイニングはエアコンが利いていて、自然と「ふーっ」と声が出た。

キッチンから母ちゃんが「麦茶でよかね？　それともビール飲むね？」と言ってきたので貴仁は苦笑しながら「麦茶もらうわ」と答えた。

母ちゃんが二人分をコップに入れて、盆を使わず手で持って運んできた。ダイニングテーブルに向かい合って座り、母ちゃんが「あらためて、おかえり」とコップを掲げたので、貴仁も合わせて「あ、ただいま」と応じた。

母ちゃんは紺色のTシャツに白のジャージという格好で、首にタオルをかけていた。久しぶりに見る母親は、予想していたほどには老け(ふ)た様子がなかったが、白髪が増えて、髪のボリュームも減ったようではあった。

実家の麦茶の味は久しぶりで、子どもの頃に汗だくで帰宅して一気に飲み干したときのことがよみがえった。

「お土産、ありがとうね。気を遣わせて悪かったね」

飛行機などでの移動は身軽にしたかったので、両親の口に合うかどうか確かめることなく、宅配便で箱入りの豆大福を送っておいた。

「親父さんは？」

「またこれ」と母ちゃんは両手で麻雀牌(マージャンパイ)を持ち上げて積み上げる仕草を見せた。「昔からの麻雀仲間もみんな年金暮らしになって、暇(ひま)でしょうがないんやろね。毎日のように呼び出しの電話がかかって、いそいそと出かけとるよ」

　貴仁は親父に対して、子どものときには、父ちゃん、と呼んでいたが、思春期以降はあまり話をしなくなったせいもあって、特定の呼びかけ方をしなくなった。何か用事があるときは「あのさ」などの前置きをすれば話ができたので、必要性がなかったともいえた。第三者に対しては父親のことを「親父さん」と表現することが何となく定着した。

「もしかして、賭け麻雀だとか？」

「負けた方が場所代とか飲み物代を払うぐらいなんじゃない？」母ちゃんはそう言ってから「お父さんってほら、自分のことはあまり話さない人やから」と続けた。

　親父は、若い頃は保険会社の調査員をしていたが、興信所の社員に転職し、三十代のうちに独立、その後長らく興信所の所長をやっていた。所長といってもスタッフのいない個人経営だったが、年金の支給が始まったのを機に引退したと、母ちゃんから聞いている。もともと秘密主義的なところがある人物で、貴仁も仕事の話を聞いたことはない。

「母ちゃんも親父さんも、体調とかは？」

「まあ、二人とも特に問題はなかよ。明け方に目覚めてしまうとか、脂っこい食べ物が入らなくなったとか、そういうのはあるけど。あ、そういうたらこの前、お父さん、リンゴを喉（のど）に詰まらせて、顔を真っ赤にして苦しんだことがあったんよ。高齢者が食べ物を喉に詰まらせて窒息死って、ときどきあるやん」母ちゃんは他人事みたいに顔をしかめて片手で叩く仕草をした。「そやけん、あわてたけど、救急車呼ぶ前に吐き出すことができて、やれやれやったよ」

「ふーん、それは気をつけんと。親父さん、右足の具合は?」

「まあ、日常生活には支障がないから。引きずるような歩き方は今も変わらんけど、別に痛くはないって」

親父は交通事故のせいで右足が少し変形している。事故があったのは、貴仁が既にアクション俳優を目指して上京した後のことで、夜間に歩いていたところを若者が乗るバイクにぶつけられたということや、しばらく入院していたことなどは知っているが、その若者がどんな処罰を受けたのかとか、賠償金はどうだったのかといったことまでは聞いていない。電話で母ちゃんは「人生の中で運の量は決まってるんよ。今回の事故のお陰で、この後はいいことがあるやろ」と淡々とした調子で言っていた。

「貴仁の方は体調、どうなん。この前の電話では、体力的にもう無理っぽいとか言うとったけど」

「まあ、若い頃に較べたら疲れが取れにくくなったり、殺陣のシーンのときに足がつったりっていうことがあった程度で、別に大きな怪我や病気はしとらんよ」

「そう、それはよかった。で、功一さんの店で働かせてもらうってことは、もう佐賀で暮らしていくってことなんかね」

「まあ、そういうことやね」

功一さんというのは、母ちゃんの妹である弓子おばさんの夫、小日向功一のことで、この実家から五百メートルほど西にある白岩商店街で、こひなたというおでん屋を夫婦でやっている。子どもがいないせいで店を継ぐ者がおらず、近い将来廃業するつもりだったのだが、できれば貴仁に託したいと言ってもらって、仕事を覚えることになったのだ。

「功一さんも弓子も喜んどったよ」と母ちゃんがテーブルの上にあったうちわを手に取って自分の顔をあおぎ始めた。「功一さんは腰痛持ちやし、弓子は関節リウマチでもう店に立つのはきついって言うとったけん。そやけどアルバイトの募集をしても若いコたちは来てくれんしねえ。まあ、そらそうたい、若いコは同年代のコらと一緒に楽しく働きたいやろし。もうすぐ古希っていうおじいさんがやってる店なんてねえ」

古希という言葉を聞いて、貴仁は思い出した。

「そう言うたら親父さんは、去年古希やったんやね」

「あー、そうそう」

「しまった。古希祝いとか、何もしとらんやった」

「ええよ、気にせんでも」母ちゃんは貴仁に向けてうちわを振り、緩い風を送ってきた。「あんたがアルバイトしながら売れない役者を続けとったけん、おカネがないってことぐらい、お父さんも判っとるよ。そのポロシャツ、えりがくたびれとるね」

「そう？」

「ズボンも何か作業ズボンみたいなんをはいて」

「これはチノパンたい。はき古しとるけんシワが寄っとるけど、作業ズボンやなか」

「何にしても、もうちょっとちゃんとした身なりをした方がよかよ」

「うん」

「お父さんの七十の誕生日には、二人で武雄温泉に日帰りで行って来たよ、一応古希祝いってことで」

「あー、そやったん。いや、甲斐性のない息子で申し訳ない」

「ほんまよ。大学もちゃんと出て、普通に就職してくれると思うとったのに」

「へえ、返す言葉もございません」貴仁は頭を下げた。「親父さんは、何か言うとった？」

「特には何も。功一さんの店に住み込んで働くことになったって伝えたときは、ちょっと間があって、それから、へえって。ちょっと半笑いやったね」

どうせ役者なんて無理やと思うとったたい、ほうれみろ——そんなところだろうか。

「でも、おでん屋を継いだとして、やっていけるんかね」母ちゃんがちょっと眉根を寄せた。「あの商店街、見て来たやろ」

「うん。知らん間にアーケードがなくなっとったね」

「老朽化して、部品みたいなのが落ちてくるようになったけん、作り直すか撤去するかってなったんやけど、既にシャッター通りで店舗数が少なすぎて、撤去するおカネもなかったんやて。それで、肥前(ひぜん)市が第三何ちゃらっていうのを作って——」

「第三セクターやろ」

「そうそう、そこがおカネを出してアーケードを撤去する代わりに、商店街組合に代わって今後どうするかを決める決定権っていうの？　それを握られたっていうんやから、いつ商店街がなくなるか判らんのやない？」

「みたいやね」

「もともと二十店舗程度の小さい商店街やったけど、シャッター下ろす店が続出して、今では五、六店舗しかないんやなかった？」

「えーと、おでん屋こひなたを含めて五店舗やね」

「要するに、とっくに商店街やなくなっとるんよ。おでん屋にしても、お客さんあんまり入っとらんようやし。市役所とＪＡの人とか、ご近所さんとか、そういうお客さんが来てくれとるみたいやけど、先細りしかないって弓子が言うとったよ。もし商店街がなくなったら、功一さんも弓子も多分、移転とかせんで廃業するんやなかかね」

「まあ、母ちゃん、そういうことは百も承知でオレは店を手伝うことにしたんやけん、あんまりごちゃごちゃ言わんで。店がなくなったらそのときはそのときでまた仕事探せばええことやし」

「そういうお気楽なセリフは二十代の若者が言うことやろ。あんた来年四十やろ。四十っていうのは昔は不惑の年って言われたんよ」

「判ったって」貴仁は苦笑しながらうなずいた。「四十直前になっても惑ってばかりのバカ息子で、すまんこってす」

ちょっと言い過ぎたと思ったのか、母ちゃんは「やっと佐賀に帰って来たというのに、そんな話ばっかりして、ごめん」と軽く頭を下げた。「まあ、あんたの人生やけん、他人様に迷惑かけるようなことをせんのなら、好きにしたらええ」

母ちゃんはそう言ってから「孫の顔を見るのは、あきらめた方がよさそうやねー」とわざと視線を落として寂しそうに続けた。母ちゃんのこの攻撃は、過去に何度か食らっている。対処法は何も余計なことは言わず、ただただ申し訳なさそうに下を向くことである。

数分後、貴仁は、親父さんがいるときにまたあいさつに来るから、と言い置いて暇を告げ、外に出て自転車にまたがろうとしたときに、白いマークⅡが敷地内に入って来た。フロントガラス越しに、親父のしかめっ面があった。

今もまだ同じ車とは。貴仁が小学校高学年の頃には既に親父はこの車に乗っていたので、もう三十年以上になる。何と物持ちのいい。

貴仁が自転車を駐め直してその場で待っていると、マークⅡのエンジンを切って親父が降り立ち、右足を少し引きずる歩き方でやって来た。ぼさぼさの髪は真っ白になっていたが、顔はさほど老けた感じはしなかった。

「わざわざあいさつに来たんか？」としわがれた声で言われ、貴仁は身構える気持ちで「うん」とうなずいた。

「母さんから聞いたが、功一さんと弓子さんが長年やってきたおでん屋を乗っ取ろうとしとるそうやないね」

嫌みな言い方から入られて、貴仁の方もかえって緊張が解けた。もしかしたらガン無視かもしれないと思っていたので、それと較べればマシだ。

「人聞きの悪い言い方をせんで」と貴仁は顔をしかめた。「おじさんもおばさんも、引き継いでもらえるって、喜んでくれとるたい」

「そうですか。それは失敬」親父は意地悪そうな笑い方をした。「まあ、お前が真面目におでん屋で修業をして仕事を覚えて、誰にも迷惑をかけんでやるというのならオレがいちゃもんつける筋合いはなかけん。お前がアクション俳優になるとほざいて東京に出て行ったが、四十を前にして、結局は芽が出ずにあきらめてこっちに帰って来たことも、オレたちが孫の顔を見る機会はもうないやろうということも、ネチネチといじるつもりもなか」

もうたっぷりいじっておきながらこの言い方。貴仁は「ダメな息子ですいやせんね」と返した。

すると親父が急に鋭い目つきになった。

「お前、まさかと思うが、お母さんにカネを貸してくれ、みたいなことを言ってないやろうな」

「そんなこと言うわけなかろ」つい声が大きくなった。「この年になって、何の結果も出せんかったことも、孫の顔を見せてやれんことも、申し訳ないと思うとるよ。そのことを謝れち言われたらなんぼでも謝るよ。そやけど、これ以上さらにカネを貸してくれなんて、言うわけがなかろうもん」

心の中で、自分の息子を何やと思うとるんか、とつけ加えた。

数秒間、にらみ合うように視線がぶつかったが、親父が急に気味の悪い笑顔になった。

「それならよか。オレたちはお前に老後の面倒を見てもらうつもりなんてなかけん、そのための備えもしとる。その代わり、お前もオレたちを当てにはせんでくれと念押ししときたかっただけたいね。別にケンカしたいわけやなかけん、今のは忘れてくれ」

親父はそう言うと、急にあらたまった態度になって、両手の指先までまっすぐにして、「功一さんと弓子さんの店、よろしく頼みます」と頭を下げた。

貴仁があわてて「あ、うん」と応じると、親父はもう目の前に息子なんていないかのように視線を玄関に向けて、家の中に入って行った。

ドアが閉まる音と共に、急にセミの鳴き声が大きくなったような気がした。同時にこめかみからほおにかけて汗が流れた。


自転車でおでん屋に戻る途中、川向こうに広がるタマネギ畑を眺めた。かつてここ肥前市白岩町には、電機部品メーカーや紡績工場があり、地域の雇用を支えていたのだが、四半世紀ほど前にいずれも撤退してしまい、今では主要産業といえるのはタマネギとレンコンの栽培ぐらいしかなくなった。お陰で若者たちは職を求めて出て行き、JRや路線バスも本数が減り続けている。地盤が弱いとかで高層建築物もなく、遠くに山々が連なり、手前には民家と畑。のどかな風景ではあるが、活気のなさはどうしようもない。

民家の一つから、ランニングシャツにステテコという、都心部ではほとんど見かけなくなった格好をした赤ら顔で小太りのおっちゃんが小型犬を連れて出て来た。そのますれ違おうとしたが、向こうの方から「あれ、近江さんとこの息子さんかね？」と声をかけられたのでブレーキをかけた。

見覚えがあるような、ないような……記憶をたぐって、町内会で役員をしていた人だと思い出した。こども祭りのときに焼きそばの屋台をいつもやってくれていたおっちゃんで、酔っ払って公民館の前で寝入ってしまったのを見たことがある。年は多分、もう八十ぐらいだろうから、おっちゃんというよりじいさんである。

貴仁は、相手の名前を思い出せないまま「ああ、これはどうも、ご無沙汰してます」と会釈した。小型犬は散歩を続けたいらしく、リードをぐいぐい引っ張っている。

「あんたのお母さんから聞いとったよ。アクション俳優をやっとったんやろ」

「ええ、まあ」

「映画とかドラマとか、出とったんね？」

「時代劇の斬られ役とか、忍者役とか、あと子ども向き戦隊ヒーロー番組の怪人とか、そんなのばっかりでした」

「じゃあ、顔はあんまり映らんやったんやね」

「そうですね」

「つい最近、あんたのお母さんに会うたときに、息子さんはどうしとんさっとって聞いたんよ。そしたらアクション俳優やっとったけど辞めて、こっちに帰って白岩商店街のおでん屋で働くことになったんでまたよろしくお願いしますって言われて」

「あー、そうでしたか」

　こういう地方の小さな町は、本人が知らないところでこうやって個人情報が漏れて、変な尾ひれがついて拡散してゆくのである。このおじさんが知っている程度のことは、結構な数の人たちにもう伝わっていると考えた方がいいだろう。

「まあ、しょうがないよね」とじいさんは半笑いで続けた。「人気俳優になる人なんて、ほんの一握りやけん」

「ええ……」

「こう言うたらあれやけど、あんた、ちょっと顔つきが地味やもんね」

　たいして親しくもない相手にそこまで言うかね。貴仁はむっとなる気持ちを抑えながら、「おでん屋、よろしくお願いします」と話題を変えて軽く頭を下げた。

「あー、あの商店街ねえ」じいさんは半笑いのままうなずいた。「昔はにぎわっとったけど、今はさびしいもんやねえ。あの場所で大丈夫かね」

「まあ、頑張ろうと思ってます」

「そうやね、頑張らんとね」

「はい」

　小型犬が我慢できなくなったのか、キャンキャンと吠えだした。じいさんは「おー、ごめんごめん、散歩の途中やったもんね」と小型犬に言い、「そしたら」と貴仁に断って歩き始めた。

今度おでん屋に行かせてもらうよ、ぐらい言えよ。

おでん屋は、昔の民家っぽい格子戸(こうしど)作りの外観で、こひなた、と書かれた木製看板が上に掲げられているが、地元の人たちはみんな、おでん屋としか呼んでいないようである。

店は八人がけのカウンター席と、二人がけのテーブル席が四つしかないこぢんまりした造りで、営業はランチタイムと、夕方から午後十時頃まで。店ができたのは確か、貴仁が中学生になった頃だったので、四半世紀以上続いていることになる。弓子おばさんに聞いたところによると、商店街がシャッター通りと化したため夜間は客が集まらず、最近はランチタイム客と、近所からの注文を受けての配達で何とか持っているという。

貴仁が店側から中に入って「帰りましたー」と声をかけると、奥から黒いポロシャツに白い三角巾という、ラーメン店のスタッフみたいな格好をした小太りの弓子おばさんが姿を見せて、「タカちゃん、お疲れー。姉さんたち、何か言うとった？」と言った。

貴仁は「ええ」とうなずいた。「弓子おばさんと功一さんに迷惑かけんように、早く仕事を覚えろと言われました」と適当に答えておいた。

「荷物の整理、するやろ。夕方まで店の手伝いはよかよ」

弓子おばさんはそう言ってから、両手を腰に当てて「ふーっ」とため息をついた。関節リウマチという持病を抱えていることもあり、今後は貴仁が仕事を覚えてゆくのに合わせて弓子おばさんの方は店に出る時間を減らし、奥の住居スペースで休ませてもらうからよろしく、と言われている。

貴仁は「ああ、すみません」と頭を下げてから、「荷物の整理はすぐ終わるんで、仕込みの手伝いはできると思います」と言った。

「仕事は別に難しいことなんてないけん、バイトの延長みたいな気持ちで気楽にやってね」

「ええ。あまり気を張らずにやらせてもらいます」

「居酒屋のアルバイト、ずっとやっとったんやろ」

「ええ。厨房（ちゅうぼう）もホールもやりました」

「そしたら即戦力たいね。うちの人、貴仁くんが来てくれたお陰で、奥の調理場に座ってテレビ見ながら仕事ができるって、喜んどるよ」

功一おじさんは、昔テレビ放映された『子連れ狼（おおかみ）』『座頭市』『木枯らし紋次郎（もんじろう）』などが好きで、再放送専門の有料チャンネルをよく見ているのだという。おでん屋の大将にしては寡黙な人で、酔っ払い客の話し相手も苦手で、奥の調理場からは出たがらないのだと、弓子おばさんは苦笑交じりに言っていた。

貴仁は奥の調理場に入り、おでんの仕込みをしている功一おじさんにも「実家に顔を出して来ました」と声をかけ、さきほど弓子おばさんに言ったのと同じような報告をした。

弓子おばさんとおそろいの黒いポロシャツを着て、頭には白いタオルを巻いた功一おじさんが、椅子に座って読んでいた新聞紙をたたんで、「そうね。お疲れさん」と笑ってうなずいた。ほおに傷跡があり、ぱっと見はちょっと怖い印象があるが、温厚で口下手な人である。貴仁が二十代のときに一度、旧友に会いに上京したからと言われて声がかかり、うな重をおごってもらったことがあるのだが、会話はあまり弾まず、少し居心地の悪さを感じたことを覚えている。

調理場には、四角い大型の電気おでん専用鍋が調理台の上に置いてあり、具材がそれぞれ仕切られて入っている。カウンターの内側は狭くてカウンター客に料理を渡すスペースしかないので、注文を受けたらそのたびに奥の調理場に取りに行く必要がある。

その他、調理場にはガスコンロにも大きな平たい鍋が置いてあり、新たなおでんが待機している。

関東のおでんは、だしの色が濃いことが多いが、こひなたのは関西のうどんのように澄(す)んでいる。特に店主のこだわりというわけではなく、業者から取り寄せる白だしをそのまま使っているのだという。具材も基本、業者が持ってきたものをまとめて煮るだけだから、仕込みの作業自体はさほど込み入ったものではない。ゆで卵を作って殻(から)をきれいにむくことが最も手間のかかる作業だろうか。おでん定食につけているタマネギサラダにしても、電動フードスライサーがあるので、手作業が必要なのは皮むきと盛り付けぐらいである。その他、おでん定食につける豚汁も作っているが、これもたいして手間のかかるメニューではない。要するに、店内での仕事は単純作業に近いわけで、アルバイトの若者にやらせてもすぐにこなせる内容である。

その仕事をアラフォー男が引き継ぐわけか。貴仁は自嘲気味に小さくため息をついた。

功一おじさんに「ちょっと荷物の整理をしてきます」と断りを入れて、隣にある休憩室へと入った。店の奥は普通の民家のような住居部分があり、功一おじさんたちが住んでいる。貴仁は休憩場所として使われていた四畳半の和室を間借りすることになり、荷物は前日に届けられている。

ふすまを開けて部屋に上がると、弓子おばさんが気を利かせてくれたのか、既にエアコンが入っていて、涼しくなっていた。押し入れが開いているのは、匂いや湿気を取り除くためだろう。下段には半透明の三段衣装ケース。見たところ新品のようだったので、弓子おばさんがわざわざ用意してくれたらしい。

部屋の隅には、新しい布団がたたんで置いてあった。事前に貴仁は、何も用意しなくていいと言ってあったのだが、「布団はちょうど余ってるのが一つあるよ」と弓子おばさんから電話で言われている。本当は、新品をわざわざ購入してくれたのかもしれない。

貴仁がここに送ったダンボール箱は四つ。新宿の市ヶ谷にある安アパートを引き払うときに、不要なものは処分し、これがすべての持ち物となった。

新しい生活、新しい人生。だが、さすがに心機一転という感覚にはならない。ふさわしい表現は何かといえば、やはり都落ちだろう。

荷物整理はすぐに終わり、調理場にいる功一おじさんに「荷物整理、終わりました。何をしましょうか」と声をかけると、ゆで卵の殻むきを頼まれた。

ゆで卵の殻をきれいにむくコツは、殻にたくさんのひびを入れた状態で水に浸けておいて、ちょろちょろと出ている水道水をかけながらむくこと。要するに、殻と白身の間に水を侵入させると、つるりとむけるのである。

その作業をしながら功一おじさんに「仕事中はおじさんとおばさんを何て呼べばい

いですかね。大将と女将さんでいいですか？」と聞いてみると、功一おじさんは「そうやね、お客さんたちもだいたいそう呼んでくれとるから」と答えてから、「タカちゃんはタカちゃんのままでよかね？」と聞かれた。なんだか頭の悪いコみたいな感じがして少し抵抗があったが、他にいい呼び方が浮かばなかったので、「あー、いいっすよ」と応じた。

小さなおでん屋なので、このときむいた卵は二十個ちょっとだった。それが終わったときに、弓子おばさんがやって来て、「タカちゃん、お店で使う黒いポロシャツ、買いに行っておいで」と言った。

「あー……それってここのユニフォームやったんすか？」

「ユニフォームっていうほどのもんやないけど、何となく私らはそうしとるから、あんたもそろえてくれんね」

「はい、判りました」

弓子おばさんは、白岩商店街にある今池洋品店に電話しとくから行って受け取るだけでいいと言うので、貴仁はそれぐらい自分で払うよと答えたが、お店のユニフォームなんやけんお店の経費で落とすのが筋たい、と返された。

アーケードがなくなったせいで日射しが入って明るくなったのはいいが、暑さも入ることになった。人通りはほとんどなく、あっても通り抜けるだけの人ばかりである。

今池洋品店は、いかにも地方の小さな町で見かける洋品店という感じの外観である。おばさん向けの服が店頭にたんまり吊るされていて、陳列ワゴンにはストッキングやらサンダルやらが積まれている。店内に入る手前に天井から頭の高さまで透明なカーテンが下りているのは、エアコンの冷気ができるだけ外に逃げないように、ということらしい。

すみません、と呼びかけると、陳列の陰から出て来たのは、ヒョウ柄のゆったりめTシャツに黒いパンツ姿の、化粧の濃さが少し気になる、六十代後半ぐらいと思われるおばちゃんだった。弓子おばさんよりもさらに太っているので、ヒョウのしなやかな体形とはかけ離れているが、なぜかヒョウ柄がしっくりくるのが不思議である。

貴仁は小学生の頃、登校は最短ルートを通ったが、下校時はしばしば、クラスメイトらとつるんで白岩商店街を経由する遠回りルートを通ったものである。そのせいでどこに何の店があったのかはだいたい覚えており、洋品店があったことも知ってはいるが、直接買い物などはした覚えがないので店主のおばちゃんとは初対面かもしれない。

貴仁が、「こひなたから来ましたー」と言うと、今池のおばちゃんは両手を腰に当てて貴仁を品定めするように見回し、「体形はしゅっとしとるけど、俳優の顔はもっと目鼻立ちがはっきりしとらんとねえ」と半笑いになった。「おでん屋の弓子さんから聞いとったよ。アクション俳優をやっとったんやて?」

やはり知られていたか。これだからこの町は。

貴仁は「ええ……」と苦笑しながらうなずいた。

「弓子さんに甥っ子がおることは聞いとったけど、アクション俳優をやっとったとはねえ。時代劇とか、子ども番組とか?」

「ですね」

「そしたら、バク転とか、バク宙とかもできるったい」

「ええ」

「今でも?」

貴仁は、まさかここでやって見せろなんてことを言い出したりしないだろうなと不安を覚えつつ「一応」と答えた。

「身軽なんやね」

「それだけが取り柄で」

小学生のときに体操教室に通っていて、アクロバティックな動きはそこで身につけたのだが、いちいちこのおばちゃんに教える必要はないだろう。

「私らが子どもの頃は、そういう曲芸みたいなことができる子はみんな、おカネのために大道芸人に売り飛ばされた子たちやと思うとったがねー」

ひどい偏見である。だがこのおばちゃんの世代はそんな感じだったのかもしれない。

「顔がテレビに映ったこともあったとやろ」

「あるっちゃあるけど、斬られ役とかそんなんやったんで、映るのは一瞬のことで。子ども向きのも怪人ばっかりで」

「あー、そう。初期のゴジラとかウルトラマンの中に入っとった人は、欧米で大人気で、おじいさんになっても、ファンのイベントに呼ばれたりしとるそうやね。そういう人のことは何て言うんやったかね」

「スーツアクターですか」

「そうそう。あんたもそれやったわけたいね」

「まあ、そうなりますかね」

「まあ何にしても、こっちに帰っておでん屋で働くことにしたっていうんやけん、頑張りんさいね」

心の中で、黒いポロシャツを早くくれよとツッコみながら「はい。どうぞよろしくお願いします」と頭を下げた。

心の声が届いたのか、今池のおばちゃんは「ああ、黒いポロシャツやったね」と両手をパンと叩き、「ごめんねごめんねー」と小声で言いながら奥に引っ込み、包装されていないむき出し状態の黒いポロシャツを二つ持って来た。

Mサイズのとしサイズの二種類。体重六十キロのやせ型でLサイズを着ると、肩の位置が合わないことが多い。身体に当ててみると、やはりMサイズがよさそうだった。

貴仁が「じゃあ、こっちを」と受け取り、「どうもー」と会釈して行こうとすると、今池のおばちゃんは「あんた、おでん屋で働くって言うても、ほんのしばらくの間の話なんやろ」と言った。

「へ？　それはどういう……」

「この商店街自体、いつまで続くか判らんよ。残ってる店も少ないし、高齢者が多かけん、これからさらに店が減るやろし。おでん屋さんも、大きい声では言えんけど、ぎりぎりトントンぐらいやろ」

「はあ」

「来てくれて早々にこんな話するのも何やけど、ここに未来はなかよ。できるだけ早いうちに、安定した就職先を探しんさい。悪いことは言わんけん」

何という、やる気をなくす言葉。でもこの商店街の衰退ぶりを見てきての本音かもしれない。

そのとき、「あれ？　オウミか？」という男の声がしたので振り返った。近江をチカエではなくオウミと呼ぶのは、小中学校時代の知り合いしかいない。

ノーネクタイのワイシャツにグレーのスラックス。首にかけたネームタグが胸ポケットに入っている。やや大柄で、丸刈り頭にとろんとした目つき。年を取っていてもすぐに判った。中学の野球部で一学年先輩だった正然良夫だった。

2

カウンター席の真ん中辺りに座っている正然は、瓶ビールを持ち上げて軽く振ってから、「もう一本、頼むわ」と言った。カウンターの内側に立って、ときおり正然からビールをついでもらっていた貴仁が「大丈夫すか?」と尋ねると、正然は「これぐらい何ともなか。何ば言いよっとね」と笑った。

功一おじさんと弓子おばさんからは、夜に客からビールなどを勧められたときは自由裁量で適当に相手をしてやってくれ、と言われている。

貴仁は正然に「判りやしたー」と応じて、奥の調理場に行き、業務用冷蔵庫からビールの中瓶を出した。こひなたにはビールサーバーがなく、瓶ビールしか扱っていない。その理由は、この日の夕方から夜にかけての間に簡単に判った。客が少ないので、ビールサーバーなんか置いたら赤字になってしまうのだ。

　仕事の初日だというので、そこそこ気合いを入れて黒いポロシャツを着込み、頭には白いタオルを巻いたのだが、夜の六時を回っても客は全くやって来ず、七時過ぎに中年サラリーマン風の男性客が二人来て、おでん数品とビールを注文し、貴仁に対して「初めて見るけどバイトの人？」と聞いたので、大将と女将さん夫妻の甥で、近い将来ここを引き継ぐつもりで働き始めたことを説明したのだが、「へえ。頑張ってね」と興味なさそうに言われただけで、それからは客同士でひそひそ声で何やら仕事上のトラブルらしきことを話していた。

　その後、中年男性の一人客が何人かやって来て、おでんをつつきながらビールを飲んだが、いずれもあまり長居することなく帰って行った。一人だけ、貴仁と世間話をしたがる初老の男性客がいて、店内にエアコンが利いてるとこの季節でもおでんはいけるよね、みたいなことを言ってくれたが、この商店街をもっと活気づける方法を何か考えないとねー、と少し説教臭い言葉も口にした。その他、一見客らしい中年男性からは「生はないの？」とちょっと驚かれてしまい、「すみません」と作り笑顔で頭を下げた。

　お陰で大将、女将さん、貴仁が交代で夕食を摂るのは余裕だった。調理場であわただしく食べる必要もなく、奥の住居スペースのリビングダイニングで、おでんの具材の他、オクラ納豆、ニラ玉、焼き塩ジャケ、豚汁などを自由に選んで食べさせてもらった。

午後九時半になると客が完全に途絶えてしまい、女将さんに続いて大将も「用事があったら声かけて」と言い残して奥に引っ込んだ。貴仁が閉店時間について尋ねたところ、客が来なくなったら暖簾(のれん)を外して、たいがいそのまま閉店になる、とのことだった。客の入りは、週末ならもう少し多いときもあるが、平日はだいたいこんなもんだから、とのことだった。

そこへやって来たのが正然だった。午後に今池洋品店の前で「こんなところになんでおっとね?」と聞かれ、貴仁がざっくりと事情を説明すると、「じゃあ、夜に行くわ」と言ってくれたのである。

さきほどもらった名刺によると、正然は肥前市活性化事業組合事務局主査という、堅苦しい肩書きの仕事をしていた。要するに正然は肥前市役所の職員で、今はこの商店街を活性化させるため第三セクターに出向しているということである。主査というのはいわゆる係長職だが、係を持たない場合の呼称だという。

中瓶を持って店内に戻ると、正然はトイレに立ったようで、隅っこにあるトイレのドアに［使用中］の表示が出ていた。

待つ間に空き瓶を片づけ、カウンターを拭(ふ)き直した。

正然は中学の野球部で一学年先輩だったが、帰る方向が同じだったせいで一緒に帰宅することが多く、それぞれの学年にいる女子や好きなアイドルの話をしたり、互いのマンガ本を貸し合ったりする仲だった。正然はキャッチャー、貴仁はセカンドだったが、ウォームアップのキャッチボールではいつも正然から「オウミ、やろうや」と声がかかった。正然は市内にある正然寺という寺の息子で、あの頃はよく境内でキャッチボールをしたり、丸めた新聞紙をボール代わりにしての打撃練習をしたりしたものである。ちなみに正然が三年生のときも、貴仁が三年生のときも、夏の大会は初戦で強豪校と当たってしまって、一回戦負けだった。部員も少なく、顧問の先生も顔を出してくれないチームだったので、大差で負けたことよりもくじ運の悪さを悔しく思った。

正然に気に入られたのは、貴仁が一年生のときにバク宙を披露したことがきっかけだった。近くの中学校に出向いての練習試合が終わった後、現地解散となったのだが、そのときに二年生の命令で一年生が横一列に並ばされて、一人ずつ何か面白いことをやって見せろと言われたときだった。他の一年生部員たちは、芸人のモノマネをしたり、ひょっとこ踊りをしたり、アニメの有名シーンを再現したりしたのだが、貴仁は「面白いものを思いつくことができないのでバク宙やります」と言い、助走なしでその場でやってみせたところ、軽いどよめきが起き、後で正然から「すごかねー、お前。

なんであんなことができっと？」と話しかけられて以来、距離が近くなったのだった。貴仁としても先輩から一目置かれるというのは悪い気がしないので、正然から何か誘われたときはできるだけ応じるようにしていた。「日曜日、大人っぽい格好をして、中古ＤＶＤ店にエッチなやつを買いに行こうや」と誘われたときも、ほいほいついて行った。結局二人とも買う勇気がなくて手ぶらで帰ったのだが。

　中学卒業後は別々の高校になり、それからはずっと疎遠のままだった。貴仁はてっきり正然は寺を継いだのだろうと思っていたので、肥前市役所の職員というのは少々意外だった。さきほど正然が語ったところによると、いつか退職して住職になるかもしれないが、現時点では決めていないし親も特に何にも言ってこない、とのことだった。正然の方は貴仁がアクション俳優を目指して上京したことは人づてに聞いていたという。

　トイレから戻った正然とは、再び昔話に花が咲いたが、やがて白岩商店街の現状についての話に切り替わると、互いに笑顔が消えることとなった。

　貴仁が佐賀県内の大学を出た後、就職しないでアクション俳優を目指すために上京した頃、既に白岩商店街は活気が失われていたが、それでもまだ十店舗以上が営業していたという。しかしその後、一店また一店とシャッターが下りてゆき、それに伴って人の姿も減り、今では五店舗のみとなった。夜に酒類を出す店は、おでん屋こひなたと、白岩亭という中華そばの店のみだが、いずれも客の入りは悪く、以前はよく利用してくれていた肥前市役所やＪＡ白岩の職員も、庁舎近くの国道沿いにある居酒屋、焼き鳥屋、韓国料理店やカラオケ店に流れてしまった。そちらの通りの方がＪＲ肥前白岩駅にも断然近く、スーパー、ホームセンター、学習塾などもあって、人の通りも多い。

正然からあらためて、第三セクターができた経緯を聞いた。白岩商店街のアーケードが老朽化して、部品が落下する危険性ありと専門家が診断したが、既に商店街組合に撤去費用を捻出（ねんしゅつ）する財力はなく、一年ちょっと前に肥前市が地元の建設会社や不動産会社などと共同出資して第三セクター、肥前市活性化事業組合を設立。アーケードの撤去費用をその第三セクターが負担する代わりに、白岩商店街組合の議決権などの権限は活性化事業組合に移された。今のところ活性化事業組合は、空き店舗を買い上げて、新規入店を希望する業者がいればその審査をし、それに通れば良心的なテナント料で貸し出すという事業で活性化を図る、としており、これまでに若者向けの古着店、女性専用パーソナルトレーニングジム、スイーツカフェの三店舗が仮営業を始めたのだが、いずれも客が集まらず、短期間で撤退してしまったという。

正然によると、市の上層部は白岩商店街を更地（さらち）にして、地元の若者を雇用してくれそうな会社や工場を誘致する方向で検討しているらしいという。「活性化事業組合は商店街を助けるというより、安楽死させるのが本当の目的たい。誘致する企業が決まったら、これまで活性化を試みていろいろ頑張りましたがダメだったので方針転換しますって表明する気なんよ」と正然は小声で言い、さらに「みんなはっきりとは言わんだけで、最後はそうなるんやろな、とは思っとるんよ」とつけ加えた。

正然が、手酌で自身のコップに注ぎながら、「オウミは、彼女とかは?」と尋ねた。

「カネも将来性もないアラフォー男ですよ」貴仁は苦笑しながら片手を振った。「そんなの、いるわけなかでしょ」

実は帰郷する少し前までは、いた。小塚美々という五歳年下の女で、貴仁が働いていた居酒屋の常連客だった。貴仁が売れないアクション俳優だと知って興味を持ってくれたようで、やがてデートをするようになり、ときどき美々が一人住まいをしているアパートに泊まりに行くようにもなった。美々はエステサロンのスタッフをやっていた。

貴仁の方は結婚も考えていたのだが、帰郷して親戚のおでん屋で働くことにしたと切り出すと、美々は困惑するでもなく、悲しそうな顔をするでもなく、「あんたって、持ってない男なんだよね。途中で気づいてたけど」と笑われてフラれた。はっきりとは確かめなかったが、美々の方は別れ話を切り出すタイミングを計っていたところ、渡りに船だったようである。

「オレは息子が高一なんやけど」と正然が言った。「今年の春から、福岡の高校に行っとるんよ。寮生活たい」

正然がそう言って口にしたのは、進学校として知られる高校だった。

「へえ、すごかですね。将来が楽しみでしょう」

「まあな。でもオレ自身はバツイチなんよ。元嫁は小学校の教師をしとる。ささいなことで言い合いをすることが多くてね。そういうのは、一緒にいる生活を積み重ねることで、互いに許し合えるようになるもんやと思うとったけど、オレらは違ったわ。時間が経てば経つほどどっちもイライラが募ってしもて」

「あー、そうなんすか。じゃあ、今は一人暮らしで」

「ああ、優雅な独身貴族たい」

ビールコップをコンとカウンターに置いて正然が「猪狩文具店のばあさんには会うたか?」と聞いた。

「えっ、あのばあさん、まだ生きてるんすか?」

猪狩文具店は、駄菓子屋も兼ねていたので、小学校時代には貴仁もずいぶんと通ったものだった。だが貴仁の記憶では、あの頃もう既に立派なばあさんだったのではないか。

「お前が今何を考えとるのか、当てちゃろ。生きていたとしても百歳ぐらいやないか、っちことやろ」

「ええ……」

「ところがどっこい、今はまだ八十過ぎたいね」

「えっ」頭の中で計算してみた。ということは……。「オレが小学生やった頃は、まだアラフィフやったんすか」

「そういうこと」正然は妙に自慢げな笑い方をしてうなずいた。「要するに、もともとフケ顔やったんが、年を取るに従って実年齢相応になってきたってことなんやろう。あのばあさん、昔から年寄り臭い格好しとったしな」

「あの頃もうあのばあさん、結構な白髪があったと思いますけど」

「五十代で白髪が増える人はまああおるたい」

「ああ……」

猪狩のばあさんはいつも、幼稚園児が着るスモックみたいな感じの、地味な色合いの服を身につけていた。そのスモックの両ポケットにはおつり用の小銭が入っていて、ばあさんは両手をポケットに突っ込んで、「はよ選ばんかね」と子どもを急かしながら、じゃらじゃらと音を立てていた。

ああいう服を着ていたのは今思えば、子ども相手の商売なので泥（どろ）汚れなどを店に持ち込まれることを想定してのことだったのだろう。あの頃の子どもの中には、まだ鼻たれ小僧もたまにいたし、爪先に得体のしれない汚れをため込んでいるやつもいた。駄菓子を選んでいる途中でも無意識に鼻をほじっているやつだっていた。

「よし」と正然はうなずいてから、ビールの残りを飲み干し、コップをカウンターに置いた。「今からちょっとあいさつに行こうや」

「猪狩のばあさんにですか？　遅くないですか？」

「仕事帰りに事務用品とか筆記具を買いに立ち寄る客がときどきおるけん、割と遅くまで店は開けとるんよ。この時間はまだ開いとるやろ」

「でも、オレのことを覚えとりゃせんでしょう」

「覚えとるったい」正然は顔をしかめて片手ではたく仕草を見せた。「オレが第三セクターの担当になってあいさつに行ったときも、オレのガキ時代のこと、信じられんぐらいに覚えとったけん。オレがスーパーボールくじで大きいのを当てて大喜びして、店ん中でバウンドさせて棚のガラス戸を割ったことまでしっかり覚えとったぞ」

「へえ」

「しかも、オレの母親が修理代金と一緒に持って行った菓子折がバームクーヘンやったことまで覚えとった」

ではさっそく行こうということになり、貴仁は店の奥の住居スペースに至る戸を開けて「すみません」と声をかけると功一おじさんが姿を見せないまま「何？」と返事をしてきたので、簡単に説明すると、「よかよ。店閉めて行きんしゃい。片づけはその後でよかけん」と返事があった。

猪狩文具店は、大きく取られたガラス窓のせいで、店内の様子が外からよく見える。開けるのに少し力がいるガラス戸の出入り口も当時のままで、正然がドアを押すと、キューッという変な音がし、勝手に閉まるときには店内の空気が動いて、奥にあるガラス戸が少し揺れた。そうそう、こんな感じだったとなつかしさを覚えた。このドアのお陰で、ばあさんは奥の住居部分に引っ込んでいたとしても、誰かが来たことを察知するのである。

「昔と変わってない感じっすねー」

そう言って貴仁は店内を見渡した。ガラス戸がついたスチール製の棚も健在で、ここにはやや高価なシャープペンシルやボールペン、絵の具セットなどが陳列されている。安い筆記用具は低い台に並んだ木箱に入っていて、自由に試し書きができるよう、ホチキスで留められたメモ帳みたいなのもあり、色とりどりの波線や模様などが残っていた。貴仁は小三ぐらいのときに、上級生の男子がこのメモ紙におっぱいを描いていて、それに気づいた同じクラスらしい女子から「バッカじゃないの」と言われて「えっへっへっ」と笑っているのを目撃したことがある。

左手の壁に、〔観相学（人相占い）承ります。三千円〕と丁寧な筆文字で書いてあった。

貴仁が「観相学って、人相占いのことなんか。顔の作りなんかを見ていろいろ占うんですかね」と聞いてみると、正然は「多分、そうやろ。オレもよくは知らんなあ」と答えた。

「ばあさん、昔からそんなのやってましたっけ？」

「やっとったらしいね。あんまり注文はないみたいやが」

「ふーん」

駄菓子コーナーも記憶のとおりで、フェリックスの十円ガム、クッピーラムネ、チロルチョコ、よっちゃんイカ、ビッグカツ、ココアシガレット、フルーツヨーグルトなどが透明な容器に詰まっているのを見ると、タイムスリップしたような気分になる。

上の壁には今もスーパーボールくじや、袋入りの大小のおもちゃが貼りつけられたくじの景品がかかっている。組み立て式の飛行機や、投げて落下させるパラシュートもあった。貴仁はこの店で、貯めた小遣いでゴムを巻いてプロペラを回す飛行機を買ったことがあり、一緒にいたクラスメイトが飛ぶところを見たいと言うので近くの児童公園に移動し、自慢げに「よし、見とけよ」などと言ってプロペラを目一杯巻いて飛ばした結果、民家の屋根を易々（やすやす）と越えてどこかに消えてしまい、後で捜し回ったが見つからなかったことがあった。あのとき、クラスメイトたちはなぐさめの言葉をかけてはくれず、「あーあ」「一回で終わったか」などと半笑いで言い合っていたので、殴（なぐ）りたくなったことも思い出した。

「オレが好きやったカルミンは作られんくなったとばい」と正然が言い、商品を入れるザルを手に取った。「せっかくやけん、ちょっと買って帰るか」

「おー、いいっすね」と貴仁もうなずいて自分用のザルを手に取った。「酒のあてになる駄菓子も、結構ありそうっすよね」

二人でぶつぶつ言い合いながらザルに駄菓子を入れているうち、誰かから見られているような気配を感じた。

正然は、駄菓子の品定めをしている。店の外は……人影なし。

店内を見回して、その正体と視線が合い、「わっ」とザルを落としそうになった。

文具コーナーの棚の上、貴仁よりも頭一つ分以上高い場所に、一匹の大きなトラネコがいて、貴仁を見下ろしていた。ネコがよくやる、前足を胸の下に隠す座り方をしている。

「正然さん、ネコがいますよ」

「ん？」正然は貴仁が指さした先を目で追い、「ああ、最近ここに居着くようになったらしかよ」とうなずいた。「耳の片方、先に切れ込みが入っとるやろ」

確かに左耳の先端が切れて、少し割れていた。

「もしかしてピアスの穴を空けようとして失敗して先割れしちゃったとか」

「んなわけなかろうが」

「冗談っすよ。確か、避妊手術とか去勢手術をしましたっていう印じゃなかったすか？」

「ああ。このコは女のコらしいから、避妊手術やろね。いわゆる地域ネコってやつで、特定の飼い主がおらんで、地域の人たちで面倒を見るっていうやつたい。このコは、最初のうちは商店街の周辺を行ったり来たりしとったらしいけど、ここが気に入ったようで、今ではほとんど飼いネコ状態になっとる」

そのとき、奥にある引き戸が開いた。

姿を見せたのは猪狩のばあさんではなく、胸に白い横線が入った緑色のジャージを着た、ちょっと眠たげな目をした小柄な女子だった。少し脱色した髪を後ろで束ねていて、前髪だけは短く切りそろえられている。

「あら、正然さん、こんばんは」とその女子が言った。「駄菓子の大人買いですか」

女子は関西弁のイントネーションだった。

正然も「やあ、お疲れさま」と片手を上げて応じた。「ちょっとオレの後輩をばあさんにあいさつさせようと思って連れて来たんやが、もしかしてもう寝たんやろか？」

「今、お風呂入ってます。湯船に浸かって、ちあきなおみの『喝采』を歌ってます」

そういえば猪狩のばあさんは昔、小声で歌謡曲をよく口ずさんでいた。

貴仁が「えーと……」と正然と女子を交互に見ると、正然が「あ、このコは――」と説明しかけたが、女子が「トリヤナミって言います。鳥取の鳥、屋台の屋、菜っ葉の菜、木の実の実」と、何度もやってきたらしい自己紹介をした。そのお陰で、頭の中ですんなりトリヤナミが鳥屋菜実に変換できた。

正然が「猪狩のばあさまの妹さんのお孫さんだってさ。今はここに下宿して、学校に通ってるんよね」と補足説明した。親戚の前なので正然は、ばあさんではなくばあさまにしたらしい。

「へえ、この時代に下宿かあ。どこの高校？」

貴仁がそう尋ねると、鳥屋菜実は「何で高校生やと思ったんですか？」と、ちょっとうれしそうに聞いた。

「その緑色のジャージ、高校の体操服かなと思ったから」

貴仁の返事を聞いた菜実は、「あー、判ってもらえてへんだかー」と自分の額をぺちんと叩いた。「このジャージは、『バック・トゥ・ザ・フューチャー』の終盤に登場した、ビフ・タネンが着てたジャージと同じモデルのやつなんです。学校指定の体操服やなくて、通販サイトでわざわざ探して手に入れたレアものでんがな」

でんがな……。貴仁は「あー、そう」と答えた。確かにあの映画の終盤でビフは緑色のジャージを着ていたが、あれはメタボ気味のおっさんのセンスのダサさを強調するために用意された衣装だったような気がする。あれを見て自分も同じジャージを欲しいと思う女子がいるとは、なかなか特殊なセンスの持ち主らしい。その一方で、初対面のおじさんにも遠慮なく話しかけてくれるところには好感を覚えた。

貴仁が「じゃあ、高校はもう卒業して」と言うと、菜実は「白岩女子大の二年です」と応じてから、「あ、大学行くときは着ませんよ、これ。さすがにそれはないない」と片手を振った。

正然が「このおじさんは、おでん屋こひなたで働き始めた近江貴仁って人。おでん屋さん夫婦の甥っ子」と言ったので、貴仁は「近江貴仁です」と軽く頭を下げた。「近江(おうみ)牛の近江と書いてチカエ。貴仁は鳥貴族の貴に、仁徳(にんとく)天皇陵(りょう)の仁」

「えーっ、近江って書いてチカエさんなんですか」なぜか菜実は両手を叩いて目を見張った。「私、滋賀(しが)県出身なんですよ。こんなところでオウミの人と出会うなんて、何かうれしいー」

貴仁は「オウミの人って……」と苦笑した。

正然が「菜実ちゃんが関西から来たのは知ってたけど、滋賀やったんやね」と言い、

「琵琶湖のある県やね」と続けた。

「正然さん」菜実がちょっとにらむようにして正然を見返した。「琵琶湖の面積、滋賀県の半分ぐらいあると思てるでしょ」

「あー、思ってる」

「やっぱり。関西以外の人あるあるで、みんな琵琶湖のイメージが大きすぎるんですよ。実際は約六分の一なんです。ちゃんと覚えといてください」

「へー、そうなん」

「はい、今ここでしっかり覚えましょ。オウミさんも」

貴仁が「いや、オウミやなくてチカエ――」と口をはさもうとしたが、菜実は手を叩いて「はい、琵琶湖は滋賀県の面積の？」

貴仁が正然にやや遅れて「六分の一」と答えると、菜実は「よくできました」と満足そうに拍手した。笑うと右側の八重歯の先がちらっと覗くことに気づいた。

買うことにした駄菓子を菜実に精算してもらい、新聞紙で作った袋に入れてもらった。貴仁が「へえ、エコ対策か」と感心すると、菜実は「エコとかいう言葉が流行るよりずっと前から、猪狩のおばあちゃんはこれやってましたよ」と言った。

そういえば、そうだったか。

「菜実ちゃんは」と新聞紙の袋を受け取った正然が言った。「滋賀の、大津市出身？

それとも彦根とか、そっち側？」

「私、コウカです。滋賀県コウカシ」

貴仁も正然と共に「コウカ？」と問い返した。

「漢字で書くと、甲乙丙丁の甲に滋賀の賀です。知ってるでしょ、有名なんやから」

「それって、コウガじゃないの？」と正然が尋ねた。

「世間的にはそっちの言い方が浸透してるみたいですけど、正式にはコウカなんですよ」

「へえ、そうやったんか」と正然がうなずいた。「確か、鈴鹿山脈を境に、近江の側が甲賀忍者、三重の方が伊賀忍者やった？」

菜実が「そうです、そうです、よくできましたー」とまた拍手した。

「このオウミのおじさんも忍者やったんよ、実は」

正然にそう言われた菜実は「へ？」と戸惑った表情になった。

正然がにやにやしながら「さて、どういうことでしょう」と聞いた。

菜実は貴仁をあらためて足もとから頭の先まで眺め回して、「根来忍者の末裔、とか？」と言った。正然が「ファイナルアンサー？」と尋ねると、菜実は「うーん……やっぱり風魔一族の末裔」と言い直した。

正然はしっかり数秒間ためてから「ブッブー。オウミのおっちゃんは、売れないアクション俳優やってて、忍者役もやってた人でした」と答えた。

「えーっ、そしたら現代のリアル忍者やないですかー、すごーい」と菜実は軽く跳びながら拍手した。お陰で貴仁は「売れない、はいらんでしょ」とツッコむタイミングを失った。

菜実はにわかに貴仁の経歴に興味を覚えたようで「どんな時代劇に出てたんですか？」「テレビに顔、映ったことあるんですか？」などと質問するのでそれに答えることになり、その流れで戦隊ヒーローものの怪人役もやったことも話すことになった。菜実はすかさず緑ジャージのポケットからスマホを出して検索し、「へえ、このザリガニ怪人、オウミさんなんや、すごーい」と目を見張った。

予想以上にほめられて、貴仁はかえって恥ずかしくなってきた。結局、顔を出してセリフのある役にはほとんどありつけなかった負け組だけに、菜実の反応がこそばゆい。

「じゃあ、バク転とかバク宙とか、できるんです？」

菜実がさらに尋ね、正然が「今もできるよな」と勝手に返事をした。

貴仁は「いやいや、今はやりませんよ。お酒も入ってるし」と慌てて片手を振った。

「頼んだら、そのうち見せてもらえます？」

「まあ……見せて減るもんじゃないから、別にいいけど」

「わーい、楽しみー」菜実はまた小さくジャンプしながら拍手した。「滋賀県甲賀市出身の私が佐賀県肥前市という遠く離れたところで、オウミさんっていう忍者やってた人と出会うやなんて、ものすごいシンクロニシティと違います？」

シンクロニシティとは確か、意味のある偶然ってことだったか？

別に意味なんてないだろうに。それにオウミじゃなくてチカエだってての。

とはいえ、若い女子が喜んでくれていること自体に悪い気はしないので、微笑(ほほえ)みながら「確かに、なかなかの偶然かもね」とうなずいておいた。

菜実からさらに「もしかして、忍者の衣装とか、持ってたりします？」と、期待のこもった目で見られた。正然が「そういうのは貸衣装だから。自前のはないよ」と言ったが、貴仁は「いや、一着だけ持ってますよ」と答えた。「アクション俳優の世界から足を洗うことにして、世話になった映像会社にあいさつに行ったときに、記念に欲しいものがあったらやるぞって言われたんで。使い古しの色あせたやつですけどね」

「そしたら、バク宙見せてもらうときは、その忍者の格好で是非お願いします。スマホで動画撮ろっと」と菜実から勝手に決められてしまい、さらには「おでん屋の仕事も忍者の格好でやったら面白いのに」と訳のわからないことまで言われた。

貴仁が「おでん屋で忍者が働いてたらおかしいだろ」と言うと、菜実は「おかしいことした方が面白いんちゃいます？」と笑って言い返された。

　やっぱり、ちょっと変わったコだ。

「オウミは、有名な俳優の知り合いとか、いるのか？」と正然が聞いた。

「有名ってことなら、南郷タケルがまだ無名のときにアクション指導をした縁で、先輩、先輩って慕ってくれた時期がありましたかね」

「おー、南郷タケル。『猟犬たちがゆく』っていう刑事ドラマ、オレ大好きで全回見たよ。南郷タケルは三番手ぐらいの役柄で、ときどき失敗して上から叱られる、みたいなキャラやったけど、今思えば彼がいたから話が面白くなってたんだよな。目がきりっとしてて、女性には今も人気あるんじゃないの。でも彼、もともとは戦隊ヒーロー出身だったかな」

「いえ、彼も実は最初、オレと同じく顔を出さない怪人や忍者だったんですよ。所属事務所がそういう俳優をそろえるところだったもんで。でもその後、あのルックスのお陰で顔を出してセリフもある役が増えてった感じですかね」

　南郷タケルには俳優を辞めることは伝えなかった。連絡しても気を遣わせるだけだろうし、最近はテレビなどで見かける機会が少なくなったようなので、あいつはあいつで大変なのかもしれない。

　菜実の、ん？という感じの表情に気づいた貴仁が「南郷タケル、知らない？」と聞いてみると、菜実は「すみません」と申し訳なさそうに頭を下げた。「私、お母さんの影響で、お笑い番組とプロレスばっかり見て育ったので。プロレスラーの名前とか得意技やったらいっぱい言えるんですけど」

　そのとき、棚の上で寝ていたトラネコが「ふんにゃあ」と不機嫌そうな声を出して、少し離れた場所にあるもう少し低い棚に飛び移ってから、床に着地した。迷いなく菜実の足もとに近づいて側頭部を彼女のすね辺りにこすりつけてきた。

　菜実は「にゃんこ師匠（ししょう）、うるさかったですか？　すんません」と、ジャージのポケットからネコ用のものと思われる横長ブラシを出して、その場にしゃがんでネコの頭周りをブラッシングし始めた。ネコは首を伸ばして、いかにも気持ちよさそうに目を細めている。

「にゃんこ師匠っていう名前なの？」と貴仁が尋ねると、菜実は「実ははっきり決まってないんです」と言った。「周りの人たちが勝手にトラとかシマジローとかチャタローとか呼んでるみたいなんで、私がにゃんこ師匠で統一しようとしているところで。この物怖（ものお）じしない風格っていうか落ち着き方、師匠って感じしません？」

「まあ、言われてみれば」

「にゃんこ師匠がこの店に居着いてくれるようになったのは、にゃんこ師匠っていう、敬意を込めた名前で呼んだからやと私は思ってるんです。ネコって繊細（せんさい）やから、そういうの、何となく判ると思うんです。ねー、にゃんこ師匠」

にゃんこ師匠は頭周辺のブラッシングだけでは満足しなかったようで、こっちも頼むとばかりに今度は菜実の方に尻(しり)を向けた。菜実は床に両ひざをついて「はいはい、仰(おお)せの通りに」と背中や身体の側面にブラシをかけた。ネコは頭を低くして、短めの尻尾をぴんと上に向けている。

そのさまは確かに、師匠の世話をする弟子、という感じではあった。

そのとき、奥の戸が開いた。地味なグレーのトレーナーを着て、頭にベージュのバスタオルを巻いた猪狩のばあさんが貴仁を凝視していた。

正然が「こんばんは」と頭を下げたので、貴仁もそれに倣った。

「あんたは確か」と猪狩のばあさんから言われて貴仁は「正然先輩の一コ後輩の近江です。小中学校の頃はお世話になりました」と頭を下げた。

「あー、覚えとるよ」と猪狩のばあさんは便所スリッパみたいな茶色の安っぽいサンダルをつっかけて、後ろ手に戸を閉めた。「あんたが低学年の頃に店の真ん前でおしっこ漏らしたことも、プロペラ飛行機は飛んだかねって後日聞いたら、いきなり遠くに飛びすぎてどこに行ったか判らなくなったとか言って泣き顔になったことも」

貴仁は動揺を隠して「そんなこと、覚えとかんでよかとに」と苦笑いした。

「私は記憶力はええのよ。飛行機なくしたとき、あんたがいつまでもめそめそしとったけん、内緒で駄菓子の袋詰めをやったけど、礼の言葉はなかったわな」

うわーっ。思い出した。そうだった。貴仁は「あのときは、ありがとうございました。今更になってすみません」と丁寧に頭を下げた。

「まあええ。あんたのお父さんが興信所やっとったときは、うちで事務用品いつも買ってもろた恩義があるけん、プラマイゼロにしちゃる」

菜実が「えっ、興信所って、探偵事務所？」と興味ありげな顔を向けた。

「探偵ちいうても」とばあさんが言った。「浮気調査とか、家出人の捜索とか、そんなんたい。菜実が思うとるような、シャーロック・ホームズとか金田一耕助とか、そういうのんやなか」

すると菜実が「それぐらい、判ってるって」と笑ってばあさんを叩く仕草をした。

にゃんこ師匠と目が合った。お前とここのばあさんの力関係は理解したぞ、とでも言いたげな顔つきだった。

「彼、おでん屋こひなたで働くことになりましたんで」と正然が口をはさんだ。「よろしく面倒見てやってください」

「ああ、こひなたさんから聞いた。俳優やっとったんやてな」

「ええ、売れませんでしたけど」

「判っとるよ、いちいち言わんでも」ばあさんは口もとをゆがめて笑った。「売れとったら今も向こうで活躍しとる」

「おっしゃるとおりで」

「まあ、おでん屋で働くってことなら、頑張りんさい」

「はい。よろしくお願いします」

「と言うても、この商店街、どう考えても長くは続かんよ。二十あった店が今はたった五店。私みたいな年寄りはともかく、あんたは商店街も店もなくなってからのことをしっかり考えとかんといかんよ。そもそもあんたの顔つき、商売向きやなか。人を上手く動かして利益を手にするタイプの顔をしとらんもんね。どっちかというと、あんたは他人に利用されるタイプの顔つきたいね」

　菜実が「おばあちゃん、人相占いを頼まれてもないのにそんな失礼な——」とたしなめる言葉をかけたが、猪狩のばあさんは「わざわざあいさつに来てくれたんやけん、サービスたい」と嫌みな笑い方をした。

　にゃんこ師匠が見上げている。心なしか、笑いをこらえているような表情に思えた。貴仁がしゃがんでなでようとすると、さっとかわされてしまい、にゃんこ師匠は文具類の棚の裏側に隠れてしまった。菜実が「にゃんこ師匠、お酒の匂いがする人が苦手なんです」とちょっと残念そうに言った。

　正然も「彼がお人好しってことなら、当たってますよ」と笑って話に入ってきた。

「野球部の先輩から、オウミのクラスにいるかわいい顔した女子を体育館の裏に呼び出してくれって頼まれたときも嫌がるそぶりもなくパシリやってましたし、オレがエッチな本を買いに行くからついて来てくれって頼んだときも文句言わずにつき合ってくれましたから」

思えば、野球部でも主将になる器ではなかったから誰からも推薦する声は上がらなかったし、飲食店のバイトでは「近江さんは仕事がさばけるから」とおだてられて気づいたら生ゴミ処理もやらされていた。アクション俳優時代にアクロバティックな動きや斬られ役の動きをアドバイスした後輩たちからは感謝の言葉をもらったが、考えてみればお人好しが過ぎたのかもしれない。元カノの小塚美々とのデートでは、飲食代はいつも貴仁持ちだった。別れたということは、たかられ損に終わったってことか……。

あいさつに来たという目的は達したので、貴仁と正然は「では失礼しまーす。おやすみなさい」と猪狩のばあさんに暇を告げた。ばあさんは頭に巻いたバスタオルをほどいてごしごしと白髪頭を拭きながら「はいはーい」と応じた。

外に出たとき、見送りに出てくれた菜実が「オウミさん、おばあちゃんが言ったこと、気にせんといてね」と声をかけてきた。

「へ？」貴仁は困惑した。「別に何も気にしとらんよ。人を上手く動かして利益を得るような器用さなんて持ってないし、他人に利用されるタイプっていうのも、ばあさんに言われて腑に落ちたっていうか、確かにそうやなって、笑いそうになったぐらいで」

正然が「菜実ちゃん、アラフォーのおっさんはナイーブな思春期男子とは違うけん、そんな気遣いは要らんよ」と笑って言った。

「へえ」菜実は感心した様子で腕組みをし、うなずいた。「ハート、強いんですね。若いコがあんなこと言われたら結構へこむと思います」

正然から「ハートが強いってよ」と笑って小突かれ、貴仁は「まあねー」と人さし指で鼻の下をこすって見せた。

店を後にしてすこし歩いたところで正然が一度振り返り、「いいコやね、あのコ」と言った。「オレらみたいなおっさんと話をするのを嫌がるどころか、楽しそうに相手をしてくれて」

「親のしつけがいいんでしょうかね」

正然は歩きながら「そうなんかもねー」などと生返事をしながらスマホをいじっていたが、「えーと、目・口・鼻・眉・耳の形や位置、その他姿勢や表情、骨格、ほくろの位置などから性格や能力、運勢などを占うもの」と言った。

人相占いについて検索したらしい。

「確かに顔つきって、性格が表れますよね。あごががっちりしてたら意志が強そうやし、目つきで気が強いかそうでないかもだいたい判るし。賢そうな顔っていうのも、あるっちゃある気がします」

「他の占いよりは、科学的根拠がありそうやな」

俳優の南郷タケルは、目にぎらついたところがあったし、ときどき歯を食いしばるような表情を見せた。俳優として生き残るタイプの顔と性格を持っていたということかもしれない。

元カノの小塚美々は顔立ちはいいのだが、きりっとしたところがなく、むしろちょっとトロそうな雰囲気があった。そういえば性格も、いろいろ考えたり悩んだりするよりは、なりゆきに任せたがるところがあった。

夜の薄暗いシャッター通りに、他に人の姿はなかった。おでん屋こひなたとは反対側の端っこから二つ目にある中華そばの白岩亭は明かりが灯っているようだが、客は入っているのだろうか。

「あのばあさんからは、オレもよう怒られたよ」と正然が言った。「あいさつに厳しかったよな」

「店に来たら、こんにちは、ごめんくださいと声をかけろってうるさく言われましたよね。帰るときはさようなら。猪狩文具店で大人へのあいさつをたたき込まれた気がします」

「そうたい。買った駄菓子を店内で食べるのはええが、ゴミを床に捨てたやつはむちゃくちゃ怒られとったよ。それを見て注意せんかった友だちも怒られて。間違ったことをした仲間をちゃんと注意せんやつは友だちやなかって」

「あー、思い出しました。店内でケンカしたら、仲直りするまで出入り禁止、とかね」

「その一方で、元気がなさそうなコを見つけたら、学校はどうねって声をかけたり、家が貧乏なコにはすぐ気づいてご飯は食べとるねってこっそり聞いて、奥でおにぎり食わしてやったり。オレのクラスに一人そういうコがおって、遠足のバスで隣になったときに、そんな話をしてくれたよ」

「へえ。そんな優しい一面があったんすか」

「オレ、高校に合格したときは、あのばあさんのところには報告しに行ったもん。実は祝いに上等のボールペンとかくれんかなあと思って」

「あ、オレも高校合格のときは行きました」

「何もくれんとやったやろ」

「ええ。でも、高校生はもう分別がつく年やし、あんたは頑張れるコやと思うけん、何の心配もしとらん、頑張りんさい、みたいな言葉はかけてもらいました」

「あー、オレのときもそんな感じやったかな……オレたち、本当はあのばあさんに、もっと感謝せんといけんかったんかもな」

商店街の出入り口で正然は「じゃ」と駄菓子が入った新聞紙の袋を掲げ、貴仁は「あ、ではここで失礼します」と一礼して見送った。

正然良夫。明るく振る舞ってはいたが、この人もこの人で、いろいろと大変なんだろう。

出向した第三セクターは、商店街のためと称してはいるが実のところ安楽死に立ち会うような仕事で、やりがいを見いだせるようなものではないだろうし。

帰宅すれば、あの人も一人。息子は寮生活。親子関係は上手くいってるのだろうか。

貴仁は、他人の心配をしてられる立場かよと気づき、苦笑して小さく舌打ちした。

夜空は雲があちこちかかっていて、星は数えるほどしか光っていなかった。

3

十日ほどが経ち、九月最後の週に入った。朝夕は多少涼しさを感じるようにもなってきたが、日中はまだ夏と変わらない暑さが続いていた。

貴仁はその間、地味におでん屋こひなたの仕事を覚え、功一おじさんと弓子おばさんからは、お陰で楽になった、と喜んでもらえたが、客の入りはあまりぱっとしないままで、ランチタイムも客の入りは多いときで七割程度、夕方以降は中年男性のなじみ客らが残業終わりに立ち寄ってくれたりはするが、おでん数品とビール一本だけというパターンばかりだった。貴仁は「あれ、新しい人やね」と言われて「近江と申します。よろしくお願いします」とあいさつすれば、それ以上のことを聞かれることはほとんどなく、関心を持たれていないことは明らかだった。

鳥屋菜実は、ときどき鍋を持って、おでんを買いに来てくれた。聞いてみると、猪狩のばあさんは以前から週に二回ぐらいの頻度で昼食や夕食のおかずにしているそうで、菜実が下宿するようになってからは、彼女が二人分を買いに来る役目を担うようになったという。ちなみに菜実は、鶏軟骨天という、鶏の軟骨が入った練り物が特に好きで、必ず四つ以上が注文に入っていた。先日、忍者装束になってバク転やバク宙をするという約束をしたが、菜実の方は忘れたのか、ただの冗談だったのか、その後あらためて催促されることはなかった。

貴仁は、弓子おばさんの代わりに店内で働き、調理場は功一おじさん、というのが基本的な役割分担になった。貴仁はその他、ご近所からの電話を受けておでんを配達する仕事もこなした。これがまあまあの頻度で、そのたびにジッパー付きポリ袋におでんと汁を入れて、徒歩か自転車で運ぶのだが、そのお陰でご近所の顔と名前を覚えることができた。来店客が少なくても店が持っているのは、この注文配達によるところが大きい。

同じ商店街の和菓子店、平田本舗を経営している平田のおばさんは、夕方に店を閉めた後、たまにこひなたに来てくれる。平田のおばさんが来たら弓子おばちゃんが奥から出て来て、おしゃべりの相手をするのだが、酒が入ると平田のおばさんは「この商店街はほんなこてもう終わりたい。そろそろ和菓子店もたたみたかけど、仕事を辞めてしもたら他にやることもなかし、暇を持て余すけん続けとるだけたいね。売り上げは下がる一方で、ちっとも楽しくなかけど」といった愚痴を口にした。弓子おばちゃんが上手いのは、平田のおばさんのそういった話に対して否定的なことは返さず、「店を辞めたら暇になるもんねー」などと相手の言葉を復唱して聞き役を務めているところだった。平田のおばさんは愚痴を聞いてもらうことで少しはすっきりするのか、帰るときには「ありがと。また来るねー」「はーい、またねー」と二人で割と楽しそうに手を振り合っている。

そんなある日の、ランチタイムが終わった頃、貴仁が注文配達のおでんを自転車で届けて戻って来ると、台帳のようなものを抱えた、髪をきっちり七三に分けた黒めがねのやせた男性が、功一おじさんに説明らしきことをしていた。その黒めがねの男性はノーネクタイのワイシャツを着て、ネームタグを首からかけていた。

功一おじさんは貴仁と目が合うと「あ、タカちゃん、ちょうどよかった」と手招きをし、来訪者の男性に「ほれ、話は彼に頼むわ」と言った。

やせた黒めがねの男性は貴仁に「ひぜんテレビでディレクターをやっております、オダと申します」と名刺を寄越した。小田兼一（けんいち）という名前だった。

その後、テーブル席に移動して小田氏から聞いた話は要するに、ひぜんテレビの夕方の番組で、おでん屋こひなたで短い食レポを撮影したい、というものだった。貴仁は知らなかったのだが、元女子プロレスラーで今は佐賀を拠点にローカルタレントをしているウォンバットエリカがレポーター役を務めているコーナーだという。アポなしで店を訪問して取材するというテイだが実際にはしっかり事前打ち合わせをいつもしている、とのことだった。

「で、さきほどお店のご主人にもお話しさせていただいたのですが」と小田ディレクターはやや上目遣いに貴仁を見た。「何かこう、インパクトのある演出みたいなのをお願いできないものかと思いまして」

「はあ？」

カウンターの向こうに引っ込んだ功一おじさんが「そんなことを言われてもねえ。

うちはただのおでん屋なんだし」と口をへの字にして肩をすくめた。

「ええ、それは重々承知しております」と小田ディレクターは功一おじさんの方を向いて言った。「ただですねー、レポーターがやって来て、おでんのメニューを紹介して、食べさせていただいて、あー美味しいってだけでは、視聴者さんたちの印象に残らないっていうか、お、あそこに行ってみようかってことにはなりにくいわけでして」

無言の間ができ、小田ディレクターが貴仁を見て笑ってうなずいた。

でしょ。そう思いませんか。そう言いたいらしい。

貴仁は相手の圧力をかわそうと「たとえば、今まで紹介したお店なんかは、どんなのがあったんですか？」と聞いてみた。

「そうですねえ」小田ディレクターは片手であごをなでて視線を上に向けた。「店主がビートルズファンだというカフェを取材したときは、店主さんがアコースティックギターを持ち出して『ヘイ・ジュード』とか『レット・イット・ビー』の弾き語りを披露してくれました。ある焼き鳥店の大将は俳優さんや芸人さんのモノマネをやってくれましたね。まあ、大きな声では言えませんがどちらもレベルはちょっと苦笑いして見るぐらいでしたけど」

するとと功一おじさんが「タカちゃんはアクション俳優やったもんね。バク転とかバク宙とかできっとやろ」と余計なことを言った。

「え？　アクション俳優だったんですか？　本当ですか？」と小田ディレクターが食いついてきた。「もう少し具体的に教えていただけませんか」

「時代劇の斬られ役とか忍者とか、戦隊ヒーローの怪人とか、そんなのをやってたってだけで、この店でお見せできるようなものじゃないですよ」

「うーん」と小田ディレクターは腕組みをした。「何か、その線で……その線じゃなくってもいいんですけど、何か考えていただけないでしょうか」

　功一おじさんが「何かそういう出し物みたいなのをせんといけんと？」と少しトゲのある口調で尋ねた。「うちはおでんの味で売ってるんやが」

「ご主人、おっしゃることはよく判ります」と小田ディレクターは少し慌てた様子で応じた。「お店のウリは美味しいおでん、もちろんです。ただですねえ、今までたくさんのお店を取材させていただいてきて、いつも残念に思うのが、いいお店なのに、もっと多くのお客さんに知ってほしいと思うのに、ロケの内容が地味な感じに終わってしまって、集客にはなかなかつながらないという現状がありまして。せっかく美味しいおでんを提供してくださるお店をテレビで紹介したのに、特に何も変わらなかったっていうのは、やっぱり寂しいじゃないですか」

「まあ、あんたが言わんとすることも判るけど」と功一おじさんは渋い顔でうなずいた。「でも、たいがいは普通に紹介しとるんやないんね」

「ええ、結果的にはそうなっちゃってますね。ただ私としては立場上、それでよしとしてたら番組の企画自体が終わってしまうことになるので、取材させていただくことになったお店には必ず、視聴者に強烈な印象を残すような演出を考えてもらえないかってお願いしてるんです」

「あー、そういうことね」と功一おじさんはうなずいた。「絶対に何か変わったことをせんといかんと思うたんやが、あくまでお願いなんやね」

「ええ、そうなんですが……」と言う小田ディレクターの表情には、こりゃダメそうだな、というあきらめの色が見て取れた。

「実際のロケはいつね?」と功一おじさんが尋ね、小田ディレクターが「できればあさっての夕方にお願いしたいのですが」と言った。

「テレビで店を紹介してもらえるんはありがたかことやけん、喜んで受けさせていただきますけど」功一おじさんはそう言って、視線を貴仁に向けた。「対応はタカちゃんに頼んでよかね?」

「へ?」

「オレはテレビとか映るの、苦手やもん。取材中は奥に隠れとくけん、あんたが対応してくれんね。どんな対応をするかは全権委任するけん。弓子も多分、同じことを言うたい」

貴仁は「えーっ」と言ったが、功一おじさんは「頼む」と手を合わせた。

小田ディレクターは、あきらかに落胆した顔をしていた。


その日の夕方、緑ジャージ姿の菜実がおでん屋にやって来て「おばあちゃんに聞いたんですけど、ひぜんテレビの『だいひぜん!』のロケが来るそうやないですかー」と妙にうれしそうに言ってきた。

開店準備が一息ついたところだった貴仁が「なんで知っとると?」と尋ねると、菜実は「おでん屋の女将さんから話を聞いた平田本舗のおばさんが、うちのおばあちゃんに教えに来てん」と答えた。年齢にかかわらず女性は噂話が好きだという説は、ただの俗説ではないようだ。

「ロケが来るからと言うても、普通に食レポするだけたいね」

「でも、ウォンバットエリカさんが来るねんやろ」

「名前はさっき聞いたが、よくは知らん。体重があるタイプやったかね」

「金網(かなあみ)デスマッチの女王と言われたあのウォンバットエリカをよくは知らないやなんて、オウミさん、人生の半分損してますよ」

そういえば菜実は、母親の影響でお笑い番組とプロレスばかり見て育ったと言っていた。

「じゃあ、すごい人なんだ」

「すごいなんてもんじゃないですよ。ヒールとして憎まれ役をやって、ネットではファンから誹謗中傷を受けたりカミソリとか下剤入りの手作り菓子が送られてきたりしてたらしいけど、リング外では老人ホームとか幼稚園とかを回る人形劇のボランティアスタッフをやったりしてた、すっごい心優しい人なんです」

言いながら感情が高まったのか、菜実は涙声になった。

「なら、見物に来たらよか」

「もちろんですけど、それよりオウミさん」

「オウミやなくて、チカエね」

「これはついに発動のチャンスやないですか。もちろんやるんでしょ」

「何を？」

「何をって、オウミ、お主、この期に及んで戯れを申すでない」菜実は急に変な言い方をしながら両手の人さし指を立てた。「この両手、どう致す？」

「頭に持っていったら、怒ってるポーズ」

「こうじゃろうが、うつけっ」

菜実はそう言って、片方の人さし指をもう片方の手で包み、忍者ポーズを取った。

「あのー、もしかして、忍者装束でロケに対応しろとおっしゃってる?」

「もちろんじゃ。視聴者に対する衝撃度の大きさは山のごとし、たちまち噂が広まって集まり来るお客は、砂糖菓子にたかるアリのごとしじゃ」

「お客さんをアリにたとえるのはどうかと思うが」

「やるのか、やらぬのか。やらぬなら、殺してしまえ、おでん屋男」

「おいおい、ひどいな、その言い方」

貴仁は腕を組んで考えた。確かに忍者装束で対応すればレポーターは驚いてくれるだろうし、話も弾みそうな気はする。視聴者も笑って楽しんでくれるかもだ。

「でも、おでん屋になんで忍者? ってなるだろう」

「なんでかは後で考えればよい。今はやるのか、やらぬのかじゃ。やらぬなら、やらせてみよう、おでん屋男」

そのとき、ちょっとだが、ひらめくものがあった。

「タイムスリップによって突如この商店街に現れた忍びの男が、生きるためにとりあえずはおでん屋で働いている、っていうテイでいくのはどうやろか」

現役の外科医が幕末にタイムスリップする設定のドラマ『JIN—仁—』が好きで繰り返し観たせいでそんな設定が浮かんだらしい。

「おー、よいではないか」菜実は拍手をした。「佐賀の忍びということなら、幕末の時代からやって来たという設定がよいのではござらぬか」

「左様でござるな」

「ござる、ござる。歴史の中で佐賀が特に目立ったのは幕末に決まっておるぞ。じゃが、そういう細かいことは後で考えればよい。では、やるのか、やらぬのか。やらぬなら、やるまで待とう、おでん屋男」

十数秒の魔の間、菜実はまばたきすることなく貴仁を見据えていた。

「まあ……やってみる、か」

「よく申した。ほめてつかわす」

菜実は満足そうにうなずき、うちわで貴仁を扇ぐ仕草をした。


翌日のランチタイムの後、再び菜実がやって来て、忍者装束を見たいとせがむので、貴仁はねぐらにしている部屋で着替えて店の外に立った。菜実の第一声は、「あーっ、思ってたのとだいぶ違う。でもこっちの方がリアルな気がするー」だった。彼女はさっそくスマホで動画を撮影し始める。

世間一般の忍者のイメージといえば、真っ黒か濃紺の忍者装束だろうが、貴仁が着ているのは色あせた藍染めで、色自体はダメージジーンズに近い。

「おい、そこの娘」貴仁は口もとを覆っていた布をずり下げて言った。「忍者装束というものは、そもそも存在しておらんのだ。本物の忍びは、日常は作物を育て、獲物を狩り、山菜や木の実、キノコ類を採取して暮らしながら、地道な訓練を積み、いざ忍びとして活動するときには普段の野良着にほっかむりをし、武器などを携帯するのじゃ。忍者がここにいますという格好は目立つのみで逆効果、そんなものは忍びでも何でもない。周囲に溶け込み、存在感を消すことこそが忍びじゃ。意味は判るか」

「おーっ、ほんまに昔からやって来た忍者みたい、格好いいー」

「そうか？」

「確かに忍者は目立ったらあかんのやから、町の中では町人になりすます、山の周辺では野良仕事をしてる人になりすますのが鉄則やね。目からウロコどす。ということは、その衣装は本物の忍者に近い格好なんや」

「ああ。この衣装はリアルなアクション時代劇で使われたもので、わざと色落ちさせたり地面に叩きつけたりして、本物っぽくしてある。ただし実は、つなぎ仕様になってて、胸元を開いて足を突っ込めば着られるように作ってある。腹の辺りもゴムが入ってるし、手甲（てっこう）や脚絆（きゃはん）も布を巻いてるように見えるが衣装と一体化してて手や足を通すだけでいいように作ってある。ちなみに足の裏も」と貴仁は片足を持ち上げて裏側を見せた。「藍染めの足袋（たび）の上にわらじをはいているように見えるが、実はゴム底になっていて、履き心地は地下足袋（じかたび）に近い」

「そういうことは言わんといてください」と菜実はダメ出しした。「タイムスリップしてきた忍者っていうコンセプトが揺らぐさかい」

「あ、そうか。これはあいすまぬ」

「で、忍びの方。どのような事情にてこのおでん屋に？」

「ふと意識が戻ると、ここに倒れておったのじゃ」と貴仁はおでん屋の前を指さした。「辺りを歩き回ってみると、鉄製の乗り物がとんでもない速さで行き交っており、人々も見たことのない格好をしておる。誰もが道場の壁に引っかける名前札みたいなものを持っていてそれを眺めておるので実に異様であった。だがその後、おでん屋を経営するご夫婦の計らいで働かせてもらうことになり、拙者が百六十年ほど前の世界からこちらにやって来たことを知った次第。今は元の世界に戻れるや否やは皆目判らず、運を天に任せるしかないと腹をくくって、おでん屋の仕事にいそしんでおるところじゃ」

「おー、いいやないですか」スマホを構えて撮影を続けながら菜実はうれしそうにうなずいた。「ところで忍びの方、幕末の時代にはどのような任務に就いておられたのですか？」

「忍びゆえ、それは申せぬ」

「申せぬ、じゃなくて、レポーターさんから聞かれたら教えてあげてください。もう百六十年も経ってるんやから、隠す必要はないでしょう」

「あ、そうか」貴仁は一度咳払いをした。「その辺の詳細は、しばし待たれよ」

「ロケ本番までにもっと詰めとかんとあきませんよ」

「判っておる」

「ところで、忍びといえば人間離れした動きが得意なはず。何かちょっと、ここでご披露いただけませんか」

「忍びは目立っては無意味ゆえ、本来は見せびらかすものではないが、少しだけ見せてしんぜよう。三尺ほど下がれ」

「はい、はい」菜実は数歩後ずさった。

貴仁は少し歩いて離れ、そこからステップを踏んで片手で着地しての斜め前宙返り、その勢いを使ってのバク宙、さらにバク転を決めた。

着地したときに少しバランスを崩したが、何とか成功。

「おー、すごい、すごい」

「ちゃんと撮れたか？」

「バッチリです。これ、どういう形でネットに上げようかなあ。楽しみやなあ」

「オレの本名とか、出すなよ」

「はいはい。タイムスリップしてきた謎の忍びってテイでいきますから、大丈夫」

貴仁はふと、このままだと変な遊びを仕掛けてきた菜実に振り回されることになりそうだなと感じたが、別にいいかと思い直した。

どうせ失うものなどない。やってスベればスベったでよし。

ロケにやって来たウォンバットエリカは、体格こそ雪だるまみたいだったが、意外と身長は高くはなく、貴仁よりも少し低いぐらいだった。肩まで伸ばした茶髪にはきれいなウェーブがかかっていて、表情も穏やかで、知性さえ感じた。Tシャツにハーフパンツという軽装だったが、いかつさよりもかわいさが勝っている。カメラを回す前にあいさつをし、小田ディレクターが簡単な撮影の流れについて説明しているときも、彼女は終始にこやかで、元気よく「はい」と応じていた。見た目、年齢は判りにくい感じだが、ネットで得た情報によると三十代後半らしい。

女子プロレス時代の動画を事前にチェックしたところ、顔に赤や青のペイントをほどこして短い金髪を血に染めながら相手選手に執拗な頭突きをしたり、グロッキーになっている相手選手にパイルドライバーやボディプレスなどの追い打ちをかけるなどタフネスぶりを見せつけ、マイクパフォーマンスでも「てめえ、この野郎、今度こそ病院送りにしてやるからな」などと明らかなヒール役に徹していたことを思うと、今目の前にいる彼女は完全に別人だった。

撮影が始まり、店の外でウォンバットエリカが「おっ、おでん屋さんがあるぞー。私おでん、大好きなんだよねー。特に卵、大根、厚揚げ、たこ、魚肉の揚げボール。そういえば練りものって、東京の方に行くと言い方が通用しなかったりするんですよね。丸天とか角天とか、は？って言われちゃったことがあって」などとやや不自然な大声の独り言を始め、「ちょうど小腹が空いた時間帯ですしねー。おじゃましてもいいかどうか、聞いてみますね」と言って引き戸を開けた。

ウォンバットエリカが「こんにちはー。すみませーん」と店内に呼びかけるが、貴仁は打ち合わせどおり、調理場に待機したまま返事をしなかった。続いて「あれ、留守なのかな。でも鍵はかかってないし、営業中の札ありましたよね。ちょっと入っちゃいましょうか」と言いながら、カメラマンらを引き連れて店内に入って来た。

忍者装束の貴仁は、少しだけ顔を覗かせてからさっとまた隠れた。

「あれ、今、誰か顔を出しませんでした？」ウォンバットエリカがそう言い、さらにすみませーん。ごめんくださーい」と繰り返す。

貴仁は身をかがめて店内に移動し、カウンターの内側からすっくと立ち上がる。ウォンバットエリカが「うわっ、何？」と叫んだ。「えっ？　忍者？」

忍者装束の貴仁は無言のまま立ち、奇妙な無言の間。そして、「あの……」とあらためて声をかけたウォンバットエリカに「おでんを所望か？」とようやく言葉を発する。

聞き取れなかったテイでウォンバットエリカが「は?」と聞き返し、貴仁は口を覆っていた布をずり下げてもう一度「おでんを所望か?」と繰り返した。

「ええ、所望します」ウォンバットエリカはうなずいた。「お店の方、ですか?」

「拙者はあくまで雇われの身。大将と女将さんはあいにく所用があって不在でござる」

実際には功一おじさんらは、奥の住居スペースに隠れている。小田ディレクターからはあらためて出演の打診があったが、テレビは緊張するから嫌だ、とのことだった。

「あー、そうなんですか」ウォンバットエリカはうなずいてから、小声で「何か、面倒くさい感じ?」と漏らし、「あのー、ひぜんテレビなんですけど、店内の様子とか、いただくところなんかを撮影させていただいたりって、大丈夫ですか?」

「それは写真機か?」と貴仁はカメラマンが担いでいるカメラを見た。「写真機なら拙者も知っているぞ。昔は、動かずじっとしておらねば撮影はかなわなかったが、今では動く様子も撮れるそうじゃな」

「ええ、そうです。では、撮らせていただいても?」

「拙者がお相手致すということでかまわぬのなら、好きにされよ」

「あー、ありがとうございます」

ウォンバットエリカはカウンター席に着いて、「あ、おでん定食っていうのがある。この時間もやってますか?」と尋ねたので貴仁は「注文があればいつでも承っている」と答え、さらに「どんな中身なんですか?」と聞かれて「白飯に豚汁、好きなおでんの具材三品、そしてタマネギのスライスとかいわれ大根のサラダという布陣じゃ」と説明しながらコップの水を置いた。

ウォンバットエリカは「じゃあ、それをお願いしまーす」と片手を上げ、おでんの具材も、大根、厚揚げ、たこを注文した。

貴仁は「承知した。しばし待たれよ」と応じて調理場に行き、おでん定食が載ったトレーを運んで戻る。

しばらくはウォンバットエリカの「あー、だしがしみててうめぇ」「厚揚げ、ふわっふわ」といった食レポがあり、特に好物だというたこを口に入れたときは、「うーっ、ウォンバット」という決め台詞と共にネコが片手でひっかくようなポーズをカメラ目線で決めた。昔ピンク・レディーがやった「ウォンテッド」を真似(まね)たものらしい。貴仁にとってもピンク・レディーはリアルタイムの記憶がない昔のアイドルだが、映像は今もときどき過去のヒット曲を集めた番組などで流れているので、ウォンバットエリカもそういう番組を見て知っているのだろう。

ウォンバットエリカは箸(はし)を口に運ぶ手を休めて、「お兄さん、ちょっと伺っていいですか？　何で忍者の格好をされてるんでしょうか」と尋ねた。

ここまでの流れは、事前の打ち合わせどおりだった。

「拙者は佐賀藩主鍋島直正公に仕える忍びの者でござる。いや、ござったと申すべきか。何しろあれから百六十年も経っておるのでな」

「鍋島直正公。佐賀藩主だった」

「左様」

「でも、どういうわけか、現代にタイムスリップしたってことですか」

「タイムスリップというのは、浦島太郎のように年月を飛び越えてしまうことじゃな」

「ああ、かもですね」

「ならば、まさにそのとおり。鍋島直正公は、薩摩と長州が手を結ぶやもしれぬとの噂を耳にされて、その真偽を探るべしと、拙者は直々の密命を承ったのじゃ。そして京都界隈にて薩長の動向を探っていたところ、新撰組に見つかって怪しいやつだと囲まれてしまい、屋根づたいに逃げたのじゃが足を滑らせてしまって転落したところで意識が飛び、気がつくとここのおでん屋の前に倒れておった。そこを大将らに助けてもらったという次第」

「それは、いつ頃の話ですか」

「ほんの十数日前のことじゃ。大将と女将さんは拙者の身の上を不憫に思い、事態が好転することを期待して、しばらくはここにおればよいと言ってくださり、拙者はそれに甘える形で店の手伝いをさせてもらっているところでござる」

「えーと、お兄さん、この感じでずっといくってことですか？　大丈夫、で、す、か？」

「ん？」

ウォンバットエリカが「まだ間に合いますよ」と笑っている。

カメラマンが吹き出してしまい、こほんと咳払いをして口もとを引き締めた。

「間に合うとは、どういうことじゃ」

「いえ、何でもありません、失礼しました」ウォンバットエリカは笑いをこらえる表情で言い、真面目そうな顔に切り替えて「では、ここが百六十年後の佐賀だということは、理解されてるわけですね」と言った。

「うむ。あまりに受け入れがたいことではあるが、外を鉄の乗り物が高速で行き交い、テレビなる電気式紙芝居や、携帯電話なるものを知り、確かに世界が大きく変わったことは認めざるを得ぬ。今はそれを受け入れようと頭を柔らかくしておるところじゃ」

「その後、薩摩と長州が手を組んで、佐賀もその勢力に加わって徳川幕府の世を終わらせたということもご存じなんですね」

「うむ。こちらの世界で知り合った町娘から、携帯電話を使ってその後の歴史絵巻をいろいろと教えてもらった。薩長は佐賀の大砲がどうしても欲しかったようじゃの。その後は内乱を経て新政府が幕府に取って代わり、身分制度もなくなったと聞いておる。佐賀の君主も知事という名称に変わって、民の投票によって選ばれておることも知っておるぞ」

「なるほど」とウォンバットエリカがうなずいたとき、小田ディレクターが「おでんの話に戻して」というカンペノートを見せてきた。それを受けてウォンバットエリカは「ところで話は変わりますが、おでんという料理は、幕末にはもうあったんでしょうか」

「江戸では既に流行りの料理であったな。拙者も江戸の佐賀藩邸に滞在しておったときに、仲間の藩士らと一緒におでん屋に行ったことがある。もともとは田楽という、串刺しにした豆腐を焼いて、味噌を塗って食べる料理だったのが、やがてだし汁で煮るのが主流となり、具材も増えてゆき、おでんと呼ばれるようになったと聞いておる」

「へえ、味噌田楽から始まったんですね。で、お兄さんはいつもその、忍者の格好でお店にお立ちになってる」

「拙者は本来、鍋島直正公に仕える忍び。どのようなからくりによってこちらの世界に来てしまったかは判らぬが、もしかするとあるとき何かの拍子にまた元の世界に戻れるかもしれぬ。もしそのときに身につけるものが変わっていれば、戻れぬのではないかという心配もあってな」

「あー、形を作っておかないと、呼び戻してもらえないかもしれない、と」

「うむ。ここ数日の間に、タイムスリップなるものについての情報を集めてみたが、時代をまたいで移動するためには、行き先の時代の服装を身につけ、所持する小銭や道具類もすべてその時代のもので身を固めておくことでようやく時空移動が可能になる、という内容の動く絵巻物を見て、これじゃと拙者はひざを打ったのじゃ。確か『ある日どこかで』とかいう西洋の動く絵巻物じゃった」

「えーと、DVDで映画を観たってことですね」

「ああ、確かそういう呼称のものじゃったな。現代の青年が、見知らぬばあ様から突然、あのときに戻って来てほしいと言われたことがきっかけで、半世紀以上前の時代に飛ぶこととなり、美しき令嬢であった頃の若き日のばあ様と出会うという、見ているこちらが恥ずかしくなるような恋物語じゃった」

「へえ、面白そうですね。でも、お兄さんが元の時代に戻れるかどうかは判らないんですよね。戻れない可能性の方が高いかもしれませんよね」

「そのときはそれが定めと受け入れるしかなかろう。鍋島直正公は常々、民が笑顔になるような世を作ることが領主の務めじゃと口にしておられた。時代を隔(へだ)てていようと、直正公の思いを引き継いで、拙者はこちらの世界で民を笑顔にすることが務め。そのために微力を捧(ささ)げる覚悟は持っておる」

「おお、それはすばらしい」ウォンバットエリカはしみじみとした顔つきでうなずいた。「では、この商店街に多くの人々を呼び込んで、その人々を笑顔にしたいと」

「左様。拙者のような奇妙なやつがおでん屋にいるぞ、ということで、少しでも興味を持ってもらえれば望外の幸せ」貴仁はここでカメラ目線になった。「白岩商店街には他に、ばあさまが昔からやっている駄菓子屋を兼ねた文具店、気さくで明るいおばさまたちがやっている洋品店や和菓子店、口数が少ないが穏やかなおやじがやっている中華そば店もある。これを見ておられるお方々、気軽に冷やかしに来られよ。待っておるぞ」

　ウォンバットエリカが「以上、白岩商店街のおでん屋こひなたからでしたー」と貴仁の前に出て手を振った。

　ここでカットが入るつもりで貴仁はカメラを見据えたままじっとしていたのだが、ウォンバットエリカが「ところで、お兄さんのお名前は？」と尋ねた。

　しまった。何者かという設定を考えるのに手一杯で、名前までは決めてなかった。

カメラマンが口もとを緩めながら撮影を続けている。小田ディレクターが、何か言ってくれ、という感じでうなずく。

「名前か。うむ。拙者の名前は……」

そのとき、急に降りてきた。黒澤映画だ。『椿三十郎』だ。三船敏郎だ。とっさに思いつきの偽名を口にした、あの有名なシーンだ。

「オレの名前は……小日向、いや、ひなた三十郎。もうすぐ四十郎だがな」

ウォンバットエリカは、はあ？　という反応だったが、カメラマンと小田ディレクターは幸い、何のパロディなのかが判ったようだった。カメラマンは空いている方の指でＯＫマークを作り、小田ディレクターも感心した様子で音を出さない拍手をしてくれた。

4

食レポの様子がオンエアされたのは、一週間後の夕方だった。それまでの間、貴仁は腹をくくって、忍者装束でおでん屋の仕事を続けた。案の定、お客さんから奇異の目で見られたり「どうしたん？」と聞かれたりしたので、そのたびに「実はもうすぐ、ひぜんテレビの『だいひぜん！』という夕方の番組で――」と事情を説明することになった。

しかし、ほっかむりをして口もとも隠した忍者装束だとあまりにも不気味でお客さんたちも明らかに引いていたので、貴仁は翌日から、ほっかむりを外してフードのように後ろに倒して、代わりに頭には白いタオルを巻き、口と鼻を隠す布もずり下げて顔を出すようにした。これだけでかなり印象が変わるようで、作務衣（さむえ）のような服を着たおでん屋のおじさん、という感じになった。

オンエアの内容は、編集でどこをカットしたのかよく判らないぐらいに、まんまの感じだった。店内での撮影が終わったところでウォンバットエリカから「忍者であることの証拠を見せてもらえますか？」と言われ、店の前で助走なしのバク転からのバク宙をやって見せたシーンは、スロー再生で繰り返されたり逆回し再生されたりした。ウォンバットエリカの「すごい、すごい、メキシコのマスクマンがやる空中殺法みたい」とえらく喜んで拍手する様子も入っていた。

ひぜんテレビのスタジオにいるコメンテーターたちも、ひなた三十郎とおでん屋こひなたに対して好意的なコメントをくれた。

この番組の常連コメンテーターで、サザエさんふうの髪形がトレードマークの健康食品メーカーの女性社長は、「あのおでん定食、高血圧対策にばっちりやない？　豚汁にはタマネギとしいたけがたっぷり入っとったし、タマネギのスライスとかいわれ大根のサラダも健康的でよかよねー。タマネギには血圧を下げる効果があるって言われとるし、おでんの具材も練り物なんかは魚肉やけん、これも血管の詰まりを防止してくれっとよ。中高年のおじさんたちには特にお勧めやない？　あ、もちろん女性にとってもヘルシーなメニューよねー」と予想外のところをほめてくれた。

　また、佐賀市内で英会話教室を開いているかたわら、子どもにボクシングの指導もしているというアフリカ系アメリカ人の若い男性コメンテーターは、「佐賀に忍者がいたんだろうかと思う方もいらっしゃるかもしれませんが、天草四郎が起こした島原の乱ってあったじゃないですか。あの動向を探るために佐賀藩から忍びが派遣されたという書物の記述が残ってるはずですよ。あと、長崎から佐賀を経て福岡の小倉へと続いていた長崎街道、あそこは幕府の高官や外国の使節団なども頻繁に通ったので、各藩の忍びの者たちが宿場で情報収集していたとも言われています。幕末になるといよいよ大型の異国船が長崎周辺に出没するようになって、長崎の港を守る役目を担っていた佐賀藩は、密偵による調査活動が活発だったはずですから、ひなた三十郎さんを含めて佐賀藩にはそれなりの数の忍びがいたんじゃないですかね」と貴仁の思いつきによる作り話を上手い具合に補強してくれた。そして「外国人は忍者、大好きですから、観光客がいったんあのおでん屋さんを訪れてSNSとかで紹介したら、バズるかもですよ」とつけ加えた。

するとと進行役の男性アナウンサーが「そういえば白岩町に近い嬉野温泉には、忍者のテーマパークがありますね」と話を合わせ、健康食品メーカーの女性社長も「伊賀、甲賀、佐賀。偶然かもしれんけど、きれいに韻を踏んでるしねー」とうなずいた。その際、男性アナウンサーが冷静に「コウガではなく正式にはコウカですね」と訂正した。

最後に男性アナウンサーは「えー、忍者のおでん屋さんですが、幕末からタイムスリップしたとのことでしたが、ある筋からは、実は白岩町ご出身の方で、最近まで時代劇や戦隊ヒーロー番組などでアクション俳優をやっておられた、という情報もいただいております。斬られ役や怪人の着ぐるみ役が多かったそうですが、四十を過ぎてあのバク転とバク宙はすごいですよねー」と貴仁本人のことも少し紹介した。

健康食品メーカーの女性社長が「あー、そこ言うんだ。幕末からタイムスリップしてきた、ひなた三十郎さんでよくない？」と笑っていた。

オンエアがあった直後、菜実は両手鍋を抱えて店に現れ、夕食用のおでんを注文して、「三十郎さん、まずは好調な出だしやったやないですか。ドラマや映画の世界にいただけあって堂々としてたし、意外と格好よかったですよ」と言ってきた。

「意外と、は余計じゃ」

「これを機会に今後、ひなた三十郎さんのいろんな動画を撮ってネットに上げて行きましょうよ。ね」

「ん？　そりゃどういうことだ？」

「オンエア見て、こういう動画も撮ったらどうかなっていうアイデアが浮かんだんや」

「お前なあ」

即座に菜実が「お前じゃなくてお主、またはそなた」と訂正した。

「お主、思いつきでそういうことをやって、結局は尻すぼみに終わるとは思わんのか」

「三十郎さん、あなた、おっしゃいましたよね。民を笑顔にするために微力を捧げたい、みたいなことを。しかもテレビを通じて。公に宣言したんですよ」

「それは、ひなた三十郎が言ったことで……」

「今更何をごにょごにょと、情けない」菜実はおでんが入った鍋をちょっと乱暴に近くのテーブルに置いた。「これからあなたは、ひなた三十郎です。人前ではそれを貫かないと誰も面白がってくれませんよ」

「ずっと演技を続けよと申すのか」

「演技ではありませぬ。あなたの身体には、ひなた三十郎がもう棲みついているのです。エイリアンに身体の一部だけ乗っ取られた『寄生獣』の状態です。近江貴仁は、ひなた三十郎と仲よく身体をシェアして、上手いことやってゆく定めなのです」

「左様であったか……」

「左様であったのでござりまする。尻すぼみに終わるのではないか、などと弱気なことを三十郎さんの口から聞きとうありません」

「うーむ。弱気は禁物か」

「そういうことでございます。では連絡先の交換、しときましょか。動画撮影に備えて」

菜実はそう言って、緑色のジャージのポケットからスマホを出した。

メールアドレスとＬＩＮＥの交換をすることになり、貴仁が「動画というのは、何を撮るつもりじゃ」と尋ねると、菜実は「そこはお任せくだされ。ひなた三十郎どのというコンテンツを得たおかげで、武雄や嬉野の温泉水のごとく、妙案が湧き出ている今日この頃でござりまする」と不敵な笑みを浮かべた。

帰り際、菜実は「あ、そや、私、ちょっ面白いことに気づいたんやった」と振り返り、「三十郎さんて、ほんまに前世は忍びやったかもよ」と言った。

貴仁は「はあ？　何でだよ」と言ってから「はて、どういう意味じゃ」と直した。

「お父さん、興信所の所長さんやったんでしょ。それってまさに現代の隠密、忍びやないですか」

「あ……」

「血、ですよ、きっと。そやから、ひなた三十郎が降りてくることは運命やったんですよ」

何とも強引な。だが、親父とは距離を置いた人生を送ってきたつもりなのに、意外なところでシンクロしていることに気づかされて、確かに奇妙な縁を感じた。

貴仁は「運命とあらば腹をくくるしかあるまいな」と応じた。

猪狩のばあさんが言ったように、他人に利用されるタイプだというのなら、その流れに任せることで何かが得られるかもしれない。


功一おじさんと弓子おばさんは、ひぜんテレビのオンエアを見て少しあきれていたようだったが、おでん定食が高血圧対策にいいという健康食品メーカーの女性社長のコメントには心動かされるものがあったようで、そのことをお客さんに伝える説明書きを店内に貼りたいので作ってもらえないかと貴仁に頼んできた。

ネットで調べてみたところ、こひなたのおでん定食は確かに高血圧対策食だった。

まず、豚汁の具材とサラダでメインに使っているタマネギ。タマネギにはケルセチンという成分が豊富に含まれていて、血圧の上昇を抑えたり血中コレステロールの値を下げるなどの効果があるという。また、タマネギを切ったときに涙が出やすくなるが、これは硫化(りゅうか)アリルという物質によるもので、血液の凝固を防ぎ、血栓を予防する働きがあるため、血液をサラサラにしてくれる効果がある。硫化アリルにはさらに、血糖値の上昇を抑え、体脂肪を燃焼させる効果もある。

豚汁の具材として入っているしいたけも、継続的に摂取すれば高血圧や動脈硬化予防に効果がある。特にエリタデニンという成分は、血圧を正常に保ち、血液を固まりにくくする作用があり、血中コレステロール値も下げてくれる。

おでんの具材には、揚げかまぼこ類やちくわなどの魚肉練り製品が多く使われているが、多くの魚肉には血圧を下げたり糖尿病を予防したりする効果がある。ラットを使った実験では、かまぼこを食べた個体は食後のインスリン分泌(ぶんぴつ)量が上昇し、その作用によって血圧の上昇が抑えられ、血糖値も下がったという。

その他にも魚肉練り製品は、筋肉を作るタンパク質や骨を形成するカルシウムが豊富で、カルシウムの吸収を助けるビタミンD、身体の酸化を防ぎ血圧を抑え動脈硬化を予防するビタミンE、神経や血液細胞を健康に保つビタミンB12、塩分を体外に排出する役割を果たすカリウム、血圧を下げ糖尿病を予防し精神の安定化にも効果があるマグネシウム、血圧を下げ動脈硬化を予防するＤＨＡ（ドコサヘキサエン酸）やＥＰＡ（エイコサペンタエン酸）なども多く含んでいる。

ついでに、豚汁に使われている味噌は、身体の酸化を防ぎ血中コレステロール値を下げる効果があり、サラダに入れているかいわれ大根はビタミン類が豊富でこれまた身体の酸化を防ぐ効果がある。

これだけちゃんとした根拠があるのなら、おでん定食は高血圧対策にバッチリだということを堂々と宣伝して問題ないだろう。貴仁は、お客さんがささっと読める説明文をラミネート加工して店内の壁に貼るだけでなく、各テーブルやカウンター席にもそれらを置いて、いつでも目を通せるようにしようと決めた。ラミネート加工をやってくれる業者を調べてみると、市内の国道沿いに、写真などのプリントサービスをしている店が見つかった。ホームページにあった情報では、スマホを使って説明文を作り、そのデータを持ち込めば、紙の印刷もラミネート加工もその場でやってくれるという。

ラミネート加工した説明文はその日のうちにできあがり、功一おじさんも弓子おばさんも「いいねー」と喜んでくれた。説明文にはおでん定食の写真をイラスト風に加工した画像も載せて、タマネギ、しいたけ、魚肉練り製品などがいかにすぐれた高血圧対策食材であるかを簡潔にまとめた。弓子おばちゃんは「タカちゃんって絵も上手やったとねー」としきりに感心するので、これは写真を専用のアプリでイラストに変換したものだと説明すると、「へえ、そんな方法も知ってて楽々と仕上げられるなんて、やっぱりタカちゃんはすごかねー」とそのことも感心されてしまった。

その日の夜、客がいなくなって功一おじさんたちも先に奥に引っ込み、そろそろ店じまいかという時間に、肥前市活性化事業組合の正然が店にやって来た。正然は週に三回程度の割合でランチタイムに利用しに来てくれているが、夜に来たのは久しぶりに再会したあの日以来である。

正然は「よう、ひなた三十郎」と笑い、「その格好、だんだん馴染んできた感じだな」と言った。

「そうっすか？」と苦笑いで応じてから「正然さん、残業だったんですか？」と貴仁が尋ねると、正然は「ああ。商店街への新規出店計画がないままなのは事業組合が仕事をしてないからではないかと野党系の議員が言ってきたんで、うちのお偉いさんたちがあわてちゃって。で、そのための説明資料を作らされてたんよ」

「どんな説明なんですか」

「要するに言い訳を書き連ねただけのクソ文書よ」正然は苦笑しながらカウンター席に座り、横の席にブリーフケースを置いた。「それ以上のことは聞かんでくれ。胸くそ悪い」

「ビール、飲みますか？」

「ああ。それと、おでん定食も頼むわ。具材は卵と厚揚げと揚げボール」

揚げボールというのは魚肉練り製品の一つで、団子状に丸めたものを三つ並べて串刺しにしたものである。

瓶ビールとコップを出すと、正然は一杯目を一気飲みしてから「うーっ」とうめくように息を吐いた。

調理場でおでん定食を用意してトレーを持って行くと、正然はラミネート加工した手作りの説明文を手にして目を通していた。貴仁がトレーを前に置くと、正然は「コメンテーターの女社長が言うとったのをさっそくこういう形にしたわけか。なかなか商売上手やんね」と笑った。

「まあ、それぐらいのことは、オレじゃなくてもやるでしょ」

正然は「テレビの効果はあったと？」と聞いてきた。正然にはロケが来ることは事前に伝えてあり、オンエア後には「よくあんなこと考えついたな。がばいワロタ。」というLINEの連絡をもらった。

「まだ昨日の今日ですから」と貴仁は答えた。「でもさっき、夕食どきに珍しく、仕事帰りらしい若い女性の三人連れが来てくれて、テレビを見て来てみましたって言ってくれましたよ。一緒に写真を撮ってほしいと頼まれたんで、いいですよって隣に並ぼうとしたら、顔を隠すバージョンにしてくれって言われちゃって」

正然がビールを吹きそうになってむせた後、あははと笑った。

「そりゃ傑作やね。一緒に写真を撮ってほしいと言われたのに顔は隠せとはね。要するにそのコたちは、忍者と撮りたかっただけで、中身のおじさんに興味はなかったわけたい」

「別にいいんですけどね。今までめったにお目にかかれなかった若い女性客が来てくれただけでありがたいんで」

正然は小声で「いただきます」と手を合わせてから、割り箸を割り、豚汁の椀を手に取った。お寺の息子だからか、手を合わせて頭を少し下げる所作は丁寧で、気持ちが入っているように見える。

「そういえば正然さん、豚肉は食べても大丈夫なんですか。仏教では、動物は食べない、みたいな教えがあったんやなかですか」

「うちの宗派はそんなにうるさくはなか。親父も昔から肉料理、普通に食うとった」

「あ、そうなんすか」

「戒律を厳しくしたら、信者は集まらんよ。緩めても減っとるんやから。それより、若い女性客がさっそく来たってことは、ちゃんとテレビの効果があったということったい。これからじわじわと新規のお客さんが増えていくやろ」

「そう上手くいきますかね」

「断言はできんが、多分その女のコたちは撮った写真を知り合いに送ったり、ＳＮＳに載っけたりするやろ。そしたら、それを見た別の女子がまた興味を持って、行ってみようかなってなる。ネット時代あなどるなかれたい」

「だといいんですけど」

「おでん定食が高血圧対策メニューやという宣伝も、じわじわと広まるかもしれんよ。オレは仕事上の立場もあって、このおでん屋と中華そばの白岩亭でできるだけ昼食を摂らせてもらうようにしとるんやけど、テレビのオンエアを見て、そういえばオレは血圧高めやったなあと思って、市役所の健康増進課にある血圧計で測ってみたんよ。そしたら上も下も少し下がっとったよ。前は上が一六〇ぐらいあって下も一〇〇ぐらいやったのが、今日は一五〇と九〇ぐらいやったもん」

「本当ですか」

「ああ。ここに来る回数をもっと増やしたら、さらに下げられるかもしれん。そやけん、市役所内の血圧高めの連中を捕まえて、おでん定食の宣伝をさせてもらうわ」

貴仁は「それはありがとうございます」と頭を下げた。

「いっそ、正確なデータを取ってみるとするか。ちょうど市役所の健康保険組合から、四十歳になった組合員は健康グッズがもらえるっていう案内が来とって、そのカタログの中に、手首に巻くタイプの血圧計もあったはずやけん」

「正然さん、それいいっすね。うちの店にも血圧計を置いて、お客さんに効果を確かめてもらうようにしようかな」

「あー、それやったら血圧計、オレが入手したらそれをここに置いて、お客さんに使ってもらおうや」

「え、いいんすか？」

「それぐらいお安いご用たい。オレは血圧測るたびに、スマホに記録つけるようにするわ」

　おでん定食を食べ終わり、二本目のビールを注文した正然が「この前もちらっと言うたけど、肥前市活性化事業組合は、いろいろやってみたけどダメでした、という形でいつか役目を終えて、商店街を更地にして企業誘致をすることになると思うんよ」

「もはや既定路線ですか」

「ああ。最初から白岩商店街を潰(つぶ)すという目標を掲げるのは難しいけんね。それなりに歴史のある商店街やし、シャッター通り化しとるけど、まだ五店舗残っとる。そやけん、市の上層部は、第三セクターが援助して店舗数を増やす試みをしています、というテイでしばらく時間を稼(かせ)いで、市民の間から、第三セクターは税金の無駄遣いやないかと言う声が上がり始めるのを待って、ならば残念ですが、違う方向性で再検討します、とハンドルを切る。市の上層部は、白岩商店街が活気を取り戻すわけがないと考えとるんよ」

正然はそう言って、手酌で注いだビールをあおった。

「市長って、霞ヶ関の官僚やった、まだ四十そこそこの若い人でしたっけ？」

「ああ。中渡市長は元国交省の官僚で、前市長の政治運営を引き継ぐ形で保守派の支援を得て、二年前に当選したんよ。東京出身で、母親が佐賀出身やというだけのつながりたい。そやけん、白岩商店街を安楽死させようという計画も、市長に就任してから知らされたはずたい。黒幕は多分、前市長の懐刀やった吹田副市長と、前市長の後援会長から新市長の後援会長に横滑りした水崎建設の社長やろ。新市長の支持母体も前市長と同じく地元の建設業界と不動産業界。白岩商店街を更地にして企業誘致に成功したら、そういう業界にカネが転がり込む仕組みみたい」

「じゃあ、白岩商店街に未来はない……」

「ないやろうね。オウミが、いや、ひなた三十郎が客を集めるために頑張ってるのに水を差すようで申し訳ないが」

「オレは自分が食っていくためにやってるだけで、商店街を救うとか、そんな偉そうな立場じゃないんで、大丈夫っす」

貴仁は、猪狩文具店のばあさんから投げかけられた言葉を思い出していた。

――私みたいな年寄りはともかく、あんたは商店街も店もなくなってからのことをしっかり考えとかんといかんよ。そもそもあんたの顔つきは商売向きやなか。人を上手く動かして利益を手にするタイプの顔をしとらんもんね。どっちかというと、あんたは他人に利用されるタイプの顔つきたいね。

そう。自分は他人を引っ張ってゆくような人間ではない。

それに、猪狩のばあさんだけでなく、今池洋品店のおばちゃんも、和菓子の平田本舗のおばさんも、どのみち商店街は長くは続かないことは判っているようなもの言いをしている。よそからやって来た新参者が、商店街を何とかしよう、などと言い出しても、失笑を買うだけだろう。

「正然さんも、第三セクターに出向になったのは、不本意な人事やったんでしょうね」

貴仁がそう言うと、正然は「ああ、不本意も不本意。明らかな報復人事たい」と顔をゆがめた。

「何かあったんすか?」

「第三セクターに出向する前は、環境センターの庶務係長やったんよ」

「あの大型のゴミ焼却施設ですか。ゴミを燃やして発電して、併設する温水プールの電気をまかなってるって聞いてますけど」

「ああ。そこで、センター長が予算を私的に流用しとったんでオレは、言い逃れができないように証拠を集めて総務部にそのことを伝え、依願退職に追い込んでやった」

「へえ。企業サスペンスドラマみたい」

「そんな格好いいもんやなか。それで一件落着となるはずやったんやが、総務のどこかのルートから情報が漏れて、マスコミ沙汰になってしもてな」

「あら」

「オレが漏らしたと疑われて、第三セクター行きが決まったわけたい。役人ってのは、不祥事があっても内々に処理するのが当然っていう人種やけん。外に漏らしたやつはスパイ扱いたい」

「でも、正然さんじゃないんでしょう」

「人事部長から言われたわ。たとえ漏らしたんが君やないとしても、結果的に外に漏れたのは君のやり方がまずかったからやと。行政組織というところはな、責任回避能力と、他人に責任を押しつける能力が優れたやつらが出世するようになっとったい」

貴仁は、もしかしたら今の正然に較べたら、今の自分はよっぽどお気楽な立場なのかもしれないと思った。

どういう言葉をかけるべきかと考えているときに、忍者装束の内ポケットの中でスマホが振動した。

菜実からのＬＩＮＥで、［明日午前九時より商店街周辺での動画撮影に参られたし。］とあった。果たし状みたいな書き方に小さく苦笑した。


十月に入って、朝夕と日中の寒暖差を感じるようになった。その日は曇り空でときおり生ぬるい風が吹いており、白岩商店街の近くにある児童公園に行くと誰もおらず、小さなレジ袋らしいものがブランコの近くで風にもてあそばれるような感じで、宙に浮いたり回転したりしていた。

菜実はこの日も緑ジャージ姿だったが、暑さ調節のためか上着のファスナーを下ろしていた。下は真っ白なＴシャツ。やはり中学生の体操服のように見えてしまう。

そして菜実は片手にスマホを持ち、もう片方の手には黒い棒状のものを持っていた。

忍者装束の貴仁は、「で、拙者に何をやれと申すか」と尋ねた。

菜実はスマホを貴仁に向けて、「私が後ろから呼びかけるところから入りたいので、何かやっててもらえませんか」と言った。

「何をやれと？」

「そこは想像力を働かせて。三十郎さんは幕末からタイムスリップしてきた佐賀藩の忍びなんでしょ。そやったら、この児童公園に来て何をする？」

「ブランコやすべり台を見て、何じゃこれはけったいなと思って観察したり触ってみたりするじゃろうな」

「そしたらそうしてください。できるだけドキュメントタッチで撮りたいので、アドリブで好きなようにやってください」

何でこんなことをせにゃならんのだと思いながら、ブランコに近づいた。足の先で座板をちょこんと蹴り、ブランコが揺れるとささっと下がって距離を取る。今度はもう少し強く蹴ると、ブランコは大きく揺れ、貴仁は戻って来た座板の上をひょいと跳んで、チェーンの間をすり抜けて向こう側に着地した。

続いて、二つ並んでいるブランコの座板の間に立ち、跳び上がってパイプをつかんだ。ぶら下がった状態から反動なしでそのまま逆上がりをし、再びぶら下がった状態に戻った。

背後から「ひなた三十郎さんじゃないですか」と声がかかり、貴仁は着地して振り返り、「これは駄菓子屋の看板娘の菜実どの。いつからここに?」と尋ねた。菜実はスマホを向けて既に動画撮影をしている。

「公園の前を通りかかったら三十郎さんがブランコで何やらやってはったんで、もしかして使い方を知らないんかなと思って」

「これはブランコと申すか」

「はい」

「おそらくこれは、忍びの鍛錬のための道具であろう。こうやって」と座板を蹴りブランコがいったん遠ざかってこちらにやって来るのに合わせてすり足で下がって距離を取る。「敵との間合いを測る訓練に用いるのであろう。あるいは動くブランコの間を通り抜けるなどして俊敏さを身につける。さらにはよじ登るなどして力を練る」

「残念ながら違います」と菜実は当たり前のことを言った。「これは子どもが遊ぶためのものです、遊具です」

「わらべたちの遊び道具とな」

「でも大人でもときどき乗って遊びますよ。その座板に腰かけて、両側の鎖をつかんでみてください」

「こうか？」と貴仁はブランコに座る。菜実からさらに「そのまま後ろにじりじりと後退して、これ以上は無理というところで足を浮かせます」

「ふむ、こうか？　おーっ」

貴仁は大げさに驚く演技をしながらブランコに揺られた。菜実から「前に出るときに両足を前に振り出して、身体を後ろに倒すようにすれば、もっと大きく揺れますよ」と言われ、「こうか？　おおっ、大きく揺れたぞ、わははは」と喜んでみせた。

漕ぐ力を強くしてゆき、マックスまでもっていった。大の大人が乗っているせいか、ジョイント部分が悲鳴を上げるような音を出し、支柱パイプが少し揺れていた。

子どもの頃はブランコが得意で、飛ぶ距離を競い合う遊びでは敵なしだったことを思い出した。童心に返ってブランコを漕ぐ機会なんて、菜実に促されなければなかっただろう。

貴仁は前に大きく飛び、片ひざをつく姿勢で着地した。菜実が「三十郎さん、飲み込みが早い」と拍手し、「どうでしたか?」と聞いた。

「現代のわらべどもはこのような遊びがいつでもできて幸せなことじゃな。だが拙者も子どもの頃は似たような遊びをやっておったぞ。木の枝からつるした縄につかまって揺れたり飛んだりしておったからのう」

続いて菜実の指示で、ブランコに座った状態でぐるぐるとチェーンをねじってゆき、足を離して逆方向にくるくる回ったり、立ち漕ぎから宙返りしての着地なども撮影した。

さらにブランコを高く漕いでいると、菜実から「三十郎さん、何か顔色がよくないみたいですけど、大丈夫ですか?」と聞かれ、これはフリだなと察した貴仁は「うむ。何やら吐き気が……」と言ってブランコから飛び下り、片手で口もとを押さえて「菜実どの、あそこにあるは厠か?」とトイレを指さした。菜実が「あ、そうです」と答え、貴仁は口を押さえながらよろけるようにしてトイレへ。

おそらく菜実は動画に［ゲロを吐くまで夢中でブランコに乗った三十郎さんでした。］みたいなテロップを入れるのだろう。

トイレにいったん入って十数秒待機してから出ると、菜実は「すばらしい」と拍手した。「ほとんどアドリブにしてはちゃんとできましたよ」

「そうか？」

「ええ、バッチリです。編集は任せてください。じゃあ、次行きましょう」

「撮れ高は充分であろう」

「今日は二本撮りでーす。よろしくー」

人使いの荒いやつだ。

いや、こうやって撮影してもらうことって、ありがたいことなんじゃないか？

ずっと売れないアクション俳優をやってきて、待ち時間ばかりやたら長くて、オンエアを見ればちらっと映ってるだけだった男が、今はこんな形ではあるが、主役をやらせてもらっているのだ。

貴仁は心の中で、好きなだけ利用させてやろうではないか、とつぶやいた。

5

菜実が持参した黒い棒状のものは、引き抜くと、ゴミ拾いなどで使う長いトングが現れる仕組みだった。鞘（さや）の部分は塩ビパイプに黒い粘着テープを巻いたもので、トングの持つ部分にも黒い粘着テープが巻かれているため、一見すると一本の黒い棒のように見え、さらにこれを忍者装束の男が持ったり腰に差したりしていると小刀（こがたな）に見えなくもない。菜実が昨日、ホームセンターで材料を買って作ったのだという。

そのトング刀を腰に差すよう指示された貴仁は、腰の後ろ側に差した。

「おー、ますます忍者らしくなったやないですか」菜実は満足そうな顔で、スマホで動画撮影を続行した。「あ、でも忍者って、刀は背負うんとちゃいます？」

「それは場合による。もっと長めの刀を携帯して屋敷に忍び込んだりするようなときは背負うし、これぐらいの短さであれば腰の後ろに差した方が扱いやすい。カムイが確か、小刀を腰の後ろに差しておったであろう」

「カムイ？」

「白土三平先生の『カムイ伝』を知らんのか」

「あー、マンガの。私は読んでないけど、友だちのアライバミヤビちゃんが大学の食堂で文庫本みたいなんを開いてたんで、何読んでんのって聞いたら、『カムイ伝』やて言うてた」そして菜実は、苗字が洗場という字で、名前はひらがなだという説明をした。

「ほう。今どきの女子大生にしては個性的なおなごじゃのう」

「見た目はバッキバキの金髪ギャルやねんけど、落研に入ってて講談師やってるコで」

「金髪ギャルの講談師とな。少々想像しづらいが」

「みやびちゃん、和歌山の雑賀衆がいた辺りの出身やねんて。大学キャンパスで関西弁でしゃべってるの見て、あ、このコも関西出身や一って、うれしくなってこっそりついて行って、みやびちゃんが一人になったところで声かけたら、和歌山市の雑賀衆がおったとこで生まれ育っててん、てわざわざそんな言い方で自己紹介されて。雑賀衆は知ってるよね」

「戦国大名などに雇われた鉄砲傭兵集団であろう。伊賀や甲賀の忍びと同様、敵方につかれるとやっかいな者たちじゃな」

「そうそう、そこの生まれなんが誇りやねんて。そやから私は甲賀の出身やって言うたら、そんな偶然ある？　ってすっごい興奮してくれて、たちまち意気投合してん。三十郎さんにも今度、会わせてあげるわ」

特別会いたいとは思わなかったが、貴仁は「それはかたじけない」と答え、「で、これでゴミ拾いをしろと申すか？」と話を戻した。

菜実は「お察しのとおり」とうなずき、「タイムスリップしてきたうさん臭い男を、おでん屋さんが面倒みてくれて、地域の人たちにもよくしてもらっているので、せめてもの恩返しと思い、商店街と児童公園のゴミ拾いをしてますっていうところを撮りたいと思って」と説明した。

「それは構わんが、いざ始めれば、ゴミ拾いは今後も継続せんといかんぞ。一回の撮影のためにだけならば、ウソをついたことになる」

「おー、三十郎さんやったらそう言うんちゃうかと思いました、さすが。だったら仕事前の日課としてやりましょう。せいぜい十数分で終わるやろうし、地域の人たちからの、おでん屋さんの好感度も上がって、おでんの配達の注文しようかなってなりますよ」

「そんなに上手くいくかのう」

「上手くいくかどうか、やってみたらええやないですか」

「判った、判った。拾ったゴミを入れるものは？」

「あ、あります、あります」と菜実は緑ジャージのポケットからたたんだポリ袋を出して寄越した。

公園内では、さっき風に飛ばされていたレジ袋の他、ゲーム用カードの袋や踏み潰されたチョコレート菓子の箱などの他、植え込みの中に押し込まれていた空き缶やペットボトルなどが回収できた。トングでゴミ拾いをしている間、菜実が撮影をしながら「三十郎さん、なんでゴミ拾いを?」などとわざとらしい質問をし、地域への恩返しのためだと説明をしたり、ペットボトルは何でできてるか知ってますかと聞かれて答えに窮し、石油由来のプラスチックだと聞かされてもよく理解できないでとんちんかんなことを聞き返したりするくだりを撮られることになった。

続いて商店街に移動するため、二人で公園を出ようとしたとき、菜実が急に「あ、ちょっと」と片手で貴仁を制した。

「何じゃ」

「商店街でのゴミ拾いを撮影する前に、そのトングを脇差しみたいに腰に差して走ったり歩いたり、抜こうとして身構えてるところも撮らせて。最初にその動画を載せて、何を持ってるんやろかと視聴者に思わせておいて、実はゴミ拾いのトングでしたっていうふうにしたいんで」

「へえへえ、仰せの通りに」

「そしたら、まずは私が公園の外から三十郎さんを見つけて、何をやってるんやろかと思って近づいて行く感じで撮るんで、三十郎さんは公園内で殺陣（たて）の練習みたいな動きをやっといてもらえますか？　そやから、こっちを見ないようにしてください」

「承知した」

菜実は貴仁からゴミ袋を受け取り、それを公園の出入り口前に置いて、植え込みの外側にいったん消えた。公園を取り囲む植え込みは大人の身長よりも高いが、ところどころ隙間がある。その隙間から撮影するつもりなのだろう。

貴仁は言われたとおり、右手を腰の後ろに回して今にもトング刀を抜こうかというポーズを取ったり、歩いていて敵に遭遇し攻撃をかわす感じの動きをやったりした。斬られ役は結構な数をこなしたので、殺陣のパターンをいろいろ思い出すこととなってさまざまな動作をこなしたが、朝の公園で自分は何をやってるんだとも思った。

そのとき、背後から突然、「ちょっと、お兄さん、話を聞かせてもらっていい？」と声がかかり、ぎょっとして振り返った。

相手を見て、さらに固まった。

自転車から降りてスタンドを立てた制服警官が近づいて来る。やや太り気味の、貴仁よりも年上と思われる男性警官だった。笑顔を作ってはいたが、警戒も怠（おこた）っていない感じの、歩み寄るというよりも、距離を詰めてくる感じの接近の仕方だった。実際、警官は腰の左側にある警棒のストッパーをいつでも外せるよう、左手はそれらしき位置にあった。

「まずはその、マスクを取って顔を見せてもらえる?」と言われ、貴仁はほっかむりを外し、口もとを隠していた布をずり下げて、「おはようございます」と会釈した。

「はい、おはようございます」警官はうなずき、「その、腰の後ろに差してるのは何ですか?」と聞いた。

「えーと、トングです」

「トング?」

貴仁がそれを抜こうとすると、警官は「あ、ゆっくり抜いてね」と注意した。

言われたとおり、ゆっくり抜いて、トングを見せ、バチバチと音を立て開閉させると、警官はようやく警戒心を解いたようで、ふうと息を吐いたようだった。

「そのトングで、何をやっとったんですかね?」

「ゴミ拾いです。ほら、あそこにさっき拾ったゴミが」

貴仁が公園の出入り口付近に置いてあるゴミ袋を指さすと、警官は振り返ってそれを確認し、「あー、本当に?」と聞いてきたので、「ええ、本当に」とうなずいた。

「怪しい者ではありません」と貴仁は言いながら、充分に怪しいだろと心の中で自分にツッコんだ。「私は白岩商店街のおでん屋で働いてる者でして、近江貴仁と言います。店の宣伝になればと思って、この格好で店に出てるんですよ」

貴仁はそう言って、ひぜんテレビの『だいひぜん！』でも紹介されたことも説明し、忍装束の内ポケットからスマホを出して、番組のホームページにアクセスし、そのときの動画を再生して見せた。

それでようやく納得してもらえたようで、「よく判りました、小刀のようなものを持った忍者装束の人がいると通行人の方から知らされたので、職務質問をさせていただいた次第です。ご協力ありがとうございました」と警官は敬礼した。

いつの間にか警官の背後から菜実がスマホを向けながら近づいていた。足音に気づいた警官が振り返り、「あ、この方は近所のおでん屋さんで――」とさきほど貴仁が説明したことを菜実に伝えた。

菜実はそれをまるで初めて聞いたかのように「ああ、そうやったんですか。ごめんなさい」と貴仁と警官に頭を下げ、「もしかしたら危険なものを持ってはるんちゃうかと思って、勘違いしてしまいました」

警官は「いやいや、それはそう思っちゃいますよ」と菜実に笑って言ってから、貴仁に「ねえ」と同意を求めてきた。貴仁は仕方なく「はい。お騒（さわ）がせしてすみませんでした」と頭を下げた。

警官は自転車にまたがって漕ぎ出す前に、「あ、ゴミ拾い、ご苦労様です」と笑ってもう一度敬礼をした。

警官が遠ざかったところで貴仁が「やってくれたな」と言うと、菜実はまあまあとなだめるような仕草で少し後ずさりながら「自転車に乗ったおまわりさんがちょうどこっちに来るところやったんで、とっさにやってしまいました。ほんまごめんなさい」と半笑いで手を合わせた。

「オレがお前の正体をおまわりさんに教えたら、お主はただでは済まなかったぞ。身柄を奉行所に引っ張られてきつく説諭されておったはずじゃ」

「判っております、三十郎さま。私を売ることなくかばってくださったお陰で、最高の撮れ高になりました。これはもう、大変な評判になること間違いなし。さすが三十郎さま、あっぱれにござりまする。ただ一つ、お役人に対してもひなた三十郎の言葉で対応なさっていただいていれば最高傑作に——」

「あほう。そんなことをしておれば、ふざけたやつだと拙者が奉行所に引っ張られて、さんざんな目に遭っておったわ」

菜実は「まあ、そこまでやったらシャレになりまへんわなあ」と笑った。

何なんだ、こいつは。

貴仁は急に疲れを感じて、ふうと大きくため息をついた。そして、あのおまわりさんが菜実にかつがれたことに気づかないままでいてくれることをただただ祈った。


その日の午後、菜実からLINEで追加の動画を撮りたいのでちょっと出て来てくれと言われ、片づけなどの作業を済ませて店の外に出ると、菜実はもう店の前にいた。なぜか片手に、何かが入っているらしい白いポリ袋を持っている。ペットボトルや空き缶のラベルがうっすらと見えた。

「今度は何を撮るのじゃ」

「今朝、おまわりさんに職務質問された後、私がひなた三十郎さんに声をかけて話を聞くっていうくだりを撮っておいたら、話のつじつまが合うかなって」

「つまり、何だ？　お主は今朝、たまたま拙者を公園で見かけて、お役人に不審人物がいると伝えたことを、ヤラセではありませんということにしようというのか」

「ぶっちゃけ、そういうことです」菜実は屈託なく笑っている。「そこを作っといたら、大丈夫かなって」


変な道に引っ張り込まれかけているような気がしないでもなかったが、貴仁は「判った。ではとっととやろう」と応じた。

菜実からトング刀を取ってくるよう言われ、さらにゴミ入りポリ袋を持たされて、児童公園へ。

「これから、おまわりさんが立ち去った直後というテイで私がスマホを向けながら声をかけますから、アドリブで対応してください。近江貴仁じゃなくて、ひなた三十郎ですからね、よろしく」

「太陽の位置などが違ってるし、外の明るさも午前中と違うのではないか」

「そんな細かいことまでチェックする人なんていません。はい、スタート」

貴仁はポリ袋を持って公園を出て、白岩商店街へと向かいながら再びトング刀でゴミ拾いを始めた。そこに背後から「すみません、忍者の方」と後ろから声がかかり、貴仁は振り返って「お主はさっきの。おい、勝手に撮るな」とぞんざいな口調で言った。

「まあ、そうおっしゃらずに」と菜実は能天気な口調で返した。「あの、さっき、おまわりさんに職務質問されてはったのも、撮らせてもらってました。それ、小刀と違って、ゴミ拾いのトングやったんですね」

「ああ。お役人にはちゃんと説明して、誤解を解いてもらった」

「ボランティアのゴミ拾いですか。感心ですね」

「お主、いったい何の用じゃ」

「何で忍者の格好をしてはるのかなと思って」

「話しても信じてはくれまい。知りたければ、ひぜんテレビの『だいひぜん！』という番組のホームページを開いて、拙者が登場した回の動画を再生すれば、おおよそのことが判る」

「そう言うたら最近、白岩商店街のおでん屋さんをひぜんテレビさんが取材したって聞きましたけど、もしかしてそれですか？」

「ああ、そうじゃ」

「えーっ、私、同じ白岩商店街の駄菓子屋を兼ねてる文具店に下宿してるんですよ」

「何と」貴仁は口を覆う布をずり下げた。「ではご近所さんではないか」

「はい、奇遇ですねー。私は鳥屋菜実と言います」

「拙者は……ひなた三十郎。もうすぐ四十郎だがな」

「あははは、面白い、面白い」菜実はわざとらしい笑い声を上げた。「ひなた三十郎さん。では後でその動画、見てみます。見たら、何で忍者なのかっていうことが、判るんですね」

「そうじゃ」

「ゴミ拾い中、すみませんでしたー。ご近所同士なんで、これからもよろしくお願いしまーす」

貴仁は「ああ」とぶっきらぼうに返し、再びゴミ拾いをしながら歩き出す。

しばらく歩いたところで「はい、オッケー」と声がかかった。

別れ際、菜実からさらに、「数秒間のでいいんで、おでん定食の動画を撮って、送ってもらえますか?」と言われた。「おでん屋さんの紹介もした方がええでしょ」具体的にどういう形になるのかがよく判らなかったが、さほど面倒な作業でもないので「承知した」とうなずいた。

「アップしたら連絡しますねー。お楽しみにーっ」

菜実は笑って片手を上げ、「じゃあお先ーっ」と小走りで先に行ってしまった。

貴仁は「変わったおなごじゃ」とその後ろ姿を見送った。


菜実からLINEで〔ブログを立ち上げて動画をアップしたよ。〕と知らされたのは、翌日の夜、おでん屋の客がいなくなって、功一おじさんたちが奥に引っ込み、店内の片づけを始めたときだった。

『ひなた三十郎、見参。』というタイトルで、ブログの紹介文として〔佐賀県肥前市の商店街に、幕末からタイムスリップしてやって来た忍びの男、ひなた三十郎。同じ商店街で暮らす、駄菓子屋の看板娘が動画を上げてゆきます。〕とあった。

ブログ内に二つの動画が埋め込まれていた。

一つ目の動画は、『謎の忍者、おまわりさんから職務質問される』というタイトルで、動画をクリックすると、忍者装束の貴仁がトング刀に手をかけて殺陣のまねごとをしていたところに制服警官が近づいて声をかけ、何をしているのかと聞かれて説明した、あのときの出来事が再生された。菜実は公園の外にいて、植え込みの隙間からスマホで撮影していたようだったが、ズーム機能を使って、会話の内容までは録音できていなくても、少し慌てた様子で応答している貴仁の表情などはしっかり撮れていた。動画の下部分には、〔忍者装束の謎の男が児童公園に出現。〕〔シャドー殺陣？みたいなことをやってる。〕〔何者なんでしょうか？〕などとテロップが入る。そして、〔おっと、パトロール中のおまわりさんから声がかかったよーっ。職務質問なうｗｗ〕〔腰の後ろに差してたのは刀じゃなくてゴミ拾い用のトング？〕〔どういうこと？〕などと続き、おまわりさんが去った後、貴仁が近くに置いてあったゴミ袋を拾い上げたところで〔どうやら、この忍者さん、公園の清掃活動をしていて、その途中で殺陣のまねごとをやってたのをおまわりさんに見られて職質されたようでした。〕とあり、動画は終了した。

その動画の下には、〔ちょっと面白そうだなと思ったので、さらに忍者さんに声をかけてみることにしました。続きはこちらをどうぞ。〕という説明文があり、今日の午後に撮った、菜実が背後から声をかけたときのあの動画へと続いていた。タイトルは『おまわりさんに職質された忍者にインタビューしてみた。』だった。

そしてさらに、〔何とこの方、白岩商店街にあるおでん屋で働いてるおじさんだと判明。地元テレビ局からの取材も受けてるちゃんとした人でした。ひなた三十郎という名前なんだそうで、佐賀藩の忍びだったけれどアクシデントによってタイムスリップしてしまい、今はおでん屋で働いているんだとか（笑）。詳細はこちらのオンエア動画をどうぞ。」という説明文があり、ブログ内から『だいひぜん！』のホームページにある食レポ動画にアクセスできるようになっていた。

さらにその下には「おでん屋こひなた」とあり、店の正面の写真が貼られていた。さらに「おでん定食。高血圧対策にバッチリなんだって。」とあり、おでん定食の写真も貼ってあった。だがよく見ると静止画像ではなく、おでんや豚汁からは湯気が上がっており、豚汁の椀の中では味噌がもこもこと煙のように動いていた。確かこういうのは、ＧＩＦとかいう動く画像だ。あのコ、こんなものも作れるのか。

そして最後は「ひなた三十郎を今後もさらに追いかけてみたいと思います。乞うご期待！」とまとめてあり、そういうことに詳しくない貴仁は、よくこんなブログをちゃちゃちゃっと作ってしまえるものだなと感心した。

貴仁は菜実に、「お主はすごいおなごじゃ。素直に感謝。」と返信しておいた。

そのブログが新たに更新されたのは翌々日のことだった。掲載されたのは、菜実が最初にひなた三十郎を撮影した、あのブランコなどを使った動画だった。画面の下部分には「ブランコを初めて見た（と本人は言っている）忍者のひなた三十郎。」「遊び方が判り、夢中で漕いでます。」〔漕ぐ高さといい、ジャンプする距離といい、身体能力はさすが。」などとテロップが入り、最後はやはり〔ブランコに夢中になりすぎて乗り物酔いをしてしまったひなた三十郎、吐き気に見舞われてトイレへ。ｗｗ」と入っていた。

撮った順番は違っているが、たまたま職務質問をされているひなた三十郎を見かけたことがきっかけで、本人の同意を得てその後さらに動画を撮るようになった、という形にはなった。お陰で、あの職質が菜実による〔罠〕だったことは誰にも気づかれないままいけそうだった。

翌日、朝のゴミ拾いを終えて戻った直後に、菜実から再び連絡が入り、新動画を撮りたいから猪狩文具店に来てくれと頼まれた。トング刀を腰の後ろに差し、ほっかむりなどをしっかりした〔顔隠しバージョン」で出向いたところ、菜実は店内にいて、ネコ用のブラシを貴仁に渡してきて「今日はにゃんこ師匠のご機嫌伺いをする様子を撮りましょか」と言った。

にゃんこ師匠はこの日も、文具用の棚の上で丸くなっていた。眠っておらず、薄目を開けてこちらを見ている。貴仁が「にゃんこ師匠、ご機嫌いかがでござりまするか」と声をかけたが、ただただ見返されるのみだった。

「拙者がにゃんこ師匠にブラシをかければよいのか？　この前は触ろうとしたが逃げられたぞ」

「今日はお酒が入ってないから大丈夫と違います？」そう言ってから菜実は早くもスマホを向けて「アドリブでいってみましょう。スタート」と撮り始めた。

「にゃんこ師匠、ご機嫌いかがでやんすか？」と再び声をかけた。〔やんす〕という言い回しを使ったのは、映画『隠し剣鬼の爪』で主人公の若侍が長老連中にあいさつをしたときの方言をふと思い出したからだった。

にゃんこ師匠はやっぱり反応がなかった。貴仁がブラシを見せて「ブラッシングをさせていただきとうござりまするが、いかかでやんしょ」と続けたが、興味がなさそうだった。

菜実がスマホで撮影しながら「ひなた三十郎さん、にゃんこ師匠とのご関係は？」と聞いてきた。

関係と言われても。お主に言われて対面しておるだけではないか。

だが貴仁は即興で「にゃんこ師匠は、忍びに求められる俊敏な動きを伝授してくださった拙者の師匠でござる。それは厳しい修行で、思い出すだけで今でも吐きそうになる」

「へえ、そうやったんですか」と菜実。「ひなた三十郎さんのバク転やバク宙も、にゃんこ師匠から教わって――」

「そのとおり。拙者にとっては恩人、いや恩ネコでござる」

「それにしては、師匠との仲があんまりよくないみたいですね」

「それは……」

「もしかすると、三十郎さんが鍋島直正公から直々に声がかかって直属の忍びとなったせいじゃないですか。順序から言えば、にゃんこ師匠の方が先に重要な任務を担うはずやったのに、弟子に先を越されてにゃんこ師匠は面白くない、とか」

「にゃんこ師匠はそのような器の小さいお方ではない。むしろ、拙者が気を遣わずとも済むよう、師匠の方から距離を置かれたのではあるまいか」

「あ、そういえば佐賀藩って、化け猫騒動の伝説みたいなのがありましたよね」

おー、ナイスなフリ。

「うむ。化け猫騒動は講談や歌舞伎によって尾ひれがつくなどしたようじゃが、佐賀藩内での権力争いの中で非業の死を遂げた者の怨念が化け猫となって夜な夜な現れるようになった、という類いの話が語り継がれておるようじゃな」

「にゃんこ師匠が出世できなかったのは……」

「お主の推察どおり、佐賀藩ではネコを縁起の悪いものとして見る向きもある。にゃんこ師匠は黙って耐えておられるが、心中察するにあまりある」

「そうですか。そんな事情があったのですね。では、にゃんこ師匠のご機嫌取りに、これをどうぞ」

菜実からそう言って渡されたのは、歯磨きのチューブのような形をしたネコのおやつ、テレビコマーシャルでもやっているキャットチュールだった。ネコはみんなこれが大好きで、夢中になってペロペロなめるらしい。

貴仁はキャップを外してキャットチュールの先端を、棚の上にいるにゃんこ師匠の鼻先に近づけた。

「にゃんこ師匠、おやつでもいかがでやんすか？」

キャットチュール、おそるべし。にゃんこ師匠は「んにゃ？」と声を出してむくと立ち上がり、瞬く間に低い棚に飛び移って床まで下りて来た。貴仁が両ひざをついた姿勢でキャットチュールの中身が少しずつ出るようにすると、にゃんこ師匠は無心にそれをなめ始めた。短めの尻尾が左右に揺れている。

菜実が「にゃんこ師匠、ちょっと機嫌を直してくれはったみたいですね」と言い、貴仁は「うむ。そうであればよいのじゃが」とうなずいた。

「ところで三十郎さん、忍びっていうのは、その名のとおり、忍んでないとあかんのですよね」

「もちろんそうじゃが、どういう意味かの」

「忍びという言葉をスマホ辞書で調べたら、我慢するっていう意味と、人目につかないように身を隠すとか、人目を避けるという意味やって書いてました。忍びは目立たないように活動せんとあかんのですよね」

「そのとおり。だからこそ拙者は野良着に近い格好でほっかむりをしておる」

「それって、江戸時代とかやったら成立するけど、今のこの時代はかえって目立ってんのとちゃいます？　本物の忍びやったら、サラリーマンとか飲食店スタッフの格好をするのが筋やと思いますけど」

菜実は変な笑い方をしていた。わざと意地の悪い質問をして、どんな答えを出すかを試す腹か。

「テレビのロケが来たときも、自分のことをべらべらとしゃべってましたよね」と菜実は続けた。「忍びやったら自分の正体は隠さなあかんのに」

「拙者が忍びだったのは、幕末のあの時代の話。今となっては、拙者に密命を下す立場であった直正公もおられぬゆえ、任務そのものがなくなっておる。つまり、拙者はこの時代ではもはや忍びではなく、ただの浪人。拙者に残された任務がもしあるとすれば、それは直正公が常々口にしておられたように、民を笑顔にすること。そのためならば、拙者は進んで道化にもなろう」

「おー、すばらしいお考えです。ところで三十郎さん、あんまりたくさんキャットチユールをあげたら、普通のキャットフードを食べなくなってしまうので、そろそろ」

「おお、そうか。にゃんこ師匠、キャットチュールはこの辺にして、次はブラッシングと参りましょう」

そう言って貴仁がキャットチュールを引っ込めようとすると、にゃんこ師匠は「にゃっ」と不機嫌そうに前足で引っかくような仕草をして、もっと寄越せとアピールした。仕方なくまたしばらくなめさせて、「にゃんこ師匠、ではそろそろ」と引っ込めようとすると、またにゃんこ師匠は「にゃっ」と怒って引っかく動作を繰り返した。

三回の攻防を経て、ようやくキャットチュールは終了となり、続いてブラッシングを始めた。頭をブラッシングすると、にゃんこ師匠は耳を寝かせて目を細めている。さらにほおやあごの下、背中などに範囲を広げてゆく。こいつは美味しいおやつをくれたやつだと認識してもらえたようで、にゃんこ師匠は途中から床に寝そべり、ぐるぐるとのどをならしながらブラッシングを受け入れてくれた。

最後に素手で頭をなでようとすると、にゃんこ師匠は不意に前足を使って貴仁の手が触れないようブロックしてきた。

「師匠、手で直接なでなでさせていただけませぬか」と言うと、にゃんこ師匠は起き上がって座り直した。それをオッケーだと貴仁は受け取ったが、片手を伸ばすとまた前足でブロック。菜実が「おー、これは相手の動きを察知して事前に封じるという、まさに合気道の極意」とうれしそうに言った。

その後しばらく、貴仁がブラシを手にするとにゃんこ先生は素直にブラッシングされ、素手を近づけるとブロックされる、というコントみたいなやり取りが収録された。

その日の夜遅くにアップされた動画には、この場面の下部分に「にゃんこ師匠、合気道のスイッチが入って弟子の三十郎に伝授。」というテロップが入っていた。


翌日の夕方、若い白人系の外国人女性二人が来店してカウンター席に並んで座り、おでん数品とビールを注文した。一人はボーダーの長袖シャツで赤い柄模様のバンダナを頭に巻き、もう一人は薄手のパーカーを着て黒いキャップをかぶっていた。食べることが好きなのか、二人ともなかなかのふくよか体格だった。バンダナのコがおでんに詳しいようで、キャップのコにこれはこういう材料のおでんだ、みたいなことを英語で説明したようだった。さらに二人はスマホで互いが食べるところを撮影し合い、英語で食レポのようなこともした。

店内にはおじさん客が四人ほどいたが、珍しいからだろう、みんな、ちらちらと彼女たちを見ていて、うちおじさん客の一人が「ウェア、アー、ユー、フロム？」と声をかけた。するとバンダナのコが日本語で「私はアイルランド、彼女はカナダ人です」と答えた。話しかけたおじさんは「へえ」とうなずいた後、あまり二人の邪魔をしてはいけないと思ったのか、「ハブ、ア、グッタイム」と親指を立て、二人が「サンキュー」とうなずいただけでやり取りは終わった。

その後、バンダナのコがときどき貴仁の方を見ているようだったので、目が合ったときに「追加のご注文かな?」と尋ねたが、「あ、大丈夫です」と言われた。

そのとき、出入り口の引き戸が開いて、両手鍋を持った菜実が「お疲れさまでーす」と入って来て、「三十郎さん、おでんいろいろ十種類入れて。鶏軟骨天二つは必須ね」と言った。そして外国人女性二人に気づいて「ハーイ」と手を上げ、彼女たちも「ハーイ」と笑って応じた。

調理場に行くと、大将は『木枯らし紋次郎』を食い入るように見ていたので、「オレが入れます」と言うと、「ああ、悪いね」と返ってきた。

店内に戻ると、菜実はスマホを片手に持って外国人女性たちの近くに立ち、何やら話をしていたようだった。

「三十郎さん」菜実はそう言って、受け取った鍋を空いていたテーブルに置いた。「この二人のお嬢さんたち、SNSを通じて知り合って一緒に日本を旅行してるそうやねんけど、ユーチューブで三十郎さんを見て、会いに行こうってなって、わざわざ場所を調べて来てくれはったんやて」

「おお、それはまことか」

「まこと、まこと、まことちゃんにござります」

「お主、ユーチューブと申したか？」

「あ、言うてへんかった？　それはごめんちゃい」菜実は笑って手を合わせた。「ひなた三十郎の動画、ユーチューブにも上げてますねん。その方がたくさんの人たちに見てもらえまっしゃろ」

「別にそれは構わんが、お主、メリケン語を使えるのか」

「ほんの片言です。こちらのバンダナのお嬢さんは日本語をまあまあ話せるので、スマホの翻訳アプリは使わなくても意思の疎通ができました。で、このお嬢さんたち、ひなた三十郎さんと一緒に写真、後で撮らせてほしいねんて」

それで、バンダナのコは何か言いたそうにしていたのか。仕事中だからと断られるかもしれないと思って、遠慮していたらしい。

貴仁は「喜んでお相手つかまつる」と外国人女性に一礼した。「いつでも声をかけられよ。顔隠しバージョンでも顔出しバージョンでも、遠慮なく」

するとバンダナのコが「私、ロレッタと言います」と自己紹介した。続いてキャップのコが自身を親指でさして「アイリーンです」と名乗り、「私は日本語、ちょっと難しいです」と笑って肩をすくめた。

「ひなた三十郎さんの動画、すごく楽しい。他の友だちから教えてもらって知りました。ポリスマンに止められていろいろ聞かれたり、ブランコに乗ったり、面白いです。昨日はネコの先生の動画も見ました。二人でホテルの部屋で見て、たくさん笑いました」

ふと気がつくと、菜実はさきほどからスマホでそのやり取りを撮影していたようだった。貴仁と目が合うと菜実は「撮ってもいいって言ってくれたから大丈夫」と言った。

「これも編集してネットに上げるつもりか」

「そのつもりどす」

「抜け目のないおなごじゃ」

さきほど彼女たちに声をかけたのとは別のおじさん客が「へえ、お兄さん、有名人なんだ」と言ってきたので貴仁が「いやいや、とんでもない」と片手を振ったが、「でも外国人のファンがいて、わざわざ来てるじゃないの。うらやましいなあ」と冷やかされた。ロレッタたちは、自分たちの話をしていることが判ったようで、「こんにちは」と声をそろえて会釈し、おじさん客はちょっとうれしそうな顔になって「あ、どうもどうも」と申し訳なさそうに片手で拝むような仕草を見せた。貴仁とは普通に話せても、若い外国人女性と直接話すことには気後れしてしまうらしい。

バンダナのコが「おでんの卵と牛すじ、美味しいです」と貴仁に親指を立てた。

貴仁は「かたじけない」と会釈で返した。

「彼女は、鶏軟骨天と大根が気に入ったそうです」

バンダナのコが言った意味は判ったようで、キャップのコが笑って「とても美味しい」とうなずいた。

「恐悦至極でござる。満足されたようで何より」

「今日の昼、嬉野温泉にある忍者のテーマパーク行きました。楽しかったけど、忍者ウェア、ひなた三十郎さんとは違ってました」

「あー、なるほど」貴仁はうなずいた。「あちらはいわゆるビジネス用忍者ウェアでござる。お客さまに失礼がないよう、きれいなウェアを選んだのであろう。拙者が着ておるのは要するに野良着にほっかむり。しかしこれがリアルガチな忍者ウェアでござる。お客さんに対しては少々失礼な格好かもしれぬが」

「野良着?」とロレッタとアイリーンは顔を見合わせたが、菜実が「ジャパニーズ、オールド、ワーキング、ウェア」と説明すると、何となく理解できたようで、「あー、判りました、だいたい」とうなずいた。

会計をした後、貴仁は菜実に促されるまま、店の前でロレッタとアイリーンと並んで写真に収まった。ロレッタのスマホを菜実が借りて、何パターンか撮影。売れないアクション俳優だったときには一度も他人から一緒に写真撮影をと頼まれたことなどなかったので、少々複雑な気分だった。

菜実はさらに自身のスマホを貴仁に向けながら、「三十郎さん、かわいい女子が二人も会いに来てくれはったんやから、あれを披露するべきなんとちゃいますか？」と言った。

応じてしまったら、他の客から同じことを頼まれても断れなくなる。いや、断る必要はないか。ひなた三十郎は、民を笑顔にすることが務め。

菜実は、貴仁が了解の返事をするよりも早く、片言の英語で説明し、ロレッタたちは「ワオ」「アイム、ソー、ハッピー」などとうれしそうに拍手をした。

ロレッタとアイリーンがそれぞれスマホで動画撮影のスタンバイをした。菜実は、ロレッタたちも撮影画面に入るよう、道をはさんだ向かい側の空き店舗シャッターの前に移動してスマホを構えた。

貴仁は「では参るぞ」と下がりながら言い、軽くステップを踏んでから斜め前転（倒立回転跳び）、バク転、バク宙の連続技を決め、忍者っぽくすばやくしゃがんで向きを反転させてから、ゆっくり立ち上がって両手の人さし指を立てて組む忍者ポーズになった。

ロレッタたちは「ファンタスティック」「ヤバい、ヤバい」などと大喜びしてくれた。

菜実が撮影した動画は翌日さっそくアップされていたが、あの後、菜実はロレッタたちを猪狩文具店に連れて行って、二人に駄菓子を紹介して買わせたり、スーパーボールくじを引かせたり、にゃんこ師匠にあいさつをさせたりして、その様子の動画もあった。その中では、楽しげに駄菓子を選んだり食べたりしているロレッタとアイリーンの様子が映し出され、〔駄菓子の安さに驚いている二人。〕〔ロレッタさんはチェリー味や青リンゴ味が混じったミックス餅の食感と味に大喜び。〕〔アイリーンさん、よっちゃんイカが気に入った様子。〕〔ひなた三十郎の恩師、にゃんこ師匠にも面会できて大満足の二人です。〕などといったテロップも用意されていた。そして動画の最後には、猪狩文具店を外から撮った画像が現れ、画面下にはJR肥前白岩駅やバスでのアクセスが記されていた。

抜け目のないこと。自分とは真逆の、人を利用する能力に長けたおなごである。

6

動画による宣伝効果は徐々にではあったが確実に表れるようになり、おでん屋こひなたでは、おじさん客の中に、若者の姿がちょいちょい見られるようになった。男女の若いカップルや数人の女子グループから、「動画見てますよ」と声がかかったり「一緒に写真お願いします」と頼まれて応じる機会が増えた。アクロバティックな動きを頼まれるケースが意外となかったのは、そんなことを頼むのはさすがに厚かましいと考えてくれているようだった。

おでん定食が高血圧対策メニューだという情報も多少は拡散しているようで、正然も一人ではなく市役所の後輩を連れて来てくれ、ランチタイムにやって来るおじさん客は以前と較べて二割増しになった。また、正然が手首に巻くタイプの血圧計を提供してくれ、店内に〔無料で血圧測定できます。〕という貼り紙で告知したところ、ランチタイムにはおじさん客の半分以上が入れ替わり立ち替わり測定してゆくようになった。貴仁が「血圧はいかがじゃったかな？」と尋ねると、多くが「いやあ、あんまり」「ちょっと高めやった」などと苦笑し、血圧を気にしているおじさんたちはやはり多いのだなと再認識した。

店にかかってくる電話は、常連客以外に、「忍者の人が持って来てくれるんですか？」と確かめた上で初めて配達の注文をしてくれるお客さんも出てきて、出向いた先では「うちの子どもたちと一緒に写真を」と頼まれたりした。

そしてありがたいことに、お客さんたちのほとんどが、ひなた三十郎というキャラに乗っかってくれて、「こっちの世界にはもう慣れましたか?」「元の時代に戻れるといいですね」「佐賀城跡には行ってみましたか?」などと面白がって声をかけてくれたりした。

佐賀城跡に行ってみる、というのは動画のネタになるのではないかと思い、菜実にLINEで伝えてみると、「めっちゃええですやん、それ」と食いついて、さっそくその日の午後に出向くことになった。

ランチタイムが終わって仕事が一段落したところで、菜実がゆったりしたえりの白いシャツにジーンズ、デイパックという軽装でやって来た。

二人で三十分ほどバスに揺られて佐賀市内へ。バスの車内でも、降車してから歩いている途中も、貴仁は忍者装束のままだったが、顔出しバージョンにしておくだけで作務衣のような格好に見えるので、さほど奇異な目で見られることはなかった。

佐賀城跡は、新たに作られた石垣もあるが、江戸時代の天守台だった石垣はかつてのものが今も残っている。途中で左に折れる石階段を上ってゆくと、天守があった頂上に出る。城というには物足りない高さに感じた。

平日の午後とあってか、わざわざここにやって来る物好きは、貴仁と菜実以外にはいなかった。

県庁や県警本部、ホテルや高層マンションなど町並みがよく見えた。遠くに目をやると、脊振山や天山なども見える。北側の上空を、トンビが飛んでいた。

　幕末の時代は、どんな眺めだったのだろうか。

「三十郎さん、全然息切れしてませんね。すごい、すごい」と菜実が早くもスマホで動画撮影を始めながら言った。彼女ははあはあと呼吸が少し荒くなっている。

「ばあさんでもあるまいし、この程度の石段で息切れとは恥ずかしいぞ。お主も甲賀の育ちならば、その名に恥じぬよう、体力をつけよ」

「三十郎さんは普段、何かやってるの？」

「朝起きて、目覚まし腹筋。それから台の上に両足を載せて、丁寧な動作で腕立て伏せ。児童公園でゴミ拾いをするついでに、ブランコのパイプにぶら下がって懸垂。さらに逆立ち歩きとジャンピングスクワット。そんなところじゃ」

「わあ、すごい」菜実は拍手した。「講談師やってるみやびちゃんから、市立体育館にあるジムに行かへんかって誘われてて、何となく面倒くさそうに感じて曖昧な返事でごまかしてたけど、やっぱり行こうかな。みやびちゃんは身体動かすの好きやって言うてたから、一緒にやったら引っ張ってもらう感じで続けられるかもしれへんし」

「友人は大切にすることじゃ。そのように声をかけてくれる存在が身近にいることにもっと感謝した方がいいぞ」

「へへーっ」菜実は頭を下げてから周囲の眺めをゆっくりと撮り、「周囲が大きなお堀に囲まれてたり、途中で直角に曲がらなあかんかったり、階段の幅が意外とせまかったりというのは、敵から攻撃されたときに備えて、ってことですよね」

「左様。佐賀城は、かつては松の木などがたくさん植えられていて、外から天守を覗き見られぬようにもなっておった。他の多くの城が威容を見せつけるかのごとくそびえ立つ造りであったのに対して、佐賀城は敵から情報を握られぬことを優先した造りで、沈み城という異名もあったぐらいじゃ。まさに忍びに通じる発想じゃな」

　ひなた三十郎というキャラを背負うことになったので、最近はネットでこういう情報を仕入れるようになった。

「三十郎さんはこの天守とか、下に新しく作られてる本丸とかに出入りされてたんですか？」

「拙者は町外れに住んでおった。あの辺りじゃった」と西に見える住宅街の方を適当に指さした。「天守から細長い煙が上がり、いったん消えて、再び上がったときが呼び出しの知らせで、拙者は医者の助手という身分で城に出入りしておった。忍びは味方にも正体を知られてはならんのでな」

「石垣の台地しか残ってないのは、明治時代に起きた佐賀の乱で燃えたんやと思ってたけど、天守はもっと昔、江戸時代の中期に火災で焼失してたんですね」

　菜実はバスに乗っているときにスマホでいろいろ調べていたようなので、にわか学習をしたのだろう。

「これ、佐賀の人間の前で、佐賀の乱という表現をしてはならぬ。こちらでは佐賀の役、あるいは佐賀戦争と呼ぶのがお約束じゃ。初代司法卿など、新政府の要職を務められた江藤新平先生は、地元の士族たちが新政府への不満を爆発させそうだと知って、彼らをなだめるために佐賀に帰って来たにもかかわらず、江藤先生を目の上のたんこぶのように疎ましく思っていた大久保利通らの策略によって、不平士族たちの首謀者に仕立て上げられ、戦闘の火ぶたが切られてしまったのじゃ」

「あの、三十郎さんは幕末にタイムスリップしたので、明治時代の話は……」

「こちらの世界に来てから知ったことじゃ。佐賀藩のその後のことはやはり気になるのでな。あの大久保利通という男が陰湿な策略家であるという評判は、拙者が京都で密偵活動をしておったときにも何度となく耳にしておる」

「大久保利通って人、鹿児島の人からも何か嫌われてるみたいですね。もともとは同志だった西郷隆盛さんもあんな目に遭わせちゃって。鹿児島の人たちは、西郷隆盛のことは西郷さんとか、せごどんとか親しみを込めて呼ぶけど、大久保利通のことは大久保と呼び捨てにする人が多いみたいで。第二次大戦で日本が敗戦したとき、鹿児島の一部のお年寄りだけは、これで大久保が作った政府が崩壊したぞと喜んだとか」

「大久保は民に慕われることがいかに大切かに気づかなかったのであろう。それに対して鍋島直正公はおそらくこの天守から、民を見下ろすのではなく、松の木の隙間からこっそり、民が笑顔でいるかどうかを常に気にして観察しておられたことじゃろう」

「三十郎さん、もしかして、佐賀の観光大使とか、そういうポジション狙ってたりしてませんか?」

「そういう見方をするのはお主の眼が濁(にご)っておるからじゃ。拙者はしがないおでん屋。客や周りにいる人々を笑顔にすることが務めと心得ておる」

しばらく無言で撮影を続けていた菜実が「今回はちょっと、カッコつけすぎ、的なー」と茶化した。

帰る前に、かろうじて昔のまま残っている鯱(しゃち)の門に立ち寄った。佐賀の役での政府軍による銃撃の跡が、柱や扉に生々しい穴となって残っていた。貴仁は手を合わせて頭を垂れた姿勢をしばらく続けていると、菜実から「やっぱり、ちょっとカッコつけすぎやなー。もうちょっと笑うとこほしかってんけど」と文句を言われた。

バスで肥前市白岩町に戻り、商店街に入る手前にある、無駄に広い無料駐車場の前で立ち止まった。正然から聞いた話では、ここは中古車販売店が営業していたのだが撤退したため、前市長が土地を買い上げてテニスコートを建設する計画を発表したものの、市議会やマスコミから「市長は家族ぐるみでテニスが趣味。行政の私物化だ」「テニスコートは周辺にいくつもあり、需要があるとは思えない」などと言われて、当面は無料駐車場にしますと方針転換、そのまま新たな使い道が決まらないまま今に至っているのだという。

フェンスのない、だだっ広いアスファルトの駐車場にまばらに駐まっている車は十数台。キャパシティと較べると十分の一程度しか使われていない。JR肥前白岩駅からも、肥前市役所からも徒歩十分以上かかる場所なので、白岩商店街の利用者ぐらいしか駐めていないようである。

「ここ、中古車販売店やってたそうですね」と菜実が言った。「アスファルトが残ってるお陰で、駐車場にはもってこい」

「前向きな受け止め方じゃな。拙者にとってこの閑散とした眺めは、商店街の今を象徴しておるように思えてならぬ」

「何を言うてるんですか、三十郎さん」菜実は貴仁の片腕を叩いた。「これからどんどん、車の数が増えてゆくのを眺める楽しみがあるやないですか」

菜実は本気で言っているようだった。貴仁は「お、おう……」とうなずいた。

商店街に入ったとき、中華そばの白岩亭の前で、店主の新谷さんが電子タバコを吸っていた。縦も横も身体が大きいのにおとなしい人である。年齢は五十前後だろうか。白いポロシャツにチノパンという格好で、頭に白い手ぬぐいを巻いている。

貴仁がおでん屋で働き始めたときに商店街の各店舗にはひととおり出向いてあいさつをしたが、新谷さんはあまり目を合わせようとしない感じで「あ、どうも」と会釈を返されただけで、ほとんど会話がなかった。覇気のない人、というのが貴仁の印象である。

忍者装束の貴仁と菜実に気づいた新谷さんは「あ、こんにちは」と初対面のときとは違って愛想のいい表情で頭を下げた。菜実が「新谷さん、お疲れさまです」と慣れた口調で返したので、このコが一緒だからこの態度なのかもしれない。

貴仁があいさつをするよりも先に新谷さんの方から「動画、拝見しましたよ」と言ってきた。「忍者の格好をして、時代劇ふうの言葉を使うとか、発想がすごいですね。それでちゃんと外国人のお客さんが来るようになってきたっていうんだから、たいしたもんじゃないですか」

「いえいえ、まだ外国のお客さんは、あの動画に登場した二人だけで」

「でも、これから増えてくんじゃないですか。動画の視聴回数とか、日に日に伸びてるみたいだし、きっとあの外国人の女のコたちもSNSとかで拡散させてるはずですよ」

貴仁が「だといいんですがね」と返すと、菜実から「三十郎さん、言葉」と脇腹をつつかれ、「だとよいのじゃが」と言い直した。

「おでん定食が高血圧対策メニューだっていう健康にいいイメージであらためて売り出したところもすごいと思いました。おじさん層のお客さん、増えてるんじゃないですか」

「ありがたいことでござる。昼間は客の入りが二割増し程度にはなり申した」

「いやあ、うらやましい。猪狩文具店もきっと、これからお客さん増えると思いますよ。ひなた三十郎さんと駄菓子屋の看板娘のコンビ、すばらしい。お互いに、いい相方を見つけられて、本当にうらやましい」

「よかったら白岩亭さんの宣伝動画もやりましょか?」と菜実が何でもないことのように言った。「ひなた三十郎でよかったら、食レポとかなんぼでも伺いますよ」

「本当に?」新谷さんは電子タバコを口に持って行きかけた手を止めた。「お願いしていいですか?」

「お安いご用です。ね、三十郎さん」

えっ、と言おうとしたが菜実からまた脇腹をつつかれた。

「うむ。拙者でよければ、喜んで力になってしんぜよう」

「ありがとうございます」新谷さんは丁寧に頭を下げた。「実は先日、うちにもひぜんテレビのディレクターさんが来たんですけど、店内を見回して、少し話をしただけで、こりゃ地味すぎてダメだと思われちゃったみたいで、ロケに伺うことになるかどうかはまだ未定ですが、実際にお願いしようということになったらあらためて連絡しますって言われて、それっきりで」

「小田ディレクターどのかな？」

「そうそう、そうです。仮にロケに来てもらったとしても、こひなたさんみたいに面白くはできないし、何の盛り上がりもない映像を流されたら余計にお客さんが来てくれなくなるような気がしたんで、ボツになったようでほっとしてたところなんですけど……そういう後ろ向きの考えじゃダメだとは判ってるんですけど、私はもともと社交性に欠けるっていうか、お客さんともあんまり話ができなくて」

　菜実が「やればできると思うんやけど」と小声でつぶやいた。

　新谷さんはさらに「商店街自体がそもそもこんな感じに寂しくなってるんで、いっそのこと店をたたんで、どこかの中華料理屋か居酒屋の調理場で働こうかなってずっと思ってたんです」と続けた。

　初対面のときのあのテンションの低さは、そういう事情によるものだったらしい。

「では、食レポは二、三日中にでもやらせてもらうとして」と菜実が言った。「三十郎さん、ちょっと小腹、空いてません？　中華そばを半分ずつ食べるっていうの、どうです？」

確かに前もって味を確かめておいた方がいいだろうと貴仁も思ったので、菜実と共に店内に入れてもらった。

Ｌ字型のカウンター席と、二人用のテーブル席が二つのみの、こひなたと同様、実にこぢんまりした店だった。壁はあちこちにしみがあり、店の隅にある三段ボックスにはマンガ雑誌が詰め込まれていた。壁に貼ってあるメニューも、中華そばと焼きギョウザのみ。飲み物は瓶ビール、焼酎、ウーロン茶。ウーロン茶の表示の横に「ウーロンハイできます。」とあった。

貴仁と菜実はカウンター席の真ん中に並んで座った。

菜実が「じゃあ、すみませんけど、中華そば一つを、二人でいただく感じでお願いします」と頼むと、カウンターの奥に入った新谷さんは「はい、中華そば一丁」と抑えた口調で応じた。

「新谷さんは、どれぐらいこの店をやっておられるんですか」と菜実が聞いた。

「二十年ほどになりますかねえ」と新谷さんはこちらに背を向けて調理器具がある壁側を向いて手を動かしながら答えた。「若い頃は福岡市内の中華料理店で修業してたんで、ここも最初は中華料理店としてスタートしたんですよ」

「ということは、酢豚とか八宝菜とか、麻婆豆腐とか」菜実はそう尋ねてから「私、麻婆豆腐めっちゃ好き」とつけ加えた。

「はい、酢豚も八宝菜も麻婆豆腐もやってました。最初は評判の町中華になってやるぞと意気込んでたんですけど、お客さんの注文は単価の安い中華そばとギョウザばっかりで。メニューが多いといわゆる食品ロスも出るし、仕入れとか調理の手間も大変なんで、徐々に品数を減らしてって、とうとう中華そばの店になっちゃいました。ちょっと前まではチャーハンもやってて、それはまあまあ注文もらってたんですけど、左手首が腱鞘炎になっちゃって。医者からは、大きな中華鍋を振らなきゃいけない料理はやめた方がいいって言われて、泣く泣くメニューから外しました」

「ラーメンやなくて、中華そばなんですね」

「ここら辺りでラーメンっていうと、とんこつラーメンですからね。お客さんが勘違いして注文しないよう、中華そばって名称を使ってる感じですかね」

貴仁が「しょうゆラーメンと中華そばは違うものでござるか」と尋ねると、新谷さんは「しょうゆラーメンの方が、スープの材料にバリエーションがあるんじゃないですかね。中華そばっていったら基本、鶏がらスープだけど、しょうゆラーメンだと煮干しだとか牛骨だとか、店によっていろいろですから。でも実際のところは、店主が自由に呼び方を決めてるんじゃないかなあ」と答えた。

ほどなくして中華そばがカウンターに置かれ、二人分の小鉢とレンゲも用意してもらった。誰もが想像する感じのあめ色のスープに黄色い中華麺が使われていて、チャーシュー、なると巻き、メンマ、小松菜らしき葉物野菜などが入っていた。

　菜実が「早い者勝ちー」と言いながら箸で麺だけでなくチャーシューやメンマなども次々と小鉢に移し入れ、レンゲでスープもすくってミニラーメンを作った。貴仁が「チャーシューは一枚のみであったか。無念」とぼやくと、菜実は箸でチャーシューをちぎって、小さい方を貴仁の小鉢に入れて「ほらこれでええでしょ。大の大人が小さいことを言わんとき」と笑った。新谷さんが苦笑しながら「仲のいいお父さんと娘さんみたいでいいですね」と言ったので貴仁が「せめてお兄さんと妹にしてもらえぬか」と返すと、菜実が「二十も年が離れてるのにそんなこと言うやなんて、草野球のキャッチャーたいね」と急に九州なまりの言い方をした。

「そんな昔の映画、知ってるのか」と貴仁が聞くと、菜実は「うん。テレビでやってたから。高倉健さんが亡くなったときの追悼番組で」と答えた。新谷さんも知っていたようで「ああ、『幸福の黄色いハンカチ』ですね。高倉健さんが若造役の武田鉄矢さんに説教する場面」と言った。高倉健さんは説教終わりに「お前のような男をオレの方じゃ、草野球のキャッチャーちゅうんじゃ」と言ってから、「ミットもない、ちゅうこったい」と説明したシーンである。

　中華そばの味は、正直なところ、可もなく不可もなく、という印象だったが、旨いといえば旨いので、貴仁は「旨いのう」と言い、菜実も「はい。これぞ町の中華そばっていう、期待を裏切らない味ですね」と合わせた。

「言葉を選ばせてしまって申し訳ない」新谷さんがこめかみ辺りを人さし指の先でかいた。「業務用の鶏がらスープに製麺業者から仕入れる麺ですから、本当に平凡な味なんです。昔は本物の鶏がらでスープを取ってたんですけど、あるとき用事ができて仕込みが間に合わず、業務用鶏がらスープで代用してみたら、お客さんが誰も気づかなくて。私自身も味見をして、変わんないなあってなっちゃって」

「お客さんはやっぱり、男性客中心ですか」と菜実が聞いた。

「はい。女性客は、ほとんど来ませんねー」と新谷さんは自虐(じぎゃく)的な笑い方をした。「ま、こういう店に顔も身体もでかくて無愛想(ぶあいそう)なおっさん店主だから、当然なんでしょうけど」

「女性の目線から一つ、言うてもええですか？」と菜実が新谷さんを見上げた。新谷さんはちょっと表情を引き締めて「はい、是非」とうなずいた。

「この中華そば一人前は、大人の男性のおなかがちょうど満たされる分量やと思いますけど、やっぱり女子には多いです。ギョウザは一皿何個ですか？」

「六個ですね」

「男性やったら中華そばとギョウザ両方頼む人もいるやろうと思いますけど、女性は無理ちゃうかな。中華そばも七割ぐらいの量がちょうどいいかも」

「あー、確かに」新谷さんは何度も小さくうなずいた。「言われてみればそうですね。そういうところも女性客を遠ざけてたんですね」

「町中華みたいなお店、本当は行ってみたいと思ってる女子って結構いるんですよ。でも女子ってたいがい、たくさん食べたい、じゃなくて、ちょっとずついろんなのを食べたい、なんですよ」

「なるほど。だからちっちゃいスイーツのバイキングなんか女子に大人気なんですね。いや、これは貴重なご意見をいただきました。女性用の分量は、多少の手間しかかからないと思うので、すぐにでも始めようかな」

「あと、女子はやっぱり健康志向なんですよ」

「あー、それかー」新谷さんは顔をしかめて上を向き、手のひらで自身のひたいをぺちんと叩いた。「中華そばなんて、ダイエットの敵、背徳(はいとく)メシですからねー」

「でも、方法はあるんと違いますか？　女子って、さっき新谷さんが言わはったように、スイーツ大好きでしょ。その好きなスイーツを食べる口実を別のところで作ってるんです」

「へ？　それはどういう……」

「女子って、外食するときなんか、野菜がいっぱい入ってたり低カロリーなものを選んだりするけど、それって実は、スイーツを食べる口実を自分で作ってるんです」

「あー、そうか。コンビニでも女子は昼ご飯にツナサラダとか選びがちなイメージはあるしなあ」

「女子ってほんまは、ラーメン大好きなんです」

「うん、だから分量控えめのメニューがあると喜ばれる」

「カロリーとか分量だけやなくて、健康にいいラーメンとなったら、女子はもっと食いつくと思いますよ」

「健康にいい……野菜をいっぱい入れる、とか？」

「それもいいと思います。女子はタンメンとかちゃんぽんとか、野菜がたっぷりやと罪悪感が消える傾向にありますから。それと、白岩町を代表する農産物といえば？」

「タマネギ？」

「ピンポン」菜実は笑って人さし指を立てた。「おでん屋こひなたがタマネギを使って高血圧対策を打ち出して、おじさんのお客さんをじわじわ増やしてますけど、タマネギって他にも効能があるんですよ。ほら」

そう言って菜実はスマホを操作して、新谷さんの方に画面を見せた。

新谷さんが「疲労回復、鎮静効果、不眠症の改善に……へえ、便秘の予防まで」と画面を見ながら目を丸くした。

「そうか。タマネギは女子の健康志向にも応えてくれるわけか」貴仁は菜実に顔を向けた。「菜実どの、お手柄じゃ」

「三十郎さんも多分、タマネギの効能についてネット検索したときに、そういう説明文は目に入ってたはずですよ。タマネギが高血圧対策になるかどうかってことで頭の中が占領されてたから、他の効能が頭に入ってなかっただけで」

「うーむ」貴仁はうなって腕組みをした。「言われてみれば、そのような文章にも目は通しておったかもしれぬ。不覚であった」

「カレーとかデミグラスソースにタマネギがたっぷり使われているのは」と新谷さんが人さし指を立てて、自身に言い聞かせるようにつぶやいた。「炒めたり煮たりすることで、タマネギの旨みが出るから。ならば、中華そばのスープにだって使えるかも」

「そういえば」と貴仁は思い出した。「白岩町には、タマネギスープの素とやらを作って販売しておる会社があったはずじゃ」

菜実が「タマネギスープやて？　そんなええもんがあるわけないやろ。そんなもんが……」と言いながらスマホを操作して「あ、ほんまや」と明石家さんまの芸風を真似た。「コンソメ風味やて。美味しそう」

「灯台もと暗し、だったか」新谷さんはそう言ってため息をついた。「身近なところに、味変の素材があったんですね。いやいや、気づかなかった自分がバカだったというか。店の名前が白岩亭なのに、特産品のタマネギを使うという発想がなかった……」

「タマネギを鶏がらスープで煮込んだら、美味しそうじゃないですか」と菜実。

「そうですね。炒めてから煮るか、そのまま煮るか、あるいは炒めタマネギとか焼きタマネギをトッピングに使うかなど、いろいろ試してみます」新谷さんはそう答えてから貴仁に「こひなたさんのおでん定食には、どれぐらいの量のタマネギを使ってるんですか」と尋ねた。

「豚汁に入っている分とタマネギのサラダの分を合わせて、中程度のタマネギ半個分か、それよりもう少し多め、というところじゃな」

「なるほど」新谷さんは天井を見て考えるような顔になった。初対面のときの覇気のなさと較べると、別人のように目に力が宿っていた。

「あとは、キャラですかねー」不意に菜実が言った。「ひなた三十郎さんみたいな、お客さんを楽しませるキャラが作れたらええんですけど」

「いやいや、私にそんなのは無理ですって」新谷さんは眉根を寄せて片手を振った。

「そもそも他人と話すのが苦手な人間ですから」

「でも、キャラを降ろしたら別人格になって話がしやすくなったりするもんですよ。

悪役の覆面レスラーは、マスクを被ることがキャラ変のスイッチになってることが多いし、芸人さんでもカメラが回ってたらすごいしゃべるけどプライベートでは別人みたいにおとなしいって人いてますし」

「でも、私にそんなキャラなんて……」

「新谷さん、趣味は何ですか？」

「趣味というほどのものは」新谷さんは覇気のない様子で頭を横に振った。「子どものときからずっとブルース・リーに憧れてた影響で高校と大学で空手部に入ってたけど、自慢できるような成績じゃなかったし」

「その体格は、空手のたまものであったか」と貴仁が言うと、新谷さんは「いえいえ、学生時代は今と違って細マッチョ系だったんです。今のこの体格は運動不足とカロリーオーバーの結果です」

「左様か。ところでブルース・リーは拙者も少なからず影響を受けたぞ。塩ビパイプ二本をチェーンでつないで手製のヌンチャクを作って、せっせと練習したこともあった。頭に当たってこぶができてもめげなかったが、塩ビパイプとチェーンをつなぐ部分が壊れてすっぽ抜けて家の窓ガラスを割ってしまい、親に取り上げられて挫折することとなった。苦き青春の思い出でござる」

「それ、私もやりました」と新谷さんはうれしそうに笑った。「私は料理に使う麺棒を真っ黒に塗って、ネジ釘とチェーンで二本をつないで。それだけでは飽き足らず、少年マンガ雑誌の広告コーナーに載ってたヌンチャクも買って。他にも、カンフー服とかカンフーシューズなんかもそろえて」

「うわあ、本格的ですね」菜実が拍手した。「今でも持ってたりします？」

「ええ。この年で使うことなんてないんで、捨てなきゃと思いつつできなくて、収納ケースにしまってあります。ブルース・リーの写真集とか、サントラ盤レコードとかも」

貴仁が、そこまでいくとブルース・リーおたくじゃな、と言おうとしたが、先に新谷さんが「ブルース・リーおたくでしたから」と苦笑いした。「調理師専門学校で中華コースを選んだのも、カンフー映画の世界に近い料理がいいなと思ったからで」

「新谷さん、ちょっとそれ、見せてもらうことって、できます？」と菜実が弾んだ声を出した。「めっちゃ見たい」

「別にいいですよ。もともと他人に見せて自慢したくて買い集めたけど、その機会がないままだったんで、あのコたちもちょっとは喜んでくれるかも」

ブルース・リーグッズを「あのコたち」と呼ぶところに、新谷さんの思い入れの強さがにじみ出ていた。

数分後、貴仁は菜実と共に奥の畳の間に上がらせてもらっていて、新谷さんがさらに奥の別室から次々と半透明の収納ケースを運んで来た。計三つ。

一つ目は、雑誌やレコードなどが中心だった。新谷さんが中学生のときに描いたというノートのイラスト集まであった。単純な線で描いたイラストだったが結構上手で、どの映画作品のどの場面かということがすぐに判った。中には『燃えよドラゴン』に登場した敵のボスが右手に鉄の爪を装着して構えるシーンや、黒人空手選手として登場したジム・ケリー、ゴリラ顔で筋肉ムキムキのボロなどを描いたものがあった。新谷さんは「最初はブルース・リーだけ描いてたんだけど、クラスメイトからあれも描いてくれこれも描いてくれって頼まれちゃって」とにやにやしながら説明してくれた。当時の記憶がよみがえったらしい。

新谷さんはさらに「最近、アナログレコードがブームだそうで、リサイクル店なんかに行くとレコードプレイヤーを売ってたりするんで、それを買ってここにあるレコードをまた聴いてみようかな、なんていう誘惑にかられたりするんですよね。稼ぎが悪いので我慢してますけど」と言った。

残る二つの収納ケースに入っていたのは、衣装と関連グッズだった。ふたを開けて新谷さんが出して見せるなり、菜実の「うわあ、本格的」という声と貴仁の「何と、ここまで本格的だったとは」という声が重なった。

ブルース・リーファンが見れば大喜びするに違いないグッズの山だった。複数のヌンチャクや黒いカンフー服だけでなく、『燃えよドラゴン』でジム・ケリーなどが着用していた黄色い空手着、『死亡遊戯』の黄色いつなぎジャージまである。さらには『燃えよドラゴン』で敵のボスが右手に着用した鉄の爪まで。

「こんなもの、どうやって……」と貴仁が漏らすと、新谷さんが「黄色い空手着は、白い空手着の袖を短くしてから、服の色染めをやってくれる業者さんを探して頼みました。『死亡遊戯』のジャージは少年マンガの広告で見つけて」と、ちょっと自慢げに説明した。

「鉄の爪は？」と貴仁が尋ねた。「こんなもの、さすがに販売はしておらぬはずじゃ」

「触ったら判ると思いますが、竹べらを削（けず）ったりして組み立て、銀色のラッカーを吹きつけて作りました」

「何と、新谷どのの手製でござるか」

「ええ。ラッカーの色、ちょっと光沢がなくなっちゃったなあ。また吹きつけたらピカピカの銀色になると思うけど」新谷さんは言いながらそれを手に取り、「ほら、下に手を入れて握る部分も作ったんですよ」と鉄の爪の下部分を見せてくれた。板状になっている裏側に、手を通して握るベルトと、前腕部で固定するためのマジックテープがついていた。

　貴仁が「装着させてもらってもよいかな」と言うと、新谷さんは「どうぞ遠慮なく」とうなずき、「本当は、もう一種類映画に登場してるんですよね、爪が直角に曲がってて獣の毛がついてるやつ。あれも作りたかったんだけど」と続けた。

　材料が竹や木なので軽かった。左手にはめて鉄の爪を持ち上げると、菜実が「きゃー、顔に三本線の傷つけんといてーっ」とわざとらしく両手の拳をほおにつけて怖がる演技をした。

「うーむ。軽いのに見た目は本物のようじゃ。実に手の込んだ仕上がり」

「あの頃は暇だったんですよね」と新谷さんが照れくさそうに笑っている。

　菜実が「これだけちょっと関係ないんと違います？」と、赤地の柄シャツとティアドロップのサングラスを指さした。

「拙者は判ったぞ」と貴仁は言った。「これはのう、『ドラゴンへの道』でブルース・リーと対決したプロ空手の世界チャンピオン、チャック・ノリスが飛行機から降り立った初登場シーンの服に違いない。そうであろう、新谷どの」

「ご名答」新谷さんは拍手した。「実は、正確には柄がちょっと違うんだけど、まあ、映画の写真とちゃんと見較べないと誰も気づかないっていうぐらいに似てるんで、衝動買いしちゃって。ちなみにこれ、今池洋品店につるされてたの」

　新谷さんの言葉は、いつの間にかくだけた口調に変わっていた。

「もしかしてそれ、レディースなんですか？」と菜実が聞いた。

「いや、これは男性用。六〇年代から七〇年代は、こういう柄物のシャツが割と流行ってて。今池のおばちゃん、いつ仕入れたか判らないぐらい古いやつだって言ってたから。その割にはまけてくれなかったけど」

　その柄物シャツの下からはさらに、詰め襟（えり）の茶色いジャケットが出てきた。菜実が

「あ、これなら判る。『燃えよドラゴン』で敵のボスが着てた服でしょ」

「そのとおり」と新谷さんがうなずいた。「これは普通にショッピングモールの服屋で見つけて。店員さんに、これって『燃えよドラゴン』でハンが着てたやつですよねって言ったけど、はあ？って顔されて」

　さらにその下から現れたシャツを見た菜実は「ひゃー、こんなのまであるー」とぴょんぴょん跳びはねながら指さした。

　骨格標本の筋肉図みたいなイラストがプリントされた長袖シャツだった。しかもご丁寧に、胸の右側と腹部に、鉄の爪によって傷つけられ出血した四本線が入っている。

「これはドンキのパーティーグッズコーナーで見つけたやつです」と新谷さんが笑いながら言った。「見た瞬間、赤いマジックペンで傷を描いたらブルース・リーになるぞって」

「新谷さんて」と菜実が言った。「コスプレイヤーやったんですね」

「いやいや、とんでもない。空手仲間だった連中とか、ごく限られた相手に見せて、笑わせてたっていうだけで」

「新谷さん、こういうのを何て言うか知ってますか？」

菜実から問われて新谷さんは「えっ？」と眉根を寄せた。

「宝の持ち腐れって言うんですよ」と菜実は答えた。「こんなお宝、眠らせといたらあきません。もっといろんな人たちに見てもらって、楽しませないと」

「えーっ、無理無理無理」新谷さんはあわてた様子で顔の前で片手を大きく振った。「いい年したメタボ気味のおっさんが、こんなコスプレしたら、とんだ笑い者だよ」

「お客さんに笑ってもらうなんて、最高の接客やないですか。悪いようにはしないから、一緒に作戦立てましょ」

菜実はそう言って、口の片側をにゅっと持ち上げた。

こやつ、また妙な企て（くわだて）を。だが貴仁は、ちょっとわくわくしていることも自覚していた。

7

ＳＮＳの発信力というのは、たいしたものだと貴仁は再認識した。

まず、若い女性の二人連れや三人連れ、若い男女のカップルなどの姿が、おでん屋こひなたにコンスタントに来てくれるようになった。ランチタイムは今でもおじさん客が中心だが、夕方以降は若者の方が多いぐらいである。見た目、その若者たちは旅行客という感じではなかったので話しかけて尋ねてみると、多くは近郊に住む大学生や会社員で、ユーチューブ動画やブログ『ひなた三十郎、見参。』を見て、面白そうだと思って来たという。そして彼らの求めに応じて、貴仁は一緒に写真や動画に収まることとなった。

その結果、彼らも自身のインスタグラムやX（旧ツイッター）で写真や動画を拡散してくれた。中には駄菓子がたんまり入った袋を持ってやって来た若者もいて、猪狩文具店にも立ち寄って、にゃんこ師匠を見物してきたらしいことが判った。実際、〔にゃんこ師匠〕のワードでネット検索すると、にゃんこ師匠が棚の上で寝そべっている写真がいくつも出てきた。客が呼んでも下りて来たり触らせてくれたりしない愛想の悪さが逆に師匠感が出ていて、肯定的に受け止められているようである。

さらには、近くにある武雄（たけお）温泉や嬉野温泉に宿泊するアジア系の外国人宿泊客も、おでん屋こひなたに立ち寄ってくれるようになり、貴仁は片言の英語やスマホの翻訳アプリを駆使して接客し、そのたびに一緒に写真に収まった。旅行客は家族連れが多く、息子や娘が忍者のおでん屋に行きたいと言ったから、としばしば言われた。写真を撮るときに貴仁が、両手の人さし指を立てて上下に組む忍者ポーズを教えると、みんな一様に喜んで真似をしてくれ、中にはマスクをつけて頭にはタオルを巻いたりフードをかぶったりして、忍者っぽい格好をする子どももいた。出身国を尋ねると、台湾や韓国よりもタイが意外と多く、そのことを少し不思議に思っていたが、ネットで情報を集めてみると、数年前に隣接する鹿島市内でタイの人気俳優が主演を務めるドラマの撮影が行われており、タイ国内で評判になったことが影響していることが判った。

十月中旬に入ると、客の入りが増えたことで思うところがあったのか、功一おじさんが「オレも仕事着を考えんといけん」と言い出した。結果、黒いポロシャツから、夫婦そろって紺色の作務衣になった。購入先はもちろん今池洋品店で、ひなた三十郎の影響で、外国人客を中心に紺色や灰色の作務衣が売れ始めているのだという。その上で弓子おばさんは頭に白い三角巾、功一おじさんは白いタオルを頭に巻いた。ポロシャツから作務衣に変わっただけで、店の雰囲気がぐっと古風なものになった。

そんなある朝、貴仁が児童公園でゴミ拾いを始めようとすると、白いジャージ姿でベージュのバケットハットをかぶった年輩男性が先に来ていて、トングでゴミ拾いをしていた。貴仁が「おはようございます」と声をかけると、年輩男性は「ああ、あんた、三十郎さんやね。私は自治会長のヤサカと言います」と会釈をされた。ヤサカは多分、八坂だろう。

「早朝にここでときどき、仲間とグラウンドゴルフをして、ついでにゴミを見つけたら回収しとったんやけど、最近なぜかゴミが見当たらんなあと思うとったら、三十郎さんがやってくれとるって聞いたもんで」

「ああ……」

「せっかくやってくれとるのに水を差すようで申し訳ないが、ここのゴミ拾いはわしらに任せてくれんかね。公園周りに住んでて、いつも使ってる我々がやらんのはどうなんやろかって、グラウンドゴルフ仲間の間でそういう話が持ち上がってね」

「これは、差し出がましいことをしてしまったようで」

「いやいや、とんでもない」八坂さんは頭を横に振った。「本当にありがたいことやと感謝しとります。もちろん、やめてくれと頼むのもおかしかことやけん、そうは言わんのです。まあ強いて言えば、わしらがやっとるのでわざわざ拾いに来ることはなかですよ、ということです」

「判り申した。では拙者は自身の縄張りである白岩商店街の方を――」と貴仁が言いかけると、八坂さんは「そっちももう、今池洋品店さんや平田本舗さんがやっとると思います」と笑った。「あの二人もグラウンドゴルフにときどき参加してくれとるんやけど、つい昨日、三十郎さんが朝に商店街のゴミ拾いをやっとるって知ったみたいで、よそから最近来たばっかりのコにそんなことされたら格好悪い、自分の店の周辺ぐらいは自分らでやるようにせんばって言うとったから」

白岩商店街に戻ると、確かにゴミは落ちていなかった。たいがい、夜の間に空き缶やペットボトルを捨てていく不届き者がいるのだが、この日は全く見当たらなかった。

今池洋品店から今池のおばちゃんが出て来て、貴仁に手招きした。普段はヒョウ柄やゼブラ柄のぶかぶかシャツのはずが、この日は灰色の作務衣姿だった。しかも頭に同色の手ぬぐいを巻いていて、腰回りにも帯らしきものを巻いている。そのせいで、作務衣というより忍者装束に近い印象だった。

「八坂さんに聞いたかね」と言われて、貴仁は「聞き申した」と答えた。

「そういうことやけん、あんたはおでん屋の周辺だけでよかよ、これからは」

「判り申した」

「まだ商店街には五店舗あるんやけん、みんなでやろうやないね。平田さんもそう言うとったし、白岩亭の新谷さんも猪狩さんも賛成してくれたし。あんたが一人で抱え込むことはなか」

「それはまことに心強い。礼を申す」

「そういう感じで、四六時中ひなた三十郎を続けて、疲れんかね」

「この格好でおればおのずと、ひなた三十郎が降りて参るので心配無用じゃ。むしろ、ひなた三十郎でいた方が、他人と上手く話ができるようでの」

「たいしたもんたいね」今池のおばちゃんは笑いながらうなずいて、「あんたのお陰で、これがよう売れとるんよ、特に外国人客に」と自身が着ている作務衣の襟をつまんで見せた。「忍者の服に似とるからやろね。そやけん、同じ色の手ぬぐいとマスクも取り寄せて、セットで売り始めたんよ。作務衣を着て、頭に手ぬぐい巻いて、マスクつけて、さらに紺色の手ぬぐいを腰に巻いたら、ほとんど忍者の姿やけんね。卸業者に聞いたら、ちゃんとした忍者の衣装も持ってこられるっち言いよったけど、カタログ写真を見せてもろたら真っ黒のやつで。本物の忍者はあんなんやないとやろ」

「そうじゃな。真っ黒のあれは見世物用じゃな」

「私もあんなのを着て店に立つのは嫌やけんね。それで、昨日からこの格好を始めたんやけど、外国人客が私を指さして、同じものが欲しい、それの紺色が欲しいって言われたんよ、しかも昨日だけで三回も。あと、これ、これ」今池のおばちゃんは店頭につるされている、たすき掛けにするタイプの灰色と紺色のデイパックを指さした。

「これも作務衣とセットで売れとるんよ。作務衣にこれを合わせたら、ますます忍者が荷物をしょってるみたいになるんよ。これは私やのうて、台湾から来た男性客が言ってきたのがきっかけなんやけどね。これはええ商売になるわ。あんたのお陰やわ、ありがとうね」

今池のおばちゃんはかなり機嫌がよさそうだった。つい先日、この商店街に未来はないから、できるだけ早いうちに安定した就職先を探せ、みたいなことを言っていたのと同じ人物だとは思えなかった。

貴仁は「それは誠に結構。どんどん儲けてくだされ」と答えておいた。


その日の昼前、菜実からＬＩＮＥで「新しくなった白岩亭さんの動画撮影をいよいよやりまっせ。今日の午後二時からよろしおすか？」と連絡がきたので、貴仁は「承知した。昼飯は食わんでおく。」と返した。

約束の時間に外に出ると、菜実も猪狩文具店から出てきたところだった。一緒に白岩亭へ。おでん屋こひなたは商店街の東側の端にあるのに対して、白岩亭は西側の端にある。猪狩文具店はその中間付近にあるが、おでん屋の方にやや近い。

「さて、白岩亭はどのように変わったか。お主は既に知っておるのじゃろう」

「まあね。いろいろお手伝いをさせてもらったから」

お手伝い、というより、ああしろこうしろと新谷さんに強要したのであろう、という言葉は飲み込んでおいた。結果よければすべてよしである。

白岩亭の少し手前で菜実はスマホを取り出し、さっそく「では本番。撮りますよー」と言ったので、貴仁はあわててほっかむりをし、口もとを隠す布も引き上げて、顔隠しバージョンになった。

「そろそろ腹が減ってきたのう」貴仁は片手で腹を押さえながらゆっくり歩き、白岩亭を今みつけたというテイで「おお、白岩亭か。今日はここで昼飯と致すか」とつぶやいた。

店の出入り口にかかっている暖簾(のれん)が新しくなっていて、以前は〔中華そば〕とプリントされていたのが〔白岩タンメン〕に変わっていた。貴仁はほっかむりを外し、口もとを隠していた布をずり下げて顔出しバージョンになった。

「おや？　以前は〔中華そば〕という暖簾であったはずじゃが、〔白岩タンメン〕に変わっておるぞ。これはちと興味をそそられる。では入るとするか」

貴仁は出入り口の引き戸を開けて、中に入った。そこでいったん菜実から「はいカット」と声がかかった。

カウンターの向こうにいた新谷さんは、黒いカンフー服を着て、頭に白いタオルを巻いていた。「今日はお世話になります」と苦笑気味の顔で会釈をしてきたので、貴仁も「こちらこそ」と応じた。

壁に貼ってあるメニューが新しくなっていた。飲み物などは変わっていないようだが、メインのメニューが〔白岩タンメン〕〔白岩タンメン２／３〕〔焼きギョウザ〕

〔焼きギョウザ2／3〕〔ゆで卵〕となっていた。菜実の意見を取り入れて、試行錯誤の末にこの新メニューが誕生したらしい。ゆで卵は、トッピングのオプションだろう。

出入り口の戸を閉めた菜実が「はい、撮りまーす」と言い、新谷さんが片手で作った拳を反対の手で包む、カンフー映画でよく目にするポーズを取って「いらっしゃい」と会釈した。貴仁は両手の人さし指を組む忍者ポーズで応じ、「今、よいかな？」と尋ね、新谷さんが「もちろん。ご注文をどうぞ」と言った。

貴仁はカウンター席の中央に座り、「では、白岩タンメンとやらを所望したい」と言うと、新谷さんは「はい、白岩タンメン」と復唱し、背を向けて作業を始めた。

菜実はカウンターの内側に移動して、新谷さんの仕事ぶりを撮っている。貴仁はセルフサービスの水をポットからコップに注いだ。

「大将」と貴仁は声をかけた。「メニューに2／3とあるのは、分量のことかな？」

「はい」と新谷さんが背を向けて手を動かしながら答えた。「女性や子どもさんが食べやすい分量ってことで。男性でも、小腹が空いたときにはちょうどいいかなと」

「カンフー服を着ておられるが」

「子どもの頃からブルース・リーが大好きで、それが高じて仕事着にしちゃいました」

「タンメンというのは、ラーメンや中華そばとはまた違ったものなのかな」

「タンメンは日本発祥のもので、見た目は野菜たっぷりのラーメンという感じですが、具材を炒めて載せるのでなく、スープと一緒に煮込むところがタンメンの特徴です」

新谷さんはそう言ってから、「手首が腱鞘炎になって中華鍋を振るのが難しくなっちゃったんですけど、タンメンの作り方なら大丈夫だなって気づいて」と続けた。

ほどなくして「お待たせしました」と目の前に置かれた白岩タンメンを、カウンターの中からこちらに移動してきた菜実が寄って撮影した。

貴仁は「ほう、確かに見た目はちゃんぽんか、野菜たっぷりラーメンのような」と印象を口にした。「豚肉の細切れや細切りのかまぼこなども結構入っておるな。野菜はキャベツ、青ネギ、もやし、タマネギ……」

「もやしだけはシャキシャキ感を損なわないよう、最後の十秒前に入れますが、他の具材は煮込んであります」

「では、いただくとするか」貴仁はまずレンゲでスープをすすった。「お、鶏がらスープに具材の旨みが合わさって、何とも奥行きを感じるではないか」

「特にたっぷり使っているのがタマネギです。一人前の白岩タンメンにタマネギ半個分が入ってます」

「ほう、タマネギといえば、白岩町の特産品じゃな。カレーやコンソメなど、タマネギは旨みを増す役目を果たしてくれると聞いておる。拙者が世話になっているおでん屋こひなたの定食でも、豚汁やサラダにタマネギを使っておるが、タマネギは血圧を下げる効果があるので、最近は、おやじ客も増えてきておるぞ」

「タマネギは血圧を下げるだけじゃなく、疲労回復、鎮静効果、不眠症改善、便秘予防などの効果も期待できるんです」

「ほう。ならば女性客にも喜ばれそうじゃの。野菜たっぷりの料理はビタミンや食物繊維も摂れる。美容にもよかろう」

ちょっと説明過多な会話になって不自然かもしれないと感じたのだろう。新谷さんはやや苦笑気味の表情になった。

貴仁は野菜と一緒に麺をすすった。

「中華麺のもちもちした食感がまた、柔らかく煮込まれた野菜と相性がいいのう。その中でもやしだけはシャキシャキ感があって、メリハリがついて、口の中がにぎやかじゃ」

「恐れ入ります」

「食い始めると止まらなくなりそうじゃ」貴仁は箸と口を動かした。「ところで大将、ブルース・リーが大好きだと言われたが、そのカンフー服は、お客へのサービスにつながる何かがあるのかな?」

「喜んでいただけるかどうか判らないんですが……」新谷さんはそう言っていったん

しゃがんでカウンターの下に消え、それから「たとえばこんなのでよければ、写真を撮っていただいたりして」と左手に鉄の爪を装着して現れた。銀色のラッカーを塗り直したようで、本物の金属のような光沢を放っていた。

「おお、これは、映画『燃えよドラゴン』に登場した敵のボス、ハンが使っていた鉄の爪ではないか」

「竹べらを削って銀色の塗料を塗っただけの、いわゆる竹光みたいなもんですがね」

「何と、大将の手作りなのか」

「はい」

「ふーむ。じゃが見た目はあの鉄の爪にそっくりではないか。やるのう」貴仁はいかにも感心した態度でうなずいた。「それをはめた状態で、へいお待ち、とタンメンやギョウザを出すところを写真に収めれば、お客は大喜び。ＳＮＳに載って、拡散間違いなしじゃな」

その後もしばらくブルース・リーやカンフー映画にまつわる話を聞きながら、貴仁は白岩タンメンを食べ続けた。そして最後にスープを飲み干して「いやあ、旨かった」と手を合わせたところで菜実が「はい、オッケー」と言った。「あと、店の前でもうちょっと撮りたいんで、お願いしまーす」

菜実は白岩タンメンの食レポ動画だけでなく、〔駄菓子屋の看板娘〕の名前で開設したX（旧ツイッター）でいくつもの新谷さんの写真を紹介した。それが結構な勢いで拡散しているようだった。

左手の鉄の爪を振り上げながら、右手で白岩タンメンをカウンターに置く新谷さん。何とその写真では、あの茶色い詰め襟服を着て、髪形もハンに寄せている。メイクで眉毛や目つきまで似せていた。

〔白岩商店街にある白岩亭の大将。ブルース・リー好きが高じて、映画作品の登場人物のコスプレ衣装での接客が評判に。〕というコメントがついていた。

黄色い空手着姿で、ギョウザの皿を前に突き出しながら構える新谷さんの写真もある。しかもアフロヘアで、もみあげまでついている。

〔黒人空手家を演じたジム・ケリーになりきっている白岩亭の大将。ドンキのパーティーグッズコーナーで調達したアフロヘアのヅラをかぶり、水性ペンでもみあげまで描いたんだとか。顔のでかいおじさんが精悍（せいかん）なジム・ケリーを真似たところがちょっと切なくて面白い。〕

カウンターの内側にある調理場で、あの筋肉シャツとカンフー服のズボン姿になり、中華料理用のお玉二つを両手に持って構える新谷さん。

〔ハンの鉄の爪で怪我（けが）を負った大将。どこかに隠れたハンの気配を窺（うかが）っている様子。〕

黒いラインが側面に入った黄色のつなぎジャージ姿でテーブル席の前に立ち、親指で鼻をちょんとやりながら構える新谷さん。

「ブルース・リーの遺作となった『死亡遊戯』のときのコスチューム。『死亡遊戯』というより『脂肪遊戯』っぽいけど、本人は役柄に入り込んでる様子。」

そしてサングラスをかけ、赤地の柄シャツを着た新谷さんがカウンターの奥で空手風の構えをする写真。金髪のヅラも髪形も頑張って寄せている。

「これは何だ？　おお、『ドラゴンへの道』に初登場したときのチャック・ノリスじゃーっ。この人、よっぽどブルース・リー作品が好きなんだね。」

ひなた三十郎による食レポの後で撮った二本のショート動画も拡散中だった。

一つ目。顔隠しバージョンのひなた三十郎が白岩亭の前に立ち、ダンボールを貼り合わせた板を持っている。これは菜実が作ったもので、もともと二つに割れているのを両面テープで接着してある。そこにカンフー服の新谷さんが近づいて来て、二人は対峙。ひなた三十郎が板を宙に浮かせるや、正拳突きでそれを真っ二つに。すると新谷さんは冷めた表情で「板っきれは反撃しない」と告げる。『燃えよドラゴン』でブルース・リーが、妹を死に追いやった因縁の相手、オハラと戦う直前のシーンを再現したものである。

二つ目は、新谷さんによるヌンチャクさばきの様子だった。昔からのブルース・リーファンだけあって、両手で水平に持ったヌンチャクが動き始めると、わきにはさんだヌンチャクが素早く繰り出されたり、身体の周りをヌンチャクがまるで生き物のように縦横にめまぐるしく動き回る。続いて新谷さんの顔がアップになった次の瞬間、ヌンチャクは中華料理用お玉の二つの柄をチェーンでつないだお玉ヌンチャクに変わって、さらにびゅんびゅんとさまざまな動きを見せる。最後は右わきの下にぴたっとお玉の片方が止まり、新谷さんが左手を広げて前に突き出し、鋭い視線でブルース・リーばりに顔を左右に振って、最後はカメラ目線になってウインク。キラリンという感じの効果音まで入っていた。

　コメントが多数寄せられていた。

〔サモ・ハン・キンポーの『燃えよデブゴン』というパロディ映画を思い出しました。〕

〔現代によみがえったブルース・リー。メタボ気味のおじさんがやっているところが、かえって心を打たれます。〕

〔中華のお玉ヌンチャク、ナイスアイデア。〕

〔またブルース・リーの映画を観たくなった。〕

〔鉄の爪、よくできてるなあ。インテリアとして欲しい。〕

〔板っきれは反撃しない。考えるな、感じろ。名セリフですよね。〕

〔白岩亭って、佐賀県肥前町の商店街にあるのか。〕
〔忍者のひなた三十郎のご近所だ。触発されたのかな。〕
〔白岩タンメン、食べたい。〕
いくつかは菜実が友人に頼むなどしたサクラコメントらしかった。特に最後の三つはそうだろう。
菜実のX（旧ツイッター）の内容を確認した夜、何気なくスマホでネットニュースを見ていた貴仁は「まじかー」と声を出した。
ネットニュースの見出しが並んでいる中に、〔カンフー映画コスプレのタンメン店が話題〕というのがあった。ネット上で見つけた何人かの芸能人が面白いと思ったようでリツイートし、それがネットライターの目に留まって取り上げられたようだった。
記事の内容は、佐賀のタンメン店経営者による数々のコスプレ写真が話題になっているというもので、ブルース・リー世代だけでなく若者たちが面白がって写真を撮りに来て拡散している、とあった。鉄の爪をつけたハンや、黄色い空手着姿のジム・ケリーのコスプレ写真も転載されていた。
芸能人がリツイートすれば、そのフォロワーたちに一気に拡散する。ネットニュースはさらにそれが加速しそうだった。
これはバズるぞ、白岩亭。貴仁はうれしさよりも、一気に追い抜かれたような焦りに近いものを覚えた。

数日後の午後、菜実からまた撮影の呼び出しがあり、バスに乗った。菜実はグレーのパーカーにジーンズ、デイパックだった。

「佐賀市方面か？」と尋ねると、菜実は「そうでーす」と答えた。

「今度は何の撮影じゃ」

「それは着いてからのお楽しみ」

「隠すようなことか」

「事前に情報を与えたらコメントとか考えてしまうでしょ。アドリブの方が面白いのが出てきそうやん」

そういうものだろうか。

「お主は、大学にはちゃんと通っておるのか？」

「行ってますよ。当たり前ですやん。動画の撮影は授業がないときにやってるんやから」

「何の学問を専攻しておるのじゃ」

「主に地域経済」

「ほう。もしかして、白岩商店街に人を集めようとしておるのは――」

「そうどす。地域経済の活性化を実際にいろいろ試してみて、成果を確かめようということどす。そやさかい、遊びでやってるんやおまへん、学問のためどす。最近まさにその成果が表れ始めてるさかい、テンションアゲアゲどすがな」

そういうことだったか。二十歳そこそこの娘がなぜこんなおっさんをひなた二十郎に仕立てて動画を撮影したり、白岩亭にまでお節介を焼いたのか、理由がよく判らず困惑する気持ちがどこかにあったのだが、ようやく腑に落ちた。

最初に連れて行かれたのはバッティングセンターで、顔隠しバージョンのひなた三十郎が居合いの要領でボールを打ち返す様子を撮影した。タイトルは『ひなた三十郎がバッティングセンターへ』にするつもりだという。普通にバットをスイングするのではなく、腰の横に構えて刀を抜く感じで片手でバットを振るため、最初のうちは感覚がつかめず空振りの連続だったが、途中からボールの軌道が見えてきて、打ち返すことができるようになった。撮影する菜実が「三十郎さん、他のお客さんの打ち方を見てください。バットというのは、ああいう風に振るものなんですよ」と言うので、貴仁は心の中で、お前が居合い斬りでやれと要求してきたくせに、とぼやきながら「拙者は刀を抜く動作の方が身体に染みついておる」と返した。

途中、若い男性客の何人かがちらちらとこちらを見ていて、中にはスマホを向けて撮影しているらしい姿があった。だが、ひなた三十郎のことは知らず、忍者装束の変なやつがいると思ったのだろう、声をかけてくる者はいなかった。撮影した動画はもしかしたら彼らのＳＮＳ上などに『バッティングセンターに謎の忍者が出現』みたいなタイトルでアップされるかもしれない。

続いてバスで佐賀市内にある森林公園に移動。森のように木々が茂っている場所と広い芝生広場、遊具コーナーなどがあり、野球場、テニスコート、アーチェリー場なども併設されている県立の公園である。

そこでは『ひなた三十郎のトレーニング風景』を撮った。芝生の上で逆立ち歩きをし、木の枝にぶら下がって懸垂をし、平行棒に両手をつき足を浮かせて肘(ひじ)を屈伸させる運動をした。合間に菜実から「こういうことを毎日やってるんですか」「回数とかは決めてるんですか」「今はもう忍びではなくてただのおでん屋さんやのになぜ訓練を続けてるんですか」などと質問され、「基本的に毎日やっておる」「回数はあまり気にせず、限界までやることが肝要」「忍びであろうとおでん屋であろうと身体を鍛練することは正しく生きることに通じるのじゃ」などと答えた。

さらには芝生広場で菜実がデイパックからフリスビーを取り出して「三十郎さん、これは何なのか判りますか？」と聞いた。

受け取って眺め回し、うちわのように振りながら「軽くできておるから武具ではあるまい。そうか、判ったぞ。こうやって胸に当てて走る訓練のために使うのであろう。速く走れば風圧で落ちない。遅くなると落ちる。速さを維持して少しでも長く走る訓練に用いるのであろう」と答えた。

「そしたら、ちょっと試してみてください」

人使いの荒いやつだとぼやきつつ、胸にフリスビーを置いて走ってみた。スピードが乗るまでは片手で押さえておいて、途中からその手を離したが、すぐに落ちてしまった。

何度かやったがすべて失敗。ぜえぜえと荒い息で「どうやら使い方が違ったようじゃのう。菜実どの、お主は知っておるのだろう。教えてたもれ」と言った。

「これは」とフリスビーを受け取った菜実は「こうやって投げて遊ぶんです」と水平に曲げた手首とひじをすばやく伸ばして投げてきた。貴仁はわざとキャッチするのではなく、マトリックスみたいに上半身を後ろにそらせてよけた。

「なるほど、手裏剣や刀の攻撃に見立ててそれをかわす訓練に用いるのじゃな」

「違います。相手が投げたのをキャッチして遊ぶんです」

「キャッチ？」

「飛んできたのを捕まえるんです」

「ああ、そうなのか」

　その後はしばらく、菜実がわざとさまざまな方向に投げるフリスビーを、ひなた三十郎が回転レシーブの要領でキャッチしたり、高く上がったフリスビーを遊具に飛び乗ってジャンプしてキャッチしたりといった動画を撮影した。

　菜実が肥前市内ではなく、わざわざここで撮影した意図は明らかだった。

　森林公園内には、小さな子どもを遊具で遊ばせる若いお母さんたちや、キャッチボールやラジコンカーを走らせたりする中高生、ウォーキングをする老若男女、ダンスの練習をする女子グループなどがいたのだが、そのうちの何人かが、こんなところになぜだか忍者がいるぞ、という感じで指をさし、スマホを向け始めた。謎の忍者がネット上に拡散されるよう、わざわざ人目が多い公園を選んだわけである。

　たっぷり運動をさせられたせいで、帰りのバスで貴仁は寝入ってしまい、「着きましたよ、三十郎さん」と肩を揺すられて目を覚ますこととなった。


　新谷さんのコスプレを撮る目的も兼ねて白岩タンメンを食べに来る客はまたたく間に増えて、白岩亭は昼どきも夕食どきも結構なにぎわいを見せるようになった。多くは若者客で、カンフー服姿でヌンチャクを構える新谷さんの写真を撮るだけでは飽き足らず、茶色の詰め襟服姿で鉄の爪を振りかざすハンや、アフロヘアで黄色い空手着姿のジム・ケリーなども撮りたいとリクエストされてしまい、新谷さんは苦し紛れに

「では明日はハンの鉄の爪が撮れるようにします」と答え、それがきっかけで日替わりコスプレで仕事をするようになった。

　ネット上では、白岩亭に連続して通って、カンフー服のブルース・リー、鉄の爪のハン、アフロで黄色い空手着のジム・ケリー、サングラスに赤い柄物シャツのチャック・ノリス、そして筋肉シャツのブルース・リーの五枚の写真をコンプリートすると、願いごとが叶う的な都市伝説っぽい話までネット上でささやかれ始めていた。

　ひぜんテレビの『だいひぜん！』も白岩亭の急激な変身ぶりに気づき、いったんはボツになったロケが敢行(かんこう)され、翌週の夕方にオンエアされた。おでん屋こひなたのときと同様、元女子プロレスラーのウォンバットエリカがレポーターを務め、白岩タンメンの食レポをした後、新メニューの誕生やブルース・リー映画のコスプレを始めた経緯などについて尋ね、鉄の爪をつけたハンに扮した新谷さんがそれに答えていた。さらに新谷さんは中華料理用のお玉ヌンチャクさばきも店の前で披露し、たちまち集まった見物人たちから拍手と歓声が湧き上がった。

　コスプレには人格を変える力がある。新谷さんはまさにその典型で、インタビューに答える新谷さんは表情が豊かで、生き生きとしていた。以前のあの口下手で伏し目がちな新谷さんと本当に同じ人なんだろうかというぐらいの変化である。

　さらに驚いたのは、最後にシメのコメントをしている途中でなぜかウォンバットエリカが感極まった様子で泣き出したことだった。そして彼女は「私、小学生のときから太ってて、そのせいでいじめに遭って学校に行けなかった時期があったんですけど、お父さんが持ってた『燃えよドラゴン』とか『ドラゴンへの道』のＤＶＤを観てブルース・リーに夢中になって、自分も強くなろうって誓ったんです。ブルース・リーさんが私を変えてくれたんです。だから、この年になって佐賀でこんな出会いがあるなんて本当に思ってなくて、何か、感動しちゃって………」などと言葉に詰まりながら涙声で話した。その姿は食レポというより、ちょっとしたドキュメント番組みたいだった。

新谷さんはというと、ウォンバットエリカのその態度に困惑しているかと思いきや、横で一緒になって目を真っ赤にして拳を口に当てていたので、貴仁はテレビに向かって「何であんたも泣いとんねん」とついツッコんだ。だが後になって、新谷さんは新谷さんでさまざまな事情があってブルース・リーに傾倒することとなったのであり、ウォンバットエリカの気持ちがよく判ったからこそなのだなと思い直した。

その日の夜にこひなたにやって来た正然は、おでんを食べビールを飲みながら「こひなたと白岩亭のお陰で、まじで商店街に活気が出てきたよ。活性化事業組合の方には、空き店舗についての問い合わせが複数きて、オレもちょっと忙しくなってきたわ。あと、白岩女子大の落研が、木戸銭無料の落語をやりたいので空き店舗を使わせて欲しいって言ってきたりもして。多分、菜実ちゃんが一枚嚙んどるんやろうけど」と顔をほころばせていた。正然は、今日の昼には白岩亭で白岩タンメンを食べたそうで、「お客さんから何度も鉄の爪をつけてポーズを取るよう頼まれて新谷さん、つけたり外したり、タンメンを作ったりギョウザを焼いたりで、むっちゃ忙しそうやったよ。でもうれしそうやった。つい最近まではしょんぼりしとる感じやったのに、別人やったよ」とのことだった。

菜実が立ち上げたブログ『ひなた三十郎、見参。』へのアクセス数が翌週になって急激に増加していた。理由を確かめるためにコメントをくれた相手や〔いいね！〕をしてくれた相手をたどったところ、俳優の南郷タケルが〔ひなた三十郎さんは私が若手俳優時代にお世話になった先輩で、アクションの技術を学ばせていただきました。地元に帰っても忍者をやってるとはすごい。尊敬です。〕というコメントを寄せてくれていただけでなく、自身のインスタグラムでもブログ『ひなた三十郎、見参。』を紹介して宣伝してくれていた。しかも、売れないアクション俳優をやっていた頃に一緒に撮った、撮影の合間に南郷タケルと談笑している写真まで掲載されていた。何万人という彼のフォロワーがついでにこちらも冷やかしに来てくれた、ということのようだった。

貴仁が彼のインスタに〔南郷どのが拙者のことを広く紹介してくれたお陰でブログの閲覧数が急上昇じゃ。誠に感謝。〕と礼のコメントを書き込むと、〔ひなた三十郎どの、ご無沙汰しております。近いうちに、おでん定食をいただきに参上つかまつりたく。〕と返ってきた。実際にわざわざ肥前市くんだりまでやって来ることはないだろうが、大勢のフォロワーたちの前で親しい間柄だというアピールをしてくれたことがうれしかった。

だがその一方で、もしかしたら俳優の道をあきらめた男をいじってきたということなのか？　あるいは、南郷タケルも最近はあまりテレビで見かけていない印象なので人気を得るためなら誰とでもからんでやろうということなのか？　などと少々意地悪な見方をしてみたりもした。

南郷タケルを知らないと言っていた菜実は、「そんなに人気がある俳優さんと知り合いやったんですね。意外とすごいじゃないですか」とちょっと引っかかるほめ方をした。

南郷タケルについては正然も反応し、残業終わりにこの日もこひなたにやって来て、「お前、南郷タケルとそんなに親しかったんか。すごいやないね。おでん定食を食べに行くってリコメしとったけど、本当に来るんか？」とちょっと興奮顔だった。「オレ、前も言うたけど、刑事ドラマの『猟犬たちがゆく』は全部録画しとるし、うちの息子もそれを見て南郷タケルのファンになったんよ。もし来てくれたら、一緒に写真撮りたかぁ」
「いやいや、来んよ、来ん」と貴仁は苦笑いで頭を横に振った。「南郷どのには江戸での役者稼業があるゆえ、ほいほいと肥前くんだりまでやって来たりはせぬ」

「うーん、やっぱりそうか。もし来たりしたら、その様子を動画に撮って、肥前市の宣伝に使えると思たんやが」

「彼のリコメはあくまで社交辞令、今ふうに言えばリップサービスじゃ。子どもでもあるまいし、真に受けてどうする」

「でも、来てほしいなあ」正然はあきらめきれない様子でビールコップに口をつけた。

「そう言うたら、白岩亭のコスプレ写真を全クリしたら願いごとがかなう、みたいな都市伝説がちまたで広まっとるそうやけん、やってみるとするか」

　貴仁は心の中で苦笑しながら、「ならばやってみられよ。正然どのに奇跡を起こす力があるか否か、試すのも一興」と答えておいた。

8

十月下旬に入り、日中がしのぎやすい気温になってきたお陰もあって、商店街にやって来るお客さんはさらに増えた。おでん屋こひなたや白岩亭には、おじさん客に交じって若いカップルや女子グループもしばしば来てくれるようになり、外国人観光客の来店も珍しいことではなくなった。そういう若いお客さんや外国人観光客たちは、猪狩文具店にも立ち寄って駄菓子を大人買いしたり、にゃんこ師匠をスマホで撮影したりしてくれていた。

また、今池洋品店では、忍者装束ふうの忍者パーカースウェットなるものも販売を始めた結果、外国人観光客が特に子どもサイズを喜んで購入するようになっていた。紺やダークグレーのフード付きスウェットにすぎないのだが、前腕部分とすねの部分がきつめに作られていて、他の部分はゆったりめなのでシルエットが忍者装束っぽく、胸にはえりの模様が縫い付けられていて、忍者らしさが強調されていた。これに同色のマスクを合わせれば、〔なんちゃって忍者〕の完成となる。作務衣のようにひもを結んだりする手間がかからず、頭からかぶればいいので楽に着脱できる。

今池のおばちゃんによると、この忍者パーカースウェットのメーカーは日本の小中学生男子が買ってくれることを想定して、コミック雑誌に広告を載せて通販していたものだったが、売れ行きはさっぱりで、結構な在庫を抱えていたという。ところが、ひなた三十郎効果によって、今池洋品店では外国人観光客の子どもたちが見つけるなり指をさして欲しがるようになったという。

また、今池のおばちゃんは「カンフー服も取り寄せることにしたよ。黄色い空手着は難しいけど、カンフー服やったら取り寄せられるって問屋が言うとったけん。店の売り上げがようなったお陰で私は整体に行く回数を増やせそうやわ」と顔をほころばせていた。

そんな中、少々気になることがあった。

和菓子店の平田本舗が、ここ一週間近く、ずっとシャッターを下ろしたままで、「都合によりしばらく休業いたします。」という貼り紙が粘着テープで留められたままになっていたのだ。そういえば、平田のおばさんは最近、おでん屋こひなたにも来なくなっていた。

平田のおばさんは酒が入ると、和菓子店の売り上げがよくないからもう店じまいしたいが、辞めてしまったらやることがなくなるから仕方なく続けている、みたいな愚痴をこぼしていただけに、弓子おばさんたちも「どうしたんやろね」と心配していた。

　平田のおばさんとはグラウンドゴルフを一緒にやったりと、仲がいいと聞いていた今池洋品店のおばちゃんに尋ねてみたところ、「体調が悪いわけやなくて、用事があるって言うとったよ」とのことだった。

　その二日後、平田本舗のシャッターがやっと上がった。貴仁自身は、どうしていたのかと直接尋ねに行くほどの関係性ではないので、後で弓子おばさんから情報がもらえるだろうと思っていたのだが、その日の午後に菜実がやって来て、「三十郎さん、これから平田本舗のロケに行きまっせー。はよしなはれ」と言った。

　二人で平田本舗に出向き、菜実は店内をガラス越しに伺い、「今はちょうどお客さんがおれへんから、とっとと入りましょ。最初は顔隠しバージョンからね」と促した。

　貴仁はほっかむりをして、口もとも隠しながら「撮影の許可は？」と聞いた。

「午前中にオッケーもらったさかい、大丈夫。三十郎さん、案外細かいな」

　菜実がガラス戸を引いて、「こんにちはー」と声をかけると、奥から平田のおばさんが出て来た。今池洋品店で購入したのか、平田のおばさんも灰色の作務衣を着ていて。頭には白い三角巾という格好だった。

　菜実はさっそく撮影を始めながら「新商品があると聞いたんで、伺いましたー」と言い、「あー、ここにあるやつですね」とガラスのショーケースを指さした。

貴仁はそれを見て「おおっ」と漏らした。菜実のスマホが貴仁の顔を捉える。

平田本舗の主力商品は、丸ぼうろという、カステラ生地で表面をやや堅く仕上げた円盤形の焼き菓子だった。佐賀を通る長崎街道はかつてポルトガルやオランダから入った甘い菓子が運ばれるルートになったため、街道はシュガーロードとも呼ばれており、佐賀はこのシュガーロードのお陰で今でもカステラやようかんなど砂糖を多く使った菓子を売る店が多い。中でも丸ぼうろは佐賀の代表的な菓子である。

その丸ぼうろとは別に、手裏剣ぼうろなるものが陳列されていた。十字型タイプと歯車みたいにギザギザが多いタイプの二種類が、半透明な袋に一つずつ入っていて、それらが並んで箱詰めされていた。外箱には、白土三平ふうのタッチの、忍者が手裏剣を構えるポーズのイラスト。

その隣には、巻物ようかんという、巻物の形をした糸切りようかんがあった。糸切りようかんというのは、筒状の紙製容器にようかんが入ったもので、下から押し出して、容器についている糸を巻きつけて一口サイズに切って食べるタイプのようかんなのだが、新商品は筒形の容器の茶色地に小さな白抜きの手裏剣模様がプリントされており、中央には［白岩流忍法秘伝書］という太い文字があった。

平田のおばさんが「どっちも味は従来の丸ぼうろやようかんと変わらんのやけどね。今池さんと同じく、私もひなた三十郎の人気に便乗（びんじょう）させてもらおうと思って」と笑って舌を少し出しながら肩をすくめた。「福岡の広告代理店で働いとる甥っ子に相談したら、製造元に交渉してくれて、作ってもらえることになったんよ。製造元の二代目社長が、面白がって乗っかってくれて」

さらに、手裏剣せんべいと、撒（ま）きびしあられというのもあった。せんべいは丸ぼうろと同じく十字型タイプと歯車みたいなギザギザタイプの二種類があり、撒きびしあられはまさしく、忍者が逃走する際に敵を足止めするために撒く、あの撒きびしのような形をしたあられだった。醤油味、塩味、青のりをまぶしたらしいものの三種類が交ざり合って袋に入っている。本物の撒きびしよりもかなりずんぐりした形だったが、撒きびしっぽさはちゃんと保たれていた。

平田のおばさんは、ショーケースの上にあるカゴから、それら新商品の試供品らしきものを出して並べた。

菜実から腕をつつかれ、貴仁は口もとを覆っていた布をずり下げて「試食してもよいかな?」と尋ね、平田のおばさんは「どうぞどうぞ」と応じた。

一通り、食べるシーンを撮った。いったん手のひらに載せるなどして、それぞれをアップで撮り、「なんだか食ってしまうのがもったいない気もするのう」などとつぶやいてから、口に運んだ。

味は普通の丸ぼうろであり、糸切りようかんであり、せんべいとあられだったが、貴仁は食べるたびに目を閉じて、「うーむ」「美味じゃ」「味は知っておるが形が違うと食感も違って面白いものじゃのう」「一つ食えばもう一つ食いたくなるのう」などとお世辞を交えた反応をした。

食レポの後、貴仁は「しばらく店が閉まっておったのは、この新商品の準備のためであったのかな」と尋ねた。

「そのとおりでござる」と平田のおばさんはうれしそうに言った。「午前中、菜実ちゃんが来てくれたんでこれを見せたら、動画を撮って宣伝しましょうって言ってくれて。ありがたかねえ。よろしくお願いするわね」

暇を告げたとき、平田のおばさんは新商品を紙袋にたっぷり入れて、貴仁と菜実に持たせてくれた。店に来たお客さんに試食してもらって、平田本舗で売ってるよと宣伝してほしい、とのことだった。

店を出たところで菜実が、「平田のおばさん、この商店街はもう終わりやとか、売り上げが悪いから和菓子店をたたみたいとか、でもたたんだらやることがなくなるとか、やる気なさそうなことばっかり言う人やってんけど、まだまだ商売人のたくましさが残ってたみたいね。あー、よかったー」と言い、「これで、白岩商店街の五店舗、みんな何か新しい武器を見つけた感じやん。白岩五人衆、見参、てかぁ」とつけ加えた。

「ときに菜実どの、空き店舗の一つを借りて、白岩女子大学の落研がライブらしきことをやると耳にしたが」

「あら、さすが忍びのお方、お耳が早い」

「お主の入れ知恵と見た」

「それはご想像にお任せします。三日後の土曜日午後に、布団屋さんやった空き店舗を借りてやらせてもらうことになったので、三十郎さんもお手伝いよろしく」

「手伝いとな？　拙者は何をすればよいのじゃ」

「おでん屋さんに来るお客さんへのチラシ配りと、当日の会場設営と、あとは客寄せパンダも頼んます」

「客寄せパンダ……」

「三十郎さんがうろついてるだけで、誰かしら寄って来るやん、写真撮らせてって」

「まあ、そうじゃな」

「アクション俳優やってたときより、はるかに有名人で人気者やん」

そう言って菜実は、うふふと変な笑い方をした。

いじられている感じではあったが、実際、売れないアクション俳優のときよりも有名になってしまった。この奇妙な現象は、いったい何なのだろうか。

その日の夜、白いポロシャツにジーンズ、白いキャップをかぶった女性が、おでん屋こひなたに入って来て、カウンターの内側にいた貴仁に「すみません、ひなた三十郎さん、ですよね」と、ちょっとおっかなびっくりという感じの態度で声をかけてきた。若く見えたが、声の感じからすると、案外アラフォーぐらいかもしれなかった。貴仁にとって、女性は化粧のせいで年齢というものが判りにくい。

カウンター越しにときどき来てくれているおじさん客と話をしていた貴仁は「いかにも」とうなずき、「どちら様でござるか」と尋ねると、女性は名刺を差し出して、簡単に事情を説明した。

彼女は、高知県内で夫とスナック経営をしているが、夫が坂本龍馬に容貌が似ているため、坂本龍馬のコスプレをして高知県内でのイベントに参加したり、結婚披露宴などに呼ばれて乾杯の音頭を取ることが多くなり、最近では坂本龍馬の格好でさまざまなユーチューブ動画を上げているという。もらった名刺には「スナック　マンマミーア」という店名と共に「まんま龍馬」という名前があった。それが夫の芸名らしい。

「それで、いきなりの厚かましいお願いで恐縮なんですが、他のお客さまは映り込まないようにするなど迷惑がかからないよう注意しますので、うちの龍馬がここでおでんをいただいたり、ひなた三十郎さんと少し話をさせていただく様子をスマホで撮影させていただけると大変ありがたいのですが、いかがでしょうか」

女性は手を合わせて、拝むような頼み方をした。

「ユーチューブ動画にされるわけじゃな」

「はい。差し支えなければ是非」

貴仁が返事をするよりも早く、カウンター席のおじさん客らが「いいよ、いいよ、オレたちのことは全然気にせんでいいから」「そうそう。この店は写真や動画を撮りたがる客ばっかりなんだから、遠慮せんでよか」「映り込まないようになんて、そげんこと気にせんで」などと笑って言った。

貴仁は「他のお客もこのとおりじゃ」と苦笑しながらうなずいた。「喜んでお相手致す。して、龍馬どのは今いずこに？」

「外で待機してますので、じゃあ、呼んできますね」

女性はうれしそうな顔で引き戸を開けて「オッケー、入って」と声をかけると、確かに歴史本などで見たことがある坂本龍馬に似た男性が「まっこと突然のことですまんのう」と笑いながら入って来た。長めの髪を後ろにまとめ、面長で目が細いところもよく似ており、髪のほつれ具合も、黒っぽいよれよれの着物と袴にブーツという格好も見事に再現されていた。夫人はさっそくスマホで撮り始めている。

おじさん客らが「わ、これは本物たい」「龍馬だ、龍馬」と笑って手を叩いた。

「これは龍馬どの」と貴仁は一礼した。「有名なお方がこんなところにわざわざ来てくださるとは恐縮でござる」

「おお、おまんが、ひなた三十郎どのか。噂は聞いとるぜよ。わしと同じく、百六十年前の幕末からタイムスリップしてきたもん同士、よろしゅう頼むぜよ」

　両手を差し出され、カウンター越しに握手を交わした。

　龍馬氏は空いていたテーブル席に座り、「すまんがおでんを二人分ほど見繕ってもろうて、冷えた麦酒も二人分、頼んでええかいのう」と注文したので貴仁が「奥さんのおりょうさんの分も、ということじゃな」と応じた。すると夫人は「すみません、私は撮影担当なんで、おりょうはここにはいないというテイでお願いします。あ、でも、おでんとビールはいただきます」と言った。

　先に瓶ビール二本とコップを出すと、龍馬氏と夫人はそれぞれ手酌で自分の分を注いだ。

　龍馬氏はビールを一気に飲み干して、「うーむ、よく冷えとって、まっこと旨い」と口をへの字に結んでうなずいた。夫人は片手で撮影しながら、もう片方の手で自身のビールを注いで飲んでいる。慣れた感じの動作だった。

　おでんが載った皿をテーブルに運んだとき、カウンター席のおじさん客が「結婚披露宴で乾杯の音頭を取ったら、いくらもらえっとですか？」とゲスな質問をしたが、龍馬氏は気にする様子もなく「交通費込みで基本一万円もろちゅうが、出席者と一緒に写真を撮ったり話し相手になったりしとったら祝儀をくれる御仁がおるきぃ、まっことありがたいぜよ」と不敵に笑った。質問したおじさん客は「確かに坂本龍馬が披露宴にいたら、縁起物扱いやろうね」と納得した様子だった。

「三十郎どの、一献受けてもらえんかいのう」と龍馬氏がビール瓶を持ち上げたので、貴仁は「これは痛み入る」と自分用のコップを取って来て、注いでもらった。

　貴仁はそれを飲み干して、隣のテーブル席の椅子を引いてきて座り、「拙者、京都で龍馬どのをお見かけしたことがありましてな」と即興で話を作った。「龍馬どのは飲み屋で飯に酒をぶっかけて食されておられた。向かいの席にいたのは板垣退助どので、龍馬どのの様子をあきれ顔で見ておられた」

「確かにそういうことがあったかのう。退助はわしと出くわすと、ああ、またこいつにたかられるのかと、あきらめ顔になるんじゃ。三十郎どのはそのときは、佐賀藩の密命で薩長の動向を探っておられたと聞いとるぜよ」

「いかにも。最後は新撰組に追いかけられて、旅籠の屋根伝いに逃げる途中で転落してしまい、気がついたらこの時代にタイムスリップしておった次第」

「新撰組にはわしもよう追いかけられたぜよ。幕府が倒されれば、あの連中は逆賊となると思うとったのに、現代に来てみるとえらい人気者になっとるけえ、驚いたぜよ」

「確かに新撰組は逆賊の時代がしばらく続いておったのじゃが、二番隊組長であった永倉新八という男が後々までしぶとく生き残り、新撰組でのさまざまな体験を記者に口述させる形で『新撰組顛末記』なるものを新聞に連載しおってのう。それがきっかけで、次々と小説、映画、ドラマなどの題材になり、今ではすっかり人気者じゃ」

「永倉新八か。あやつは敵に回すとまっことやっかいな男ぜよ。局長の近藤も副長の土方も、剣術に関してはあやつにかなわんかったち聞いちょる」

「敵ながらたいした男ですな。今の時代に出会えたなら、笑って酒を酌み交わすこともできたやもしれぬ」

「おお、それで思い出した」龍馬氏は懐に手を入れてスマホを取り出した。「先日は福岡の新撰組ファンの集まりに招かれたぜよ」

そう言って見せられた動画は、大型書店での新撰組関連書籍フェアらしき催しで、浅葱色のダンダラ羽織をはおったり〔誠〕と書かれたはちまきをつけた若い女子たちに囲まれて、マイクを持った龍馬氏が何やら話している様子だった。音声が小さくてはっきり聞こえなかったが、龍馬氏の冗談にダンダラ女子たちが手を叩いて笑っている。

「幕末と同様、龍馬どのは現代でも忙しく動き回っておられるようですな」

「動画を上げるようになって、土佐に限らず、あちこちから招かれるようになったけえ、わしも仰天しとるぜよ。イオンモールで抽選大会の進行をやったかと思えば、歴史学者さんたちと一緒にシンポジウムで並んで座ったりもして」

「学者さんだけじゃと、客の入りが少ないという事情もあるからじゃろう」

「そのとおり。じゃが、学者さんらが専門的な用語を使ってわしに意見を求めてきたりするけえ、そのたびに肝を潰しとるぜよ」

　見ると、他のおじさん客たちもスマホで龍馬氏と貴仁の様子を撮影していた。その中の一人が「お二人とも、本当に即興で話をしてるんだよね」と言うので貴仁が「無論じゃ」とうなずくと、おじさん客たちは感心した様子で「それはすごい。会話に引き込まれるものがあって、聞いちゃうよ」「うん。おカネ取れるぐらいに面白いよ」などと言ってくれた。龍馬氏が話の方向を巧みに誘導してくれているからだろう。

　その後、龍馬氏はおでんに舌鼓を打ちながらビールのお代わりを注文し、「そうそう。今日の昼間は白岩亭でタンメンを食って、鉄の爪のハン氏と一緒に動画に収まったぜよ」と、スマホを見せてくれた。この日の新谷さんは茶色い詰め襟服だった。新谷さんが鉄の爪を振りかざし、龍馬氏が古い書籍らしきものを突き出して片手で止める仕草を見せている。ボリュームが控えめだったのではっきり聞こえなかったが、おそらく龍馬氏が持っている書籍は『万国公法』で、これからの時代、もめ事は武器ではなく法律で解決する時代ぜよ、というメッセージを込めたものだろう。坂本龍馬は新しいもの好きで、拳銃を手に入れると刀を携帯しなくなり、その後さらに『万国公法』を手に入れるとこれからは法律こそが武器だとばかりに拳銃も手放したという。

さらなる会話で、龍馬氏は夫人と共に嬉野温泉に泊まっていて、昨日は忍者パークで動画を撮った後、佐賀市内にある佐野常民記念館を見学したという。佐野常民は幕末にパリ万博に派遣された佐賀藩士の一人で、敵味方を問わず負傷兵の治療や看病をする国際赤十字の思想に感銘を受け、後に日本赤十字社を創始した人物である。後々のために、ひなた三十郎と佐野常民との関係なども考えておいた方がいいかもしれない。

また龍馬氏は、白岩亭で昼食を摂った後、猪狩文具店で駄菓子を買って、にゃんこ師匠にもあいさつをし、今池洋品店では作務衣や忍者パーカースウェットの取材をし、平田本舗で手裏剣せんべいなどの食レポもした、とのことだった。この後は、嬉野温泉に戻ってひとっ風呂浴びてから、撮った動画をちゃちゃっと編集してユーチューブに上げる予定だと、夫人が説明してくれた。

話が盛り上がっただけに、龍馬氏と夫人を見送るときは、ちょっと名残惜しく感じた。別れ際、龍馬氏から「三十郎どのも、これからますます忙しくなってくるぜよ。お互いに頑張るちゃ」と言われ、貴仁は「御意にござる」とうなずいた。

後で龍馬氏のユーチューブ動画を検索してみると、百以上がアップされていて、視聴回数もフォロワー数も結構な数字を誇る人気チャンネルだと知った。翌日にアップされた白岩亭や猪狩文具店などの様子も、人気ユーチューバーの新作とあってか、アクセスするたびに数字がどんどん増えていた。

土曜日の午後、菜実が「三十郎さん、落研ライブの手伝い、お願いしまーす」と呼びに来て、「これ使うてください」と滑り止めがついた軍手を渡された。

会場は、猪狩文具店の斜め向かいにある、かつて寝具店だった空き店舗だった。他店よりもかなり面積が広いことが採用の理由らしい。

既にシャッターは上がっていて、黄色い空手着姿でアフロヘアのヅラをかぶった新谷さんが床にモップがけをしていた。

「ジム・ケリーどの」と貴仁が声をかけると、新谷さんは『燃えよドラゴン』の中でブルース・リーが棒術を披露したときのような構え方をして見せ、それから右手だけで持ってわきの下に通し、左手の親指で鼻をちょんとやった。菜実が「あ、新谷さん、それもっかいお願いします」と言ってスマホを向けた。

菜実は新谷さんのモップ棒術を撮影した後、スマホにかかってきた電話の相手に「あ、みやびちゃん？　何時頃に来られる？」と言いながら店の外に出た。

貴仁があらためて「白岩亭どののもかり出されたか。お疲れさまでござる」とあいさつすると、新谷さんは「いえいえ、プロデューサーさんからのお声がけとあらばたとえ火の中水の中ですよ」と笑った。彼は菜実のことをプロデューサーだと捉えているらしい。冗談半分かもしれないが、確かに菜実の提案に乗ったお陰で今の白岩亭がある。

「若いお客が続々と来てくれるようになったようで、何よりじゃのう」

「ええ、お陰さまで」

「坂本龍馬どのも来店して」

「そうそう。ネットで調べてみたら、結構な人気ユーチューバーさんだったんで、びっくりするやらうれしいやらで」新谷さんはそう言ってから、「あと最近、白岩亭の宣伝のために私もSNSを始めたんですけど、香港で飲食店を何軒も経営しているという実業家さんからそのSNSに、香港で出店しないかっていうダイレクトメールがきちゃいまして。翻訳アプリを使ったのか、変な表現が混じってましたけど、相手さんのホームページで確かめたら、本当に手広く事業をやってる年配の女性でした」

「何と。それはブルース・リーどのの導きやもしれぬな」

「しかも費用は全部出すし、今の二倍以上の利益を約束すると言われて」

「では前向きに検討なされるわけか」

「いやいや」新谷さんは苦笑しながら片手を振った。「白岩亭が変われたのは、ひなた三十郎さんと菜実ちゃんのお陰ですから、これからは白岩商店街の活性化に一役買って恩返しをするのが人の道、ドラゴンへの道ですから。おカネの問題ではありません」

「では断ると？」

「もう断りました。残念がられましたけど、ブルース・リーやジャッキー・チェンのモノマネができる人は探せばいると思うので、香港でもコスプレ飲食店をやってみたらいかがですかと提案してみたら、それはすばらしいアイデアだと喜んでくれました」

「もしあちらでそれが評判になれば、ルーツが白岩亭だということも広く知られるようになるかもしれん。ウィンウィンというやつじゃな」

そのとき、〔肥前市商工課〕という名称が入ったワンボックスカーが空き店舗前に停まった。白岩商店街は両端の出入り口に金属製の車両進入禁止ポールが設置されているが、活性化事業組合はそのロックを解除して通行することができる。

運転席から正然が降りて来て、「三十郎どの、パイプ椅子を運んで参った。手を借りるぞ」と言った。正然と最初に会ったときの冴えない表情はそこにはなく、今は仕事を楽しんでいるようである。

パイプ椅子を並べている途中で、菜実が三人の落研ライブ出演メンバーを連れて来た。三人とも紺やベージュ地の地味な着物、と思ったがよく見ると浴衣のようだった。もう十月下旬だが、日中はまだ暖かい。確かに浴衣の方がしのぎやすいだろう。

三人のうち二人はおかっぱ頭と黒髪を後ろにまとめた、いかにも和の装いだったが、一人だけピンクの浴衣を着た女子はロン毛の金髪で化粧も濃いめ、つけまつげもバチバチのギャルだった。

そのギャルが「ひなた三十郎、ジム・ケリー、アゲー」と両手の親指と人さし指で小さなハートマークを作り、「めっちゃ会いたかったー。後で一緒に写真撮ってー」と大声の関西弁で言った。このコが洗場みやびに違いない。他の二人の女子は、いつものことだという感じで苦笑している。一方の菜実は小さな拍手をしながら、洗場みやびのテンションの高さを羨望のまなざしで見ている様子だった。

あらためてあいさつを交わした。和の装い女子二人は菜実や洗場みやびよりも一つ先輩で、それぞれ芸名を口にして「このたびはお世話になります」「どうぞよろしくお願いします」と丁寧に頭を下げてきた。洗場みやびは「ひなた商店街、前に来たときはゴーストタウンみたいやったのに今日なんかめっちゃ人来ててヤバいやん。これってミラクルー」と両手のひらを広げた。

菜実が「みやびちゃん、ここは白岩商店街って言うの。ひなた三十郎さんとかおでん屋こひなたの名前に引っ張られて、商店街の名前間違えてるよ」と指摘した。すると洗場みやびは「あー、そやった？　でも、ひなた商店街っていう名前の方がしっくりけえへん？　アーケードがなくなって、ひなたの商店街になってんやし、絶対にひなた商店街の方がええで。ね、三十郎さん、ジム・ケリーさん」

　少し間ができてから、新谷さんが「確かに、ひなた商店街って、いい名前だね」とうなずき、貴仁も「洗場どの、上出来じゃ」と同意した。

　おかっぱ頭のコが小声で「みやびちゃん、ああ見えても講談、すっごい上手いんですよ。うちのエースです」と言ってから、「といっても部員はこの三人しかいないんですけど」と舌を出して笑った。

　その後は、舞台の代わりに長机二つを並べて大きな布をかけ、その上に座布団や小さな座卓のようなものも用意された。貴仁が「あれは講談に使う台か。拍子木(ひょうしぎ)みたいなのでパンパンと叩くのじゃな」と言うと、洗場みやびが台は釈台(しゃくだい)という名称であることや、拍子木ではなく張扇(はりおうぎ)という専用の道具で、芸人がネタなどで使っているハリセンのルーツもこれで、いい音を立てるための道具という共通点がある、と説明してくれた。

　また、どの道具もホームセンターなどで材料を買って手作りしたものだという。よく見れば確かに釈台は合板を留め具とネジ釘でつないだもので、張り扇も表面の和紙に少ししわがよっていた。貴仁は、菜実が小刀トングを作ってくれたことを思い出した。バブル経済の時代と違って、今の若いコたちは経済観念がしっかりしているようだ。

　長机の高座の両側には、小型のスピーカーも用意された。菜実が「スマホをつないで出囃子を流すんどす。今やスマホがあれば連絡も動画撮影も出囃子も自由自在。便利な世の中になりおしたなあ」とちょっと変な京都弁で言った。

　その後は、功一おじさんが麦茶入りの大きなやかんを、平田本舗のおばさんが紙コップをたくさん持って来て提供してくれたので、空き店舗の前にも長机を置いて、そこで自由に飲めるようにした。

　さらに布巾と雑巾を持った弓子おばさんがやって来て、やかんの麦茶を注ぐ係をやってくれることになった。使い終わった紙コップを回収するポリ袋も用意してくれていた。貴仁が「体調は大丈夫でござるか？」と尋ねると、「今日はどこも痛くないわ」とのことだった。弓子おばさんは関節リウマチの持病があって、調子が悪いときは顔つきも険しくなるが、今日の表情を見る限り、確かに調子はいいようだった。

　菜実らが事前に作ったチラシをあちこちに貼ったり来店客に配って宣伝したお陰もあって、五十ほど用意した席は開演時間までにほとんど埋まった。おじさんや年配客が多く、家族連れの姿もあったが、若い女子も十数人いるようだった。菜実らが白岩女子大学のキャンパスで呼びかけたのだろう。その若い女性客の何人かが、紙袋からしい。
駄菓子を出して、友人同士で分け合いながら食べている。猪狩文具店に立ち寄ったら
そんなとき、肥前新聞の文化部記者だという女性から声がかかり、貴仁と新谷さん
はそれぞれ短いインタビューを受けて、求められてスマホでの写真撮影に応じた。今
日の取材は落研ライブのことよりも、白岩商店街がにわかに活気づいてきたことにつ
いて記事にするつもりでやって来た、とのことだった。
観客席の後ろには他にも、ハンディカメラを持った男性がいた。その隣にいるのが、
ひぜんテレビの小田ディレクターだと気づき、撮影に来てくれたのだと知った。
貴仁の視線に気づいたようで、小田ディレクターが口を動かしながら会釈してきた
ので貴仁も同じ動作で応じた。彼が口にしたのは「どうもどうも」らしかった。
ほどなくして太鼓や三味線の出囃子が流れ、おかっぱ頭のコが長机の高座に上がり、
座布団に正座して、三つ指ついて丁寧に頭を下げた。
おかっぱ頭のコの演目は、『井戸の茶碗』という古典落語だった。長屋住まいの貧
乏な武士が小さな木彫りの仏像をくず屋に売ったところ、転売を受けた屋敷住まいの
武士が、仏像の中に結構な数の小判が入っていることに気づく。これは元の持ち主が
知らなかったのだなと気の毒に思い、くず屋を通じて小判だけを返そうとするが、売
った武士は納得して仏像を売ったのだから気遣いは無用と受け取りを断り、買った方

の武士も当方は仏像を買っただけで小判まで受け取るわけにはいかぬとこちらも拒絶。間に立ったくず屋は困り果てた末に、小判を双方で分け合って端数はくず屋が駄賃として受け取るという提案をするが、さらに話はこじれてしまい……しかし最後は上手い具合に着地できて、めでたしめでたしという内容。おかっぱ頭のコはやや早口で聞き取りにくいところもあったが、会場では安堵のどよめきと拍手が起きた。

　次に登場したのは髪を後ろにまとめたコで、『猫の皿』という古典落語を披露してくれた。骨董品の値打ちを知らない相手から買い叩いてよそに高く売るという欲の張った商売をやっていた骨董商が、街道沿いの茶店で休憩していたところ、店で飼われている猫が高価な名品の皿でエサを食べていることに気づく。さっそく店主に三両という結構な高値を提示してその猫を売ってくれと交渉し、すぐに話がまとまるが、猫用のその皿ももらってゆくぞと告げると、予想に反して店主は、皿は高価な名品だから売れないと断る。驚いた骨董商は、それほどの名品だと知っていながらなぜ猫のエサ用にしているのかと尋ねると、店主はこう答える。この皿を使っていると、ときどき猫が三両で売れるからです、と。とんちの利いたオチに、観客から大きな笑いと拍手が起きた。

　高座の横、シャッターが下りる場所に一緒に立って見物していた新谷さんが「アマチュアの女のコだというのでちょっとなめてたけど、聴かせてくれますねえ。お客さん、誰も帰らないよ」と言った。実際、パイプ椅子のほとんどが埋まり、一緒に来た者同士で笑顔で何やら話したりうなずき合ったりしている。
最後に洗場みやびが高座に上がった。

9

「みなさん、こんにちはー。洗場みやびと申します。なんや、この金髪つけまつげはと思ってはります？　ですよねー。でも講談が好きなギャルがおってもええんちゃいます？　今日はみなさんにもその講談というやつの楽しさ、面白さをお伝えしたくてやって参りました。貴重な機会をくださった肥前市活性化事業組合さま、そしてひなた商店街の皆々さま、誠にありがとうございます」洗場みやびは斜め後ろにいるおかっぱ頭の先輩から何か小声で言われて「え？」と振り返り、「あ、正式には白岩商店街でした。すんません。ひなた三十郎さんとか、おでん屋ひなたさんとか、商店街のアーケードがなくなってひなたの商店街になったこととか、そんなんで、私の中で勝手に、ひなた商店街になっちゃってまして」と片手を後頭部にやって肩をすくめ、張り扇で釈台を叩いた。いい音が響き渡った。

「さて、佐賀藩といえば、かつて薩長土肥、すなわち薩摩、長州、土佐と共に、江戸幕府を終わらせて新政府を立ち上げるという大変革を成し遂げた藩でございます」

(ここでパンパンと張扇の音)。

「薩摩や長州と違って佐賀藩はもともと幕府を倒してやろうという考えはありませんで、穏便な形で世の中を変えていけばよいではないか、という立場だったそうでございますが、それでもなお薩長がラブコールを送って味方につけようとしたのはなぜか。一つには、佐賀藩が幕府とは別に自らパリ万博に参加するなどして先進の学問や制度を吸収することに熱心で、新政府に必要な人材がそろっていたからだと言われております。ちなみに幕府以外でパリ万博に参加したのは、佐賀藩と薩摩藩のみでございました。おそらくそのときに薩摩の面々は、佐賀藩あなどるべからずと一目置くようになったのでありましょう」

(パンパン)。

「そしてそして、やはり薩長は佐賀が他藩に先駆けて輸入したり自ら鋳造したりした大砲がどうしても欲しかったのであります。これがラブコールの大きな理由でありました。実際、佐賀藩の大砲は戊辰戦争で威力を発揮し、幕府軍をたちまち蹴散らして敗走させたのであります。その佐賀藩を当時治めておられたのが、かの鍋島直正公でございます。佐賀藩は長崎港を守る任務に就いていた関係で、外国船が勝手に侵入したり大砲を備えた軍艦が接近したりするのを目の当たりにしており、これからは大砲だといち早く気づいて、藩を挙げて大砲造りにいそしんだのでございます」

（パンパン）。

「ところで本日のお話はこの大砲の話ではございません。ここまではプロローグというやつでございます。佐賀で大砲の鋳造をするためには、鉄を溶かして成形する技術を持った者たちが必要でございました。そこで集められたのが大勢の刀鍛冶たち。佐賀は肥前刀という一大ブランドの産地でございまして、江戸時代を通して百人を超える刀工、つまり刀鍛冶がいたことが、佐賀から大砲が生まれたことと深く関係しているのでございます」

（パンパン）。

「いよいよここからが本題でございます。刀鍛冶たちが鍋島直正公から、大砲の鋳造に協力してくれ、と頼まれることとなったちょうどその頃、佐賀の刀鍛冶の間では、ある論争が巻き起こっておりました。肥前刀よりもさらに古くから存在した刀の二大ブランド、村正と正宗はどちらがすぐれているのか、という論争でございまして、普段は同じ釜の飯を食い酒を酌み交わす仲であっても、ことこの刀論争になると刀鍛冶たちは真っ二つに分かれていたのでございました。妖刀と言われた村正の方が上だ、いや正宗は名刀と言われていて妖刀よりも上だと互いに譲らず、つかみ合いのケンカまで起きる始末でございます」

（パンパン）。

「村正と正宗は現在にたとえるならば、ブルガリかロレックスか、シャネルかルイ・ヴィトンか、ナイキかアディダスか、みたいな二大派閥でございます。まさに甲乙つけがたいライバル関係。どこの世界にも熱烈なファンというものがいるものでございます」

（パンパン）。

「この刀鍛冶同士の対立を知って、鍋島直正公から大砲鋳造という大仕事を託されたこの大事な時期に仲間内でもめてどうするのじゃと怒り出したのが、彼らを束ねる親分、九代目肥前忠吉でございます。忠義の忠に大吉の吉と書いて忠吉。チュウキチではございません。タダヨシでございます。肥前刀を代々受け継いできた本家の頭領でありますす」

（パンパン）。

「そこで忠吉は、弟子たちの前である実験をやって見せることに致しました。幸い、村刀の研究に熱心な先代先々代などご先祖が、さまざまな刀を収集してくれていて、村正も正宗も肥前忠吉所有の蔵の中に大切に保管されております。忠吉はその村正と正宗を蔵から出して、仕事場のすぐ近くを流れている天佑寺川の前に弟子たちを集めてこう言ったのでございます。今から村正と正宗を順に川の中央に突き立てて、上流からカゴ一杯分の葉っぱを流す。その葉っぱがどうなるかを見届けよ」

（パンパン）。

「さあ、弟子たちは騒然となります。村正や正宗を使ったこの実験については、昔からある言い伝えがあったのでございます。それが本当なのかどうかをこの目で確かめることができるとあって、弟子たちは色めきたったのでございました。はて、村正と正宗にどのような言い伝えがあったのか」

（パンパン）。

「まずは妖刀村正でございます。村正は伊勢国桑名郡、現在の三重県桑名市にて、室町時代から江戸時代初期にかけて存在した刀鍛冶の一派でございます。その村正がなぜ妖刀と呼ばれるようになったのかと申しますと、徳川家との因縁によるものと言われております。まず、家康の祖父である清康が村正の刀によって殺害されました。ただ、この段階では、たまたま村正だったと誰もが思っております。現に家康の父広忠は、脇差しに村正を使っていたぐらいです。ところがその広忠、自身のその脇差しを側近に抜かれて殺害されてしまったのでございます。そして家康自身も村正の短刀と槍によって二度にわたって怪我を負ったのであります。さらには家康の長子信康でございます。信康の正室つまり奥さんは、織田信長の娘だったのですが、夫婦関係が悪くなったことが原因で信長の怒りを買ってしまい、事態を収拾するために信康は父家康から切腹を命じられるという気のどくな最期を迎えてしまいます。そしてその切腹に使われたのがまさに村正でございました」

（張扇のパンパンと同時に会場にどよめきが起きた）。

「まさに江戸の世を治めた徳川家にとって村正は呪われた刀。当然のことながら噂はたちまち全国に広まり、村正をこれ見よがしに腰に差している者は反徳川と疑われるほどでございました。その反動で、幕末の反幕府勢力の間で村正は大人気だったそうでございます。西郷隆盛も村正の短刀を好んで携帯しておりました」

（パンパン）。

「ではその妖刀村正にまつわる言い伝えとはいかなるものか。村正は血に飢えた刀であり、いったん鞘から抜かれると、対峙した者はあたかも妖術にかかったかのように、抵抗するすべを失い、自ら斬られに行ってしまうほどであるとの噂が広まっておりました。そこでとある大名が葉っぱを使って実験を致しました。川の中央に村正を突き立てて、上流から葉っぱを流してみたのでございます。すると何と、流された葉っぱはことごとく村正の方に吸い寄せられてゆき、刃先に触れるやスパッ、スパッと真っ二つ。村正の何と恐ろしきことと」

（パンパン）。

「さて、続いては名刀正宗でございます。正宗は村正よりもさらに歴史があり、鎌倉時代にまで遡（さかのぼ）る由緒（ゆいしょ）正しい刀でございまして、その美しさや全体から漂う品格などにより、室町時代の足利義満（あしかがよしみつ）、安土桃山時代の豊臣秀吉（とよとみひでよし）、江戸時代の徳川家康など、世の天下人たちに愛でられ、功労のあった配下への褒美（ほうび）としても用いられておりました。なぜ正宗が美しさや品格に秀でているかについては諸説ございますが、元寇（げんこう）という歴史上最大級の国難に遭遇したことがきっかけで、当時の刀鍛冶たちが全身全霊で刀を造った、今風に申しますとゾーンに入った状態で刀を造ったお陰で奇跡の名刀が出現した、とも言われております。その名刀正宗にまつわる言い伝えとは何か。先の大名が今度は正宗を川の真ん中に突き立てて上流から葉っぱを流してみたところ、村正とは全く違ったことが起こったのでございました」

（パンパン）。

「何と、すべての葉っぱが正宗に当たることなく、脇を通り過ぎて行ったのでありましたっ。まるで正宗が放つオーラに萎縮（いしゅく）して、意思を持って避けているかのように一枚も切れることなく下流へと流れ去ったのでございます」

（パンパンパーン）。

「切れ味があまりにも鋭く、斬ることを極めた村正。対して、斬る必要のないものは斬らずに済ませるすべを身につけた正宗。この実験を目の当たりにしたかの大名は、これぞ武芸の極みであるとして、正宗に軍配を上げたそうでございます」

(パンパン)。

「そして九代目肥前忠吉が、その言い伝えを弟子たちの前で検証してみたわけでございます。天佑寺川は江戸時代に嘉瀬川から引かれ、佐賀城のお堀にまで至る穏やかな人工の川でして、当時は物資を積んだ船による交通も盛んでございました。刀鍛冶たちが集まったその天佑寺川の岸辺は、川幅はほんの五メートルほど、そして人が入ってもせいぜいひざ上程度の深さの場所でございましたので、検証実験にはおあつらえ向きでございました。ちなみに島田洋七師匠の『佐賀のがばいばあちゃん』の中で、倹約家のばあちゃんが自宅近くの川に網を張り、上流から流れてくる形の悪い野菜などを手に入れていたというエピソードがございますが、それも天佑寺川でございます。話がそれて申し訳ございません。さあさあ、実験の結果やいかにっ」

(パンパンパパーン、パン)。

「妖刀村正も名刀正宗も、結果は同じでございました。上流から流れてきた葉っぱの多くは刃先に当たることもなく横を通り過ぎてゆき、たまたま刃先に当たった葉っぱも、水の浮力と流れの緩さのせいで、切れることはなく、くるりと向きを変えて後方へと流れ去るばかりございました。あんぐりと口を開けていた弟子たちに九代目肥前忠吉はこう言ったのでございます。先によき刀を造った正宗が名刀と言われるのは必定。その後に出現した村正は、出来がよければよいほど正宗と比較される運命にある。名刀という称号が先に使われたせいで妖刀という名を甘んじて受けることになるのもまた必定。そして二つの刀についての話に尾ひれがついて面白おかしく広まってゆくことも世の必定である。村正や正宗から学ぶことは、そういうところではない。数々の言い伝えをまとうほどに人々から愛でられ大切に扱ってもらえたということじゃ。これからは刀の時代ではなく、鉄砲や大砲の時代となる。佐賀の大砲が後に語り継がれるものとなるか否かは、我々肥前刀の刀鍛冶たちの手にかかっておる。村正や正宗から学ぶべきことは、まさしくそこである。お前たち、いい加減、目を覚まさんかっ」

(パンパン)。

「九代目肥前忠吉からそう叱咤された弟子たちは一様に深くうなずき合い、意味のない言い争いをしてしまったことを深く恥じて、もはや刀の時代ではないことを世の必定として淡々と受け入れ、これからは大砲の鋳造と真摯に向き合おうではないかと誓い合ったのでありました」

(パンパン)。

「というわけで、肥前刀にまつわる九代目忠吉のお話、これにてお終いにございます。

どこまでが真実でどこまでが作り話かは、皆様のご想像にお任せするということで、ご勘弁くださいませ。長々とおつき合いいただき、まことにありがとうございました」

洗場みやびが三つ指をついて頭を下げると、観客の多くが立ち上がって拍手をした。隣同士で何か言い合い、うなずき合ったり、口笛の音が響いたりしていた。

「えーっ、むっちゃうれしい」洗場みやびは両手を振って応え、親指と人さし指でダブルのハートを作って「アゲーっ」と笑った。

その日の夜、落研の女子や菜実らが、おでん屋こひなたで打ち上げをしてくれた。観客の中にいた白岩女子大一年のコがライブ終了直後に入部したいと言ってくれたそうで、その歓迎コンパも兼ねての宴となった。入部希望の女子は、おでんのがんもどきをつつきながら、「もうすっごい感動しちゃって。私も他人の心をぎゅっとつかんで引き込む話がしたいって、もうカミナリに打たれたみたいな気持ちになって」と目を輝かせていた。

おかっぱ頭の先輩が洗場みやびのことを、うちのエースだと言っていたのは、冗談でも何でもなかったようである。今日の講談の内容は、菜実がネットでネタを仕入れて下書き台本を作り、それを二人で練り上げたのだという。洗場みやびは「私、しゃべるんは得意やねんけど、台本書くのって超ムズーなんです。でも菜実ちゃんとコンビ組んだら怖いものなしや」と言い、貴仁が「ほう、そうであったか。菜実どのが」と驚くと、菜実は「座付きの作家どす」と片手を上げげた。

今日はひぜんテレビや肥前新聞も取材に来ていたし、ライブ直後に特に洗場みやびたちは複数のマスコミ関係者に囲まれてインタビュー取材を受けていた。お客さんたちが撮った動画もネットに上がるだろうから、このコたちはこれから忙しくなるかもしれない。

翌々日に肥前新聞が白岩商店街で落研ライブが開催されたことを報じてくれ、洗場みやびが張扇を叩きながら話す写真が載った。観客がライブ終了までほとんど席を立たず、終了後には三人に「話に引き込まれた」「また聴きたい」「もっと宣伝した方がいい」などと声がかかっていたことも書かれていた。また記事とは別に『ひなた商店街にわくわく』というタイトルの女性記者によるコラムもあり、ひなた三十郎が始めた「忍者ごっこ」はネットの時代に適合したようで、そこを起点として白岩亭など他の店舗も覚醒していった過程が簡潔にまとめられていた。その上で、今後さらなる変化が起きそうでわくわくしている、と結ばれてあった。

さらにその二日後、ひぜんテレビの夕方番組『だいひぜん！』で、洗場みやびら白岩女子大学の落研ライブの様子がオンエアされた。番組自体はダイジェスト版で、観客が楽しんでいる様子も含めて三人ともほんの少し映っただけだったが、男性MCが「なおこの落研ライブの詳細はユーチューブでご覧になることができます」と視聴者に紹介してくれた。その動画は菜実が撮ったもので、ライブ後のショートインタビューもおまけとしてついていた。その中で洗場みやびはダブルのハートを作って「今日のこれが私のユーチューブデビューになるん？　アゲーっ。出張ライブのご依頼は、白岩女子大学落語研究会のインスタグラムまでお願いしまーす」としっかり宣伝していた。その他、『だいひぜん！』の中では、今池洋品店で忍者パーカースウェットが外国人観光客の子どもたちに人気だということや、平田本舗の新商品、猪狩文具店のにゃんこ師匠なども紹介され、先日は高知から〔坂本龍馬〕もやって来て、ひなた三十郎とのコラボ動画が評判を呼んでいることなども紹介されていた。

『だいひぜん！』のオンエアがあった日の夜、女性の一見客が一人でおでん屋こひなたにやって来た。ベージュのジャケットにジーンズという格好で、茶色に染めた短い髪と、きりっとした顔つきが印象的な女性だった。彼女は出入り口に近いカウンター席に座り、おでん数品とビールを注文した。

貴仁がそれら注文の品を出したときに「うちに参られたのは初めてかな？」と尋ね

ると、彼女は「実は二度目でござるが、一度目は半年ほど前の、ひなた三十郎どのがまだおられぬときでござる。ネットで評判を知って、冷やかしに来た次第」と笑って侍言葉で応じた。

意外と話がしやすそうな女性で貴仁は少し好感を持ったが、一人でやって来た女性客にあまりあれこれ尋ねるわけにはいかないので、その後は女性客の方から「前は閑散としたシャッター通りだったのに、すごい変わったみたいですね」などと言われて、経緯を説明する感じの会話になった。女性が「じゃあ、ひなた三十郎さんが仕掛け人なんですね。かっこいいじゃないですか」と言うので、貴仁は「いやいや、拙者はただの道化でござる。みなが拙者の悪ふざけをまるで大喜利のお題のように受け止めて、次から次へと妙案を出してくれたお陰でござる」と謙遜しておいた。

そういった話をするうちに、女性は佐賀市内にときどき出張で来るので、そのたびに肥前市内にいる親戚宅に泊まらせてもらっている、といった多少プライベートな情報も教えてくれた。仕事の具体的な内容などまでは聞けなかったが、落ち着いた話し方や全体の印象などから、年齢は近いのではないかと感じた。

子ども時代や思春期の頃に流行ったものを話題にすればさらに盛り上がるかも、と思ったところで、正然が店に入って来て、「今日もこの時間まで残業やったー」と言いながらカウンター席の奥の方にどかっと座った。お陰で女性との会話は途絶えることになった。

正然は女性に「こんばんは」と会釈し、女性は作り笑顔で黙礼を返した。

正然もおでん数品とビールを注文し、「落研女子のライブ、評判がよくて、またやってほしいっていう電話やメールが活性化事業組合にも来とるよ。あと、平田本舗の両隣のどちらかに、プリントサービス会社が臨時の出張所を出すことになった」と言った。

「プリントサービスとな?」

「スマホを持ち込んだら、その場で画像を印刷してくれるサービスをやるんやと。ひなた三十郎やジム・ケリーなんかと一緒に取った写真をすぐにプリントできるサービスは需要があるはずやって会社の人が言うとったよ。そやけんオレが、ポストカードなんかよさそうですねって言うたら、最近はトレーディングカードと同じサイズのものが人気で、コスプレイヤーやそのファンがそういうカードを作って集めてるんやと」

「なるほど。トレーディングカードのサイズなら、それ用のファイルやケースに収納できるから便利でござるな」

「白岩商店街のキャラクターをカードにして販売したら、面白がって買ってくれる人が出てくるかもよ」

「売るほどの手数がなかろう」

「そこは知恵を働かせんと。ひなた三十郎のカードだけでも、バク宙に挑む三十郎、おでん定食を運ぶ三十郎、ブランコに乗る三十郎とか、それぞれタイトルをつけて数を増やすわけよ。白岩亭の新谷さんはその点、キャラが多かけん、有利たいね。あと、にゃんこ師匠のいろんな様子も、面白いタイトルをつけたらいけるかもしれん」

「前足で顔を洗っている瞬間の写真に、前髪が決まらずイラつくにゃー、とか？」

「おー、いいやん」正然は手を叩いて笑った。「ひなた三十郎とチャック・ノリスが戦っているシーンとか、にゃんこ師匠とのコラボとか。なんか、まじで成立しそうな気がしてきたたいね」

「じゃが、さすがに今池洋品店、平田本舗、猪狩文具店のお嬢連中は無理じゃろう」

「そうかなあ。いや、あのおばちゃんたちにヌンチャクを持たせたり、鉄の爪を装着させたりしたらウケるんやなか？　わあ、超レアカード出たー、みたいな」

「いや、そういう意味ではない。カードのキャラクターになることを承知してくれるのか、という話でござる」

「あー」正然は厚揚げ豆腐を口に運びかけた手を止めた。「今池洋品店のおばちゃんなんか、売り上げの何パーくれっと？　みたいなことを言いそうやな」

「吹っかけてくるじゃろうな」

「でも、面白そうやね。どこやったか、漁師のお兄さんたちが筋肉質な身体を見せてるカードを販売してて、意外と売れとるそうやが」

「もしやるとすれば、活性化事業組合がやるのか?」

「いやいや、それはない」正然は厚揚げ豆腐を咀嚼(そしゃく)しながら頭を横に振った。「役所がやる仕事ではないって上から一蹴されるけん、有志でやらんと。あっ、プリント料金を考えたら、ちょっと難しいか」

「高いのかな?」

「業者によって多少違うと思うが、二十枚ぐらいでランチ一食分って感じか」

「その金額で買ってくれるもの好きがどれぐらいいるかが問題じゃな」

「まあ、今後の検討課題にしとこう」正然はそう言ってビールをあおり、「それと、ひなた商店街という名前に変えてはどうか、みたいな話も市役所の上の方で出とるんよ」

「ほう。講談師のお嬢が思いつきで言い出したことじゃが」

「正式に変えるとなると、役所というところは手続きが面倒になってくるが、通称ということなら別に制約はなか」

「みなが勝手に、ひなた商店街と呼ぶならお役所は邪魔はせぬ、と」

「そういうこと。これからオレも今後は、ひなた商店街でいくわ」

「なら拙者も合わせよう。一人また一人と増えてゆけば、意外と早く定着するやもしれぬ」

正然がビールを追加注文したとき、振動音が聞こえ、正然がスマホをスラックスのポケットから取り出した。

「お、急遽決まったか」と正然が画面を見てつぶやいたので、貴仁が「何が決まったのでござるか」と尋ねた。

「十一月最初の日曜日、元寝具店を使って、今度は外国人観光客相手のスポーツ吹き矢体験教室をやることになった」

「佐賀市方面では、バルーンフェスタの最終日じゃな」

十一月上旬、佐賀では毎年、熱気球の世界大会が開催される。多くの国と地域が参加してバルーン操縦の正確さやスピードを競い合う大会だが、嘉瀬川の河川敷のメイン会場では、それに付随(ふずい)してさまざまなイベントが行われている。

「そうそう、まさにバルーンフェスタとのコラボ企画たい」と正然はうなずいた。

「主に東南アジアからの観光客が最近、嬉野温泉や武雄温泉に来てくれとるのは知っとるやろ」

「うむ。そのお陰でここにも最近はちょいちょい来てくれるようになった」

「その外国人観光客にバルーンフェスタを見物してもろた後、武雄温泉や嬉野温泉に引き返す途中でひなた商店街に立ち寄ってもらい、スポーツ吹き矢を体験してもろうて、ついでに各店舗を冷やかしていただこうということったい。実は複数の旅行会社が、ひなた商店街に目をつけとって、何人か視察に来とるんよ」

正然はさっそく、ひなた商店街という名称を使った。

「ほう。旅行会社から密偵が来ておったのか」

「スポーツ吹き矢協会っていうのは全国組織やそうやけど、佐賀県支部が普及活動の一環として、以前から外国人観光客に吹き矢を楽しんでもらう機会を作りたいってことで、旅行会社と協議をしとったわけよ」

「で、ひなた商店街でそのスポーツ吹き矢体験教室をやろうと」

「そういうこと」アルコールで少し顔が赤くなってきた正然がうなずいた。「武雄温泉と嬉野温泉から、それぞれマイクロバスで二十人ずつぐらい、運んで来るそうやけん、ひなた三十郎どのを見つけたらみんな一緒に写真を撮りたがると思うんで、対応をよろしく頼むわ」

「承知した。吹き矢体験教室自体は、スポーツ吹き矢協会の面々がやってくれるのじゃな」

「ああ。万事任せて大丈夫。外国人観光客には事前に整理券を渡しておいて、一般のお客さんの希望者がいたら、その後の分の整理券も現場で配ることになっとる」

正然はそう言って、「ちょっと」と片手を上げてトイレに立った。

「ひなた商店街っていう名称になったんですか」と、正然がいなくなったところで女性客が尋ねてきた。

「正式名称は白岩商店街じゃが、ひなた商店街という通称を広めよう、という声が徐々に広がっておるようでの」

「いい名前ですね。何か楽しそう」女性はそう言って笑いながら腰を浮かせ、「すみませんが、おあいそを」と言い、「次に来るのがますます楽しみです」とつけ加えた。

貴仁は内心、正然がいなければもっといろいろ話ができたかもしれないなと、少々名残惜しさを感じた。

女性が出て行った後、戻って来た正然が「あれ、さっきの女性は」と言った。

「帰った」

「知り合いか？」

「いや、初対面じゃったが、拙者がここで働き始める前に一度来たことがあるそうじゃ」

「ふーん。何か話しかけてもよかったかなあ」

貴仁は心の中で、お主の声がけは要らぬ、とつぶやいた。

その後、正然はさらに、カレー店と時代劇用衣装のレンタル店も新規出店を希望していて、具体的な交渉が既に始まっているという情報をくれた。カレー店は、白岩産のタマネギをたっぷり使うことを強調して、ひなた商店街の飲食店三店を利用することで高血圧対策ができるというイメージ作りに役立ちたいと言ってくれているという。また、時代劇用衣装のレンタル店は、観光地で外国人観光客相手のビジネスで実績がある会社で、まずは臨時出張で空き店舗を使わせてもらってから、様子を見て本格的に出店したいと言っている、とのことだった。

土曜日の午後、東南アジア系を中心とした外国人観光客三十数人が、ひなた商店街にやって来た。小学生ぐらいの子どもを連れた家族客が中心で、子どもたちは貴仁を見るなり「ニンジャ、ニンジャ」と喜んで寄って来てくれ、すぐに写真を撮るための列ができた。白岩亭の新谷さんも、この日は鉄の爪をつけたハンの姿で現れ、写真撮影に応じていた。

観光客の子どもたちはさっそく、今池洋品店の店頭に飾ってある子供用サイズの忍者パーカースウェットを見つけて親におねだりをしていた。おそらく、あれを着て吹き矢をやりたいということだろう。今池のおばちゃんは、片言の日本語で「これ、ください」と言う外国人観光客らに対して、「ちょっと待って、順番やけんね」と少々慌てた感じで応じていた。

スポーツ吹き矢協会の関係者は高齢の男性と女性が中心だったが、この手の体験教室は過去に何度もやってきているとのことで、準備も本番も実にスムーズに進んだ。整理券の順番に従って、外国人観光客はグラスファイバー製の筒を持ち、指導員男性の片言の英語を交えた身振り手振りの説明に従って金属製の矢を吹いて、的に当ててゆく。初心者用にということか、的までの距離は近く設定されているようだった。

いい場所に矢が刺さると協会関係者がちょっと大げさなぐらいに歓声を上げて拍手をしていた。忍者パーカースウェットに着替えた子どもは特に大喜びで、的に当たると目を輝かせて振り返り、両親に親指を立てるなどしていた。

吹き矢が終わった観光客は順次、他の店に流れていった。ときおり写真撮影に応じながら貴仁が様子を観察していると、猪狩文具店から出てきた観光客も平田本舗から出てきた観光客も、ずっしりと商品が入った紙袋を手にしてくれていた。

鉄の爪をつけたハンに扮した新谷さんは、外国人観光客の親世代が知っているようで、家族みんなと一緒に写真を撮ることを求められていた。

猪狩文具店の様子をガラス窓越しに窺うと、緑ジャージの菜実が店内で観光客らの対応をしながら、子どもにネコじゃらしを持たせて、にゃんこ師匠と遊ばせていた。カネになるからなのか、単純に子どもが相手だと警戒心が下がるのか、普段は無愛想なにゃんこ師匠が棚の上からネコじゃらしを捕まえようとネコパンチを繰り出していた。他の子どもがネコじゃらしの順番を変わってくれとせがみ、両親から兄ちゃんが何か言われて不満顔で言い返している。

　そのとき、背後でざわつく気配があったので振り返った。

虚無僧がいた。空き店舗のシャッターの前に立っている。時代劇で見る、カゴのような大きな編み笠で顔を隠した、あの虚無僧である。本物の虚無僧の正しい装束を貴仁はよく知らなかったが、白装束の上に黒っぽい着物と小さめの袈裟、白い手甲などは、時代劇の撮影時に何度か目にしてきた虚無僧そのものだった。足もとも、白い足袋の上に本物らしいわらじをはいている。そして手には、下の方に少し焼き目がついた尺八が握られていた。

　近くで「あ、コム・ソーヤだ」と聞こえたので見ると、さきほど一緒に写真を撮った若い日本人カップルの男性の方が言ったようだったので、貴仁は「コム・ソーヤとな？」と尋ねた。

「ユーチューブを中心に活動している尺八奏者さんですよ」と男性は教えてくれた。

「即興でポップスでもジャズでも、何でも演奏しちゃうんです。最近は大物ミュージシャンのライブにゲストで呼ばれたりしてて、もう有名人ですよ。今日の昼前、バルーンフェスタの特設会場で演奏してるのを見たんで、その後こっちに来たんでしょうね」

虚無僧の横に立った細身の女性が、集まり始めた見物人たちに深々と一礼した。黄緑色のウインドブレーカーの上にゼッケンのようなものをつけていて、そこには横書きで「ライブ演奏を録画します。ご協力をお願い致します。」とあった。片手にはハンディカメラを持っている。

女性がコム・ソーヤの斜め前に移動してカメラを構えると、コム・ソーヤがおもむろに尺八を吹き始めた。聞き覚えがある旋律（せんりつ）なのに、映画『タクシードライバー』のテーマ曲だと気づくまでに少しかかってしまったのは、サックスでなく尺八の音色に独特の自己主張があったせいなのか。

聴かせる。メロディが耳から入ってくると同時に、映画のさまざまな場面が貴仁の脳裏によみがえった。

コム・ソーヤはまっすぐに立ったままで、指先だけが動いていた。そこには念仏を唱えているかのような厳粛（げんしゅく）さがあった。

カメラ女性はゆっくりと動きながら、演奏の様子だけでなく、見物人たちの表情も撮り始めた。

周囲を見ると、二十人以上の人だかりができていた。若者、家族連れの外国人、孫と手をつないだ年配男性など、顔ぶれはさまざまだったが、みんな演奏の様子を凝視して、引き込まれていた。聴き惚（ほ）れる、とはこういうことを言うのだろう。

やがて演奏が終わり、コム・ソーヤが尺八を下げて丁寧に一礼。静寂の間の後、盛大な拍手が湧いた。カメラ女性がその様子をなめるように撮っている。貴仁はカメラに映り込んだと思われるタイミングで、ニンジャポーズを取った。

拍手はなかなか鳴り止まなかったが、コム・ソーヤが再び尺八を持ち上げて、口をつける部分が編み笠の下に隠れると、ぴたっと静かになった。まるで仕込まれたかのように、見物人たちの動きが制御されている感じだった。

次は映画『男と女』のテーマ曲だった。映画音楽で攻めるつもりらしい。

聴きながらふと我に返り、スマホを取り出してコム・ソーヤについて検索してみた。カタカナ表記ではなく、小夢想也（こむそうや）、というのが正式な名前だった。著名人の証ともいえる、ウィキペディアにも小夢想也のコーナーがあった。

年齢は貴仁よりも三歳下で、福岡県北九州市出身。幼少期より尺八奏者である父親から厳しい練習を課されて、数々のコンクールで入賞を果たすが、思春期になって洋楽に傾倒、父親への反抗心もあって尺八をエレキギターに持ち替えてバンド活動をするようになる。やがてバンドはライブハウスで客を集めるようになり、野外フェスへの出演を機にインディーズレーベルよりデビュー。しかしその後は鳴かず飛ばずの状態が数年続いてバンドは解散、知り合いのつてを頼ってバーテンダーとして働くようになる。そんなとき、常連客の一人からリサイクルショップで見つけた尺八を渡され

「やってたんだろ？　ちょっと吹いてみて」とリクエストされて、即興で演奏したジャズの名曲『ユー・ビー・ソー・ナイス・トゥ・カム・ホーム・トゥ』をその場にいた人々が絶賛、それをきっかけに店内でさまざまな曲を尺八で演奏するようになり、路上ライブも開始。さらに夫人が撮影や編集を担当してユーチューブ動画を配信し始めると評判が一気に広まり、有名ミュージシャンからライブへのゲスト出演や前座演奏の依頼も増えて注目度が急上昇し、今では単独ライブでも満席になる人気を獲得している。小夢想也という名前は、子どもの頃によく読んだマーク・トウェインの児童小説『トム・ソーヤの冒険』シリーズと、尺八といえば虚無僧であることに由来している。バーテンダー時代に父親が病死して和解しないままの別れになってしまったことや、自分から縁を切ったはずの尺八に結果的に助けられたことなどにより、演奏をすることの喜び以外に欲を持つべきではない、という修行僧のような気持ちを忘れないために、虚無僧の装束で演奏している、と本人は雑誌のインタビューに答えている。なお、編み笠を被るのは虚無僧の装束を選んだからであって顔出しNGにしているわけではなく、演奏終わりにはいつも編み笠を外して観客に手を振るのが恒例である。

　演奏が終わって再び拍手が湧いたので、貴仁もスマホを懐にしまって手を叩いた。カメラの女性が「すみません。次の予定があるので、最後の曲になります」と片手でメガホンを作ってみんなに告げた。ちょっと残念だ、という感じのため息や「えーっ」といった声が聞こえた。

最後の曲は映画『追憶』のテーマ曲だった。いずれも洋画作品の曲なのに全く違和感なく聴いていられるのは、尺八との相性がいい曲を選んでいるからだろうか。どの曲も、けだるさやせつなさがあって、そういうところが尺八に合っているのかもしれない。

最後の演奏が終わり、アンコールを求めるような感じで手拍子の拍手がしばらく続いたが、小夢想也氏が編み笠を取るとそれが急に止んだ。

タカラジェンヌの男役という印象の、中性的で整った顔だった。編み笠で隠すなんてもったいないと貴仁は思ったが、ずっと隠しておいてからちょっとだけ見せるこの顔、という演出なのかもしれない。実際、女性たちが「わ、イケメン」「ヤバい」などと声を上げた。

その小夢想也氏が「みなさん、ごめんさない。すぐに移動しなきゃいけないんで、写真を撮りたい方は今この場でご自由にどうぞ」と大声で言った。みんながスマホを向ける。小夢想也氏は慣れた感じで、手を振ったり尺八を武器のように構えたりとポーズを変えた。

夫人らしきカメラ女性が「すみませーん、そろそろ終了とさせていただきまーす。どうもありがとうございましたーっ」と言ったが、そのとき、小夢想也氏が突然、

「ひなた三十郎さん、初めまして。お会いできて光栄です」と声をかけてきた。

貴仁は人さし指の先を自分の鼻先に向けて、「へ？」と間抜けな反応をしてから、あわてて気持ちを立て直しながら「拙者をご存じか？」と聞いた。

「はい。今日はバルーンフェスタに出演させてもらったので、ついでに立ち寄らせていただきました。ひなた三十郎さんに会えたらいいな、と思ってたら、目の前に来て聴いてくださったので、これは思いが通じたんだって、感激です」

小夢想也氏は笑って歩み寄り、右手を差し出してきたので、貴仁は握手に応じた。

虚無僧と忍者が西洋式の握手というのは、ちょっと変な感じではあったが、小夢想也氏の力強い握りに、気持ちの熱さを感じた。

散開しかけていた見物人たちがまた寄って来て、スマホでその様子を撮影し始めた。

「拙者のことは、ユーチューブやブログで？」

そう尋ねると、小夢想也氏は「はい」とうなずいた。「最初は、面白いことをやってる人がいるなあって感じだったんですけど、それにとどまらずに大きなうねりを起こされていて、すごいなあ、勉強になるなあって思ってたんです。最近は毎日、何かしら動画を拝見してますよ、白岩亭さんのも含めて」

「何の、拙者は小石を水面に投げ込んだだけ。波紋を広げたのは周囲のお方たちでござる」

「だとしても、最初に波紋を起こしたのが三十郎さんだということは確かですよ。特に三十郎さんが鍋島直正公の言葉としておっしゃってた、民を笑顔にするのが拙者の務めでござるっていうの、心をゆさぶられました。三十郎さんは町おこし、私は尺八演奏と、やることの種類は違っていても、共にコスプレ衣装で民を笑顔にしようというところは同じだと思います。お互い頑張りましょう」

「御意（ぎょい）にござる。わざわざのお声がけ、かたじけない」

「あ、白岩亭さん」と小夢想也氏が手を振った。見ると、見物人の後方に、鉄の爪のハンの格好をした新谷さんがいた。彼もまた「オレ？」という感じで自分の鼻先に人さし指を向けてから、遠慮がちに近づいて来た。

「今日は鉄の爪ですか」と小夢想也氏は顔をほころばせた。「次にこっちに来たときは白岩タンメンとおでんをハシゴさせていただきますから、そのときはよろしくお願いします」小夢想也氏はそう言ってから「これは社交辞令ではありません。新春に佐賀市内で行われる和楽器のライブに参加させていただくことになってるので、そのときに必ず寄らせていただきます」とつけ加えた。

　新谷さんは少し強（こわ）ばった顔で「ああ、それはどうも」と頭を下げた。あの演奏の後で本人から声がかかったのだから、とっさにハンとして対応できないでいるようだった。

小夢想也氏の夫人にスリーショット写真を何枚か撮影してもらった。その様子を他の見物人たちも撮影している。

いよいよお開きとなり、小夢想也氏と夫人を見送るために国道沿いに向かった。その途中、新谷さんがいなくなっていたのでどうしたのだろうと思っていたら、呼んだタクシーが無料駐車場に入って来たところでその新谷さんが走って来て、「これ、どうぞ」と紙袋を小夢想也氏に渡した。

タクシーが見えなくなってから何を渡したのかを尋ねてみると、平田本舗の手裏剣ぼうろ、巻物ようかん、手裏剣せんべい、撒きびしあられだという。新谷さんによると「平田のおばさん、白岩亭のお客さんが少ないときに心配してくれて、ときどき甥っ子さんの家族を連れて食べに来てくれたりしてたんです。だからちょっとでもお返ししていかないと」とのことだった。香港のカネ持ち実業家から出店を打診されても断ったというのは、こういう義理堅さゆえかもしれない。

この日、無料駐車場は半分以上が車で埋まっていた。武雄温泉と嬉野温泉から外国人観光客を乗せてきたマイクロバスも二台あった。この調子で利用が続けば、塩漬け土地、などと陰口を叩かれることもなくなりそうである。

商店街に戻ろうとしたとき、新谷さんが「あ、三十郎さん、バルーンが見える」と上空を指さした。東の空、ちょっと遠いので小さく見えるだけだったが、確かに五、六機のバルーンが、筋雲がたなびく青空の中を泳いでいた。

新谷さんが「多分、あれが今回の最後の競技なんでしょうね」と片手でひさしを作って見ながら言った。

「うむ。ここからもバルーンが拝めるのは、辺りに高い建築物がないお陰じゃな。こうやって眺めると、バルーンというのは佐賀平野と広い空になじんでおるのう」

「バルーンって、バーナーの火力を調節して、上下に移動するだけなんですよね。それでも目指す場所にたどり着くことができるのは、高さによって風向きが違っているからなんです」

それは貴仁も知っていたので、「高さを変化させて、目に見えない風を捉えるのじゃな」と応じた。「今はどちらに向かって進んでいるのかな」

「一見すると浮いているだけのようでも、しばらく見ていると判りますよ」

「雲の流れと同じじゃな」

自分の人生も風任せのようなところはあるなと貴仁は思った。だが、どの風を選ぶかによって進む方向は変わる。今のところ、選んだ風は間違っていない気がする。

しばらくの間、おっさん二人で遠くのバルーンを見上げることとなった。

10

その夜、菜実が洗場みやびと一緒におでん屋こひなたにやって来た。菜実は緑ジャージではなく、今池洋品店で買ったらしいグレーの忍者パーカースウェット姿だった。洗場みやびはヒョウ柄のパーカーにデニムのホットパンツといういかにもギャルという格好。知らない人が見ればこのコが講談師をやっているとは想像もつかないだろう。

小夢想也氏のことを後で知ったという菜実は、「お店ん中にいて気づけへんかったーっ。不覚でござった」と悔しがったが、「でも、猪狩文具店にぎょうさんお客さんが来てくれたさかい、しゃーないかぁ。外国人のお客さんが来たらおばあちゃん、言葉が通じへんかもしれんて言って奥に引っ込んでしまうさかい、私がやらんと」と、自分の胸をげんこつで軽く二回叩いた。

洗場みやびは、先日の肥前刀を題材にした講談の動画が急速に視聴回数を増やしているとのことで、その影響で佐賀県内の中学や高校、図書館などから、佐賀の歴史にまつわる講談をしてほしいという依頼が五件以上きているという。洗場みやびは「菜実ちゃんに別の台本も書いてって頼んでんねんけど、すぐには無理って言われてて、しばらくは肥前刀の話で引っ張るしかないねん」と顔をしかめたが、「でもたくさんの人が聴きたがってくれて、めっちゃうれしい」と両手の人さし指をほっぺたにつけて笑った。

ビールが進むと、菜実と洗場みやびは互いの高校時代の話を始めた。菜実はヒエラルキーが上の女子グループに無視されて、いつも一人で弁当を食べていたが、なぜ無視されたのか理由は今も判らないという。それを聞いた洗場みやびは「菜実ちゃんがかわいかったから妬みよってんやわ。そんなやつら、菜実ちゃんの方から捨てたりー」と言い、菜実も「高校の同窓会とか絶対に行かへーん。嫌いなやつらに会うためにおカネ払うとか、ありえへーん」と応じて、二人で「ジャスティス」「パワー」などと芸人が使うワードを口にしながらハイタッチをした。

一方の洗場みやびも、中学生のときは気が弱くていじめられていたが、近所のギャルお姉さんに弟子入りしてメイクなどを教わるようになって、高校では一目置かれるようになったとのことで、「ギャルはただのファッションとちごて、生き様やねんで」と貴仁を見据えて言った。貴仁も、ひなた三十郎になったことでさまざまな変化を起こすことができたという思いがあるので共感することができ、「ギャルは生き様。ならば、ギャル道を邁進されよ」と応じた。

正然からスマホにＬＩＮＥメッセージが届いた。〔こひなたに行くつもりやったが残業が終わらん。職場で仕出し弁当食ってる。〕とあったので貴仁が〔そんなに忙しいお役目でござったかな？〕と応じると、〔県内の大学のアカペラグループやマンドリンクラブ、大道芸のサークルなどから空き店舗でライブをさせて欲しいという希望が続々きとる。活性化事業組合の承認を得るためにせっせと事業計画を作り直してる。〕とのことだった。

貴仁が〔それは誠に喜ばしきこと。〕と返すと、すぐに〔パン屋とうどん屋の出店希望もきてる。うどん屋は、タマネギたっぷりの汁なし肉うどんを目玉にしたいと。〕と返ってきて、さらに〔この情報、事業組合が正式決定するまでオフレコよろしく。〕と釘を刺された。

プリントサービス店、レンタル衣装店、カレー店、パン屋、うどん屋などがもし出店してくれたら、ひなた商店街がますます賑わうことは間違いない。そして空き店舗では、毎週末のようにさまざまなライブが催されて、さらに人々が集まる。ひなた商店街に行けば何か楽しいことをやってるぞ、というイメージが定着し、先日の龍馬氏や小夢想也氏のようなちょっとした有名人もまた来てくれるかもしれない。

数か月前の状況を思えば、奇跡的な変化だった。地味におでん屋の仕事をやるだけの人生だと思っていたのだが……。

「三十郎さん、何か変なこと想像してない？」と菜実から言われた。「一人で何をにやにやしてるん。私らには恥ずかしくて言えへんことなんちゃう？」

我に返った貴仁は「妙な戯れを申すでない。ここ数週間の商店街の変化を思い返し、拙者なりに感慨にふけっておったのじゃ」

洗場みやびから「もう他のお客さんおれへんのやし、三十郎さんもビール飲みいな」と促されて、貴仁が「うむ、そうさせてもらおうか」とうなずくと、菜実と洗場みやびが「アゲー」と声を合わせてビールコップを掲げた。

だが、翌日の午後、そんな夢心地の気分は吹き飛ばされた。


発端は、肥前市議会の一般質問の中で、保守会派の若手議員が、「肥前市活性化事業組合が買い取った商店街の空き店舗がそのまま放置されており、事実上の赤字経営が続いていますが」と口火を切り、「最近になって既存店舗の努力や工夫によって集客が伸びてきているようではありますが、アーケードの撤去費用も含めた多額の投下資本を早急に回収できるとはとても思えません」として、「この点について肥前市はどういうビジョンを持っているかをお尋ね致します」と質したことだった。

それに対して市長は、「えー、白岩商店街の集客力が最近になって伸びてきたことは喜ばしいことで、そのこともあって新規出店の打診も複数きているのですが、投下資本を早急に回収する、という観点から考えますと、現状を見る限り、かなり難しいのでは、と申し上げざるを得ないかと存じます」と言い出し、「つきましては、市と致しましては、商店街を更地（さらち）にし、無料駐車場も併せた土地に、太陽光パネルメーカー、パレス産業の第二工場を誘致する方向で検討しているところでございます。パレス産業側も幸い前向きに考えてくれているようでして、もしそちらの計画が実現したとすれば、投下資本の回収はすみやかに達成できるかと考えているところでございます」と答弁したという。

ひぜんテレビや地元NHKの夕方のニュースの中でそのことが報じられ、大学のキャンパスにいた菜実から〔ちょっと、どういうこと？〕とLINEが届いた。貴仁が〔まさに寝耳に水。拙者も全く判らぬ。〕と返すと、〔正然さんは？〕と聞かれ、〔聞いてみる。〕と答えておいた。

正然には〔テレビ報道を見た。〕とだけ送った。

しばらく返事がなかったが、夜の九時を回ったところで〔今からそっちに行く。できれば閉店にしておいてほしい。〕と返ってきた。

のれんを外して〔営業終わりました〕のプレートを出入り口横のフックに引っかけたときに、背後から足音が近づいてきた。振り返ると正然が「ああ、すまんな」と片手で拝む仕草を作っている。貴仁は無言で引き戸を開けて招き入れた。

誰もいない店内のカウンター席の中央付近に座った正然は、「ビールをもろてよか？」と言い、貴仁は黙ってうなずき、調理場の冷蔵庫から瓶ビールを二本出して戻った。

栓を抜き、手酌でコップにビールを注いだ正然は、一気飲みして「うー」とうなってから、舌打ちをした。

「みんなが頑張りすぎたせいたい」

「ん？」貴仁は、時代劇口調をやめて「どういうことっすか？」と聞いた。

「市の上層部、多分やが、市長、副市長、商工部長のラインと、市議会の保守会派、それと市長の後援会長である水崎建設の社長らが水面下で進めとったんやと思う」

「商店街を更地にして、太陽光パネル工場を」

「ああ。オレら下っ端職員は、何も知らんまま踊らされとったわけたい」正然は苦虫を噛みつぶしたような顔で、再び手酌でビールを注いだ。「ここの大将と女将さんは何か言うとったか？」

「ニュースで知って、怒ってるというよりは、びっくりしてる感じでした」

功一おじさんも弓子おばさんも、驚きはしたけれど、心のどこかでいつかそういうときがくるだろう、という覚悟があったせいか、最初は「えーっ」「ほんなこてねー」などと言っていたが、その後は意外と淡々とした感じで仕事を続けていた。貴仁にとってそれはかなり物足りない反応だったが、考えてみれば貴仁が働き始める前の、閑古鳥が鳴くシャッター通りの状態を長い間経験していた功一おじさんたちにしてみれば、第三セクターに運営方針を握られたときから、心の準備はできていた、ということなのだろう。

「菜実ちゃんは?」

「正然さんから話を聞きたがってた。とりあえずはオレが聞くからって言ってある」

「そうか……」

「正然さん」

「悪いんやが、ひなた三十郎と話をさせてもらえんかね」正然はやるせない感じの苦笑をしながらビールを少し飲んだ。「近江貴仁とやと、何か調子が狂うっていうか」

それは貴仁の方も感じていたことだった。ひなた商店街の盛り上げに一役買ったのは近江貴仁ではなく、ひなた三十郎であり、貴仁としてもひなた三十郎のキャラを借りた方が今のこの事態も俯瞰できそうな気がした。

「判り申した」貴仁はうなずいた。「正然どのが太陽光パネル工場の計画を知らずにいたというのは、拙者もそうじゃろうと思っておる。事情を知る者が増えれば情報が漏れる。それにもし正然どのが計画を知っていたら、スポーツ吹き矢の体験教室のときや、新規出店の申し込みがあったことを拙者に知らせてくれたときに、あんなにうれしそうな顔になったり、弾んだ声を出したりはできまい」

心の中で、プロの役者じゃないんだから、とつけ加えた。

「それを聞いてちょっと救われたわ」正然は下を向いてため息をついた。「オレがみんなを裏切ったと思われたらどげんしようかち思うとったんよ」

「心配されるな。正然どののをそんなふうに思う者は、ひなた商店街にはおらぬ。じゃが、ちいと解せぬところがある。ここ数週間の間に、ひなた商店街は話題を集めるさまざまな仕掛けが功を奏して客足が伸びておる。遠くからわざわざ写真や動画を撮りに来てくれる若者も増えたし、外国人観光客を呼び込む試みも上手くいっておるではないか。新規出店を希望する業者も名乗りを上げてくれているというのに、市長サイドがそれを喜ぶどころか、商店街自体をなきものにしようというのは、どういう腹じゃ」

「オレの耳に入った複数の情報は、だいたい同じで、市長らはやっぱり最初から商店街を潰してそこに何かを誘致するつもりやったということったい。肥前市活性化事業組合なんてのは、延命措置を試みましたが結局ダメでしたというアリバイ作りのためのダミーたい」

「そういう話は以前、正然どのからも聞いたが、これだけ商店街が盛り上がってるのに計画をごり押ししては、市民の反感を買うではないか」

「そやからこそ、あわてて計画を発表しよったたい」正然がビール瓶を持ち上げて、目で合図をしてきたので、貴仁はカウンター越しに注いでもらった。「簡単に整理すると、市長サイドは最初から商店街を潰して企業か工場、あるいはショッピングモールなんかを誘致するつもりで、水面下でいろいろやっとったわけよ。しかし事前にその計画が漏れると、市民の反発を買う。シャッター通りになってしまったとはいえまだ営業してる店もあるし、知恵を出し合えば盛り返せるかもしれないではないか、みたいなことを野党勢力やオンブズマンみたいな団体が主張するに決まってる。そやけん、市が費用を負担して老朽化したアーケードも撤去したし、肥前市活性化事業組合という第三セクターを設立して、空き店舗への新規出店を募ったり、商店街をもっと利用しようという広報活動もやってきた」

「しかしそれも実は、頑張ったが結局はダメでござった、というアリバイ作りのため……」

「そのとおり。ついでに言うと、肥前市活性化事業組合という第三セクターの名称にも、ちょっとしたからくりがある。白岩商店街活性化事業組合という名称ではなく、肥前市活性化事業組合としたのは、あくまで肥前市の活性化のために白岩商店街を応援しているが、太陽光パネル工場を誘致した方が肥前市の活性化に役立つとなったらそちらにハンドルを切るかもよ、ということったい」

「役人らしいやり方じゃのう。しかし、ひなた商店街がここまで活気づいておるのじゃぞ」

「オレも、ひなた商店街が賑(にぎ)わってきたんで、上層部は企業誘致の方針は撤回して、商店街存続を本気で考えてくれると思うとったんやが、考えが甘かった。おそらく、太陽光パネル工場で話がまとまりつつあったのに、ひなた商店街が急に活気づいてきたんで、これは早めに計画を発表しないとまずい、さらに賑わいが増したら、市民の反対の声も大きくなって、やっかいなことになると上層部は判断したわけよ」

「しかしそんな強引なことをすれば選挙で票を失うことにならんか？」

「次の選挙までまだ二年ある。それに中渡(なかわたり)市長の選挙基盤は地元の建設業界や不動産業界やけん、太陽光パネル工場を作るとなると工場建設や下請けへの発注など、いろいろカネが落ちる。地元の労働組合なんかも、雇用の機会が増えるのなら歓迎するやろう」

「つまり、商店街の存続よりも太陽光パネル工場の方がカネにも票にもなると判断したわけか。うーむ」

貴仁は腕組みをして天井を睨(にら)んだ。妙案が浮かばない自分に苛立ちを覚えていた。

「ひなた三十郎どのたちの頑張りは、市長らにとってはどうやら余計なことやったらしい。ま、市長というより、黒幕は吹田副市長と水崎建設の社長やと思うが」

「以前、そんな話を聞いたな」

「ああ。市長は霞ヶ関の官僚やった男で、前市長の方針を踏襲するという条件で選挙応援を受けて当選しとる。水崎建設の社長は前市長の後援会長もやっとったし、吹田副市長も前市長の右腕やった男たい。中渡市長は、太陽光パネル工場の計画については、前市長のときから進めてましたと言われて、判りました、とうなずいただけやろう」

「いったん動き出した役人らの事業は止められないというやつじゃな」

「そういうことやな。諫早湾の干拓事業を見れば判る」

「ということは、拙者たちが抵抗したところで、所詮は負け戦か」

正然が再び瓶を突き出してきたので貴仁はコップで受け、一気飲みした。

「三十郎どの、率直に言わせてもらってもよいか」

「遠慮なく」

「オレはしょせん肥前市役所の一職員たい。ひなた商店街に賑わいを取り戻すための仕事を一応はやらせてもらってきたが、それも上からやれと命じられたからやっただけ。もし企業誘致課に配属されとったら、太陽光パネル工場の計画を密かに進める仕事をやらされとったかもしれん」

「忍びや侍も、上からの一声で、敵が味方に変わったり味方が敵になったりするもの。宮仕えのつらいところじゃ」

「三十郎どのも、こう言っては何やが、つい最近、おでん屋こひなたで働き始めただけの立場。ひなた商店街の皆々からすれば外様じゃ」

「うむ。正然どのの言いたいことは判った。商店街の各店舗の皆々から意見を聞いてみる。まずはそれじゃな」

「うむ。オレは逃げを打ってるようで心苦しいが、ひなた商店街のみんなが存続を願うのなら、肥前市活性化事業組合の職員として、できる限りの協力はしたいとは思うとる」

「拙者もそれは同じじゃ。猪狩文具店、今池洋品店、平田本舗、白岩亭の皆々から、思いや考えを伺うことにしよう」

「じゃあ、そっちは頼むわ。明日から多分、肥前市活性化事業組合は解散に向けての仕事に変わるやろう」

「既存五店舗の買い取り交渉をさせられたりは？」

「それはない。市役所には用地課という担当課があって、そういう交渉はそこがやることになっとる」

「活性化事業組合が商店街の廃止や売却を決定すれば、五店舗の誰にも止める権限はないのじゃな」

「老朽化したアーケードの撤去費用を負担する代わりに、白岩商店街組合の権限は肥前市活性化事業組合に移されたから、そのときから商店街の首根っこは市役所に押さえられとるわけたい」

そう言って正然は、コップに残ったビールを飲み干して、「今夜のビールは全然旨くないな」と苦い顔を見せた。コップをカウンターに置く力が強かったせいで、店内にコンという音が響いた。苛立ちを象徴する嫌な音だった。


肥前新聞など地元マスコミは、ひなた商店街を更地にして太陽光パネルの工場を誘致する計画を市長が発表したことについて、その事実を報じただけだった。市民の反応を見極めてから続報のスタンスを柔軟（じゅうなん）に考えようということかもしれない。

おでん屋こひなたと白岩亭の食レポをやってくれたひぜんテレビだけは、夕方の番組『だいひぜん！』の中で、健康食品メーカーの女性社長や英会話講師のアフリカ系アメリカ人男性が「せっかく盛り上がってるのに何でって思ったよー」「忍者をやってる元役者さんとか、ブルース・リー映画のコスプレをするタンメン屋のおじさんなんかが頑張って、最近では外国人観光客も来てくれるようになったのに、そんなことして本当にいいのかって思います。長い目で見たらどっちが肥前市のためになるか、考えた方がよくないですか？」などと、商店街の存続を願うコメントをしてくれていた。新聞社やテレビ局にとっては地元の建設業界や不動産業界は大口のスポンサーだから、あくまで出演者の個人的なコメントです、という形にしておきたいのだろう。

翌日の朝、あらためて功一おじさんと弓子おばさんに調理場で「肥前市は本当に商店街を潰すみたいやね」と話題を振ってみたが、「そうやね。まあ、活性化事業組合に決定権を渡してしもうとるけん、しょうがなかね」「タカちゃんには申し訳ないけど、いい値段で売れるんやったら、店じまいの潮どきとしてはちょうどいいかもしれんと思うとるよ」などと、やはり怒りや反抗心よりも、あきらめや対価への期待の方が大きいようだった。要するに、以前からそろそろ引退しようかと考えていたところだったこともあって、いい値段で土地建物が売れるのならむしろありがたい、ということらしかった。

午後に元寝具店のシャッター前で菜実と落ち合った。この日も菜実は緑ジャージだったが、さすがに笑顔がなく、目の周りが少し腫(は)れぼったい。もしかしたら昨夜、一人で泣いていたのかもしれない。

「猪狩のばあさまは何か言うとったか？」と貴仁が尋ねると、菜実は「いずれそうなるやろうと思ってたって。商店街を生かすも殺すも役所の腹一つやからって」と、不満げな口調で答えた。

「おでん屋こひなたの大将と女将さんも似たような受け止め方じゃ。いい値段で土地建物が売れるならむしろありがたいぐらいの受け止め方じゃ。拙者に対して申し訳ない、という言葉があったが、他の場所でまたおでん屋をやるという考えはなさそうじゃ。特に女将さんは関節リウマチを患っておられるので、隠居して養生したいのじゃろう」

「おばあちゃんも、いくらもらえるのかを気にしてる感じやったわ。せっかく商店街が盛り上がってきたのにそんなんでええのん？って聞いたら、残念やけど、これからの商店街をどうするかについて年寄りが口をはさんでもしょうがないって。でも、他の店の人たちが存続を訴えたり太陽光パネル工場に反対するのやったら、協力はするって。おばあちゃん、そう言うた後で、白岩亭さん以外はみんな高齢やからなあって」

「既存店舗の経営者は高齢者ばかりじゃと判っているため、市役所も商店街を潰すのはたやすいと踏んだのじゃろうな。市役所としては、できるだけ市民の反発を招かないよう安楽死させる算段であったところ、最近になってにわかに活気づいてきたのであわてて刀を抜いて息の根を止めにきたということじゃ」

「私はただの下宿生やから商店街のことについて発言していい立場やないことは判っ

てんねんけど……悔しいわ」

菜実は下唇をかんだ。彼女の両手は固い拳になっていた。

今池洋品店のおばちゃんはこの日も灰色の作務衣に同色の三角巾という格好で、同年代ぐらいの女性客と店の前で談笑していた。その女性客が立ち去るのを待って近づくと、「おや、仕掛け人コンビがおそろいやね」と笑って言った。市役所の発表でダメージを受けている様子は感じられない。

「市長の発表はご存じか？」

貴仁がそう尋ねると、今池のおばちゃんは「ああ。テレビで見たわ」と少し顔をしかめてうなずいた。「せっかく最近、いい感じになってきたのになあ」

「今池のあねさまは、どうされるおつもりじゃ」

「どうもこうもないでしょ」今池のおばちゃんは両手を腰に当てて即答した。「とっくに市役所にハンドル操作を任せとるんやから、私らは行き先を決めることなんかできんのよ。後は相応のおカネをもらうだけたい」

「おばちゃん、このお店がなくなったらどうするん？」と菜実が尋ねた。

「鹿島(かしま)の祐徳稲荷(ゆうとくいなり)神社前に参道があるやろ、土産物屋とか飲食店とかが両側に並んでる」

「ああ、あるね」と菜実がうなずく。

「土産物屋の一つをヨネちゃんていう私の従姉妹（いとこ）がやっとるんよ。有明海の干潟（ひがた）でどろんこ遊びをした修学旅行生が立ち寄ってくれるんで、そこそこ賑わいはあるけど、最近の若いコらは、キーホルダーもご当地キャラクターグッズも見向きもせんのやて。木刀は学校が買うなって禁止しよるし、箱入りの菓子も昔と違って家族の人数が少なかけん、小さいのしか売れんち。それで、最近うちの店で作務衣とか忍者パーカースウェットが売れとるけん、よかったらこっちの店で一緒に売らんかって声をかけられたんよ」

「えー、そうなん？」菜実はちょっと驚いたような声を上げた。

「子どもの頃から姉妹みたいなつき合いで、お互い旦那に先立たれて、老後のこともあるけんね。ばばあ同士で助け合ってやっていくのもいいかもしれん」

貴仁は菜実と顔を見合わせた。その様子を見た今池のおばちゃんは「おでん屋さんと猪狩さんとこはどげんすっとね？」と聞いてきたので、貴仁がざっと説明すると、「まあ、そうやろね。あんたらはがっかりしとるみたいやけど、それが普通の反応たい。そもそも、嫌やち言うたってどうにもならんのやし」と言われた。

平田本舗のおばさんも、口では「せっかくお客さんが増えてきたのにねえ」と言っていたが、市長の発言に憤ったり悲しんだりしている様子ではなかった。つい最近、広告代理店勤務の甥っ子が、嬉野温泉にある忍者のテーマパーク付近に手頃な物件を見つけてくれて、そちらに移転するのはどうかと提案してくれているのだという。また、その広告代理店勤務の甥っ子が手裏剣せんべいなどの通販事業も準備してくれているとのことで、「ひなた商店街がなくなったら寂しいし残念やけど、前に進むしかなかもんね」とむしろ気持ちは新しいビジネスの方に向いている様子だった。そして最後に平田のおばさんは両手で菜実の右手を握りしめて「菜実ちゃん、感謝しとるよ。あんたのアイデアのお陰で風向きが変わったんやもん」と言った。

　平田本舗を後にしてすぐ、菜実が「平田のおばさんて、つい最近まで、店を続けても儲けにならんし引退したいけど、やることがなくなったら暇やけん、仕方なく店を続けてる、みたいなことを言うてたやん。それが今は目ぇバッキバキで新規事業やる気満々やん。私、アイデア料とかライセンス料の話しといたらよかった」とぼやいた。

「一生の不覚じゃな」

「うそうそ。私はそんなカネの亡者とは違います。私の手ぇ握ってありがとうって言うてくれてんやから、そんで許す」

「菜実どのが残念がっておるのは、地域経済活性化の実験がこのままでは頓挫してしまうからじゃな」

「それもあるねんけど、やっぱりここまで盛り上がったのに急にハシゴを外されたら、頭にくるやん。三十郎さんもそうやろ」

「まあ、それは判る。しかし拙者は最近おでん屋で働き始めただけのよそ者。菜実どのも猪狩文具店に間借りする一学生」

「感情的になってるのは当事者やなくて、よそ者だけか。ほんまは私らに怒る権利とかないねんやろな」菜実はそう言ってから「うーっ」と獣がうなるような声を出した。


白岩亭の出入り口は〔準備中〕のプレートが下がっていたので貴仁が軽くノックして「新谷どの」と声をかけてから戸を引いた。たいがい鍵はかかっておらず、この日もすんなり開いた。

グレーのトレーナーにベージュのカーゴパンツ姿で頭に黒いタオルを巻いた、体格のいい女性がテーブルを拭いていた。一瞬、入る店を間違えたかと思った。

「あら、ひなた三十郎さん、こんにちは」

そう言われて、相手がウォンバットエリカだと気づいた。

「おお、これはウォンバットエリカどの。いつぞやは大変世話になった」貴仁は身体をしゃんとさせてから頭を下げた。「ひなた商店街が活気づいたのは、元をたどればエリカどのが食レポに来てくれたことが始まりでござった。改めて礼を申す」

「いいえ、とんでもない」ウォンバットエリカさんは片手を振った。「私はディレクターから行けと言われて行っただけですから。でもお役に立ててよかった」

して、なぜエリカどのがここに？　と尋ねるよりも先に、貴仁の背後に立っている菜実を見てウォンバットエリカさんが「こちらは、娘さん？」と尋ねた。

すると菜実は即座に「はい、ひなた三十郎の隠し子です」と答えた。

「これ、でたらめを申すな」

「ウォンバットエリカさん、お会いできて光栄です」菜実は貴仁を無視するようにウォンバットエリカさんに話しかけた。「プロレスのラストマッチ、観に行きたかったけど遠かったんで、代わりにＤＶＤ買って、何回も観ました。マッドネス浅井との壮絶な張り手の応酬で顔がパンパンに腫れて口が血だらけになって。むっちゃ感動しました」

「えーっ、そうなの？　そんなコと地元で会えるなんて感激。ありがとう」

ウォンバットエリカさんは布巾をテーブルに置いて、菜実と手を取り合った。

「あーっ、判った。あなた、菜実ちゃんだね」とウォンバットエリカさんが目を見開いて笑顔になった。「ひなた三十郎さんも新谷さんのブルース・リー作品キャラも、菜実ちゃんプロデュースなんだってね。新谷さんから聞いたよ。すごいねー」

「いえいえ、私は単に、三十郎さんや新谷さんが持ってたポテンシャルを生かしたら面白いのにって思って、ちょっと提案しただけで」

貴仁が、提案ではなく指図であろうと横やりを入れようとしたが、ウォンバットエリカさんが大声で奥に向かって「菜実ちゃんと三十郎さんが来てくれたよー」と声をかけた。

足音が聞こえ、新谷さんが姿を見せた。この日はカンフー服で頭に黒いタオルを巻いていた。

「あ、菜実ちゃん、三十郎さん」新谷さんは片方の拳をもう片方の手のひらで包むカンフー式のあいさつをしてから、「えーと、僕の方からまずは説明した方がいいのかな」と、ウォンバットエリカさんに伺いを立てるような視線を送った。

「あっ、もしかしてお二人、つき合ってるんですか？」と菜実が言うと、新谷さんとウォンバットエリカさんは互いに見合って、照れたような笑い方をした。新谷さんが「ええ、まあ、そんなところでして」と言い、ウォンバットエリカさんも「つい最近のことなんだけど」とうなずいた。

そういえば先日、ここ白岩亭にウォンバットエリカさんが来たとき、彼女は感極まった様子で泣き出してしまい、何だ何だと思っていたら、彼女は父親が持っていたブルース・リーのＤＶＤ作品を観て夢中になり、いじめを乗り越える力を得た、みたいなことを告白していた。

「ロケに来てもらった後、彼女、プライベートでも食べに来てくれたんですよ」と新谷さんが言った。「それで、ブルース・リー作品の話をしたりして盛り上がって、エリカさんに誘われて一緒にスポーツジムに通い始めて、そうするうちに食事とかドライブとか、まあ、そういう感じで」

「えーっ、すごい」菜実が拍手をした。「それはおめでとうございます」

貴仁も「誠に喜ばしいことでござる」と言い添えた。

「そしたら」と菜実が腕組みをした。「新谷さんにコスプレを提案した私は、結果的にキューピッドの役目を果たしたってことになるんちゃいます？」

「あー、そうかもしれん」と新谷さんがうなずくと、ウォンバットエリカさんが「かもしれん、じゃなくて、そうだよ」と訂正した。

「それは私もすっごくうれしいんですけど」と菜実が声のトーンを変えた。「市長があんな発表したんで、今日は新谷さんの考えを聞きに来たんです」

するとと新谷さんもウォンバットエリカさんも表情から笑みが消えた。

「おでん屋の大将たちは何と？」と新谷さん。

「うちの大将に限らず、猪狩文具店、今池洋品店、平田本舗、いずれも仕方がないという反応でござる。アーケードの撤去をしてもらった代わりに肥前市活性化事業組合に商店街の全権を委ねた時点で、そのときがくれば相応の対価をもらって明け渡すことは覚悟していたことであるし、そう悪い話ではないとも考えておられる様子じゃ」

「猪狩のおばあさんは引退するって言ってます」と菜実が補足した。「今池洋品店のおばちゃんは祐徳稲荷神社の参道で土産物店やってる従姉妹に合流しようかなって。平田本舗のおばさんは嬉野にある忍者のテーマパークの近くに移転して、通販事業も始めるつもりみたいです」

「そうですか」新谷さんは聞いた説明をかみしめるかのように口を一文字に結び、両手を腰に当ててうなずいた。「実際問題として、商店街を存続させる手がありますかね？」

　貴仁は菜実と顔を見合わせたが、互いに渋い顔をし合うだけだった。

「存続を求める市民の声が高まったら」と菜実が口を開いた。「もしかしたら市役所も考え直すかもしれへんのとちゃいます？」と言った。

「それはそうかもしれんが、太陽光パネル工場が建設されれば地元の業界も潤う」と貴仁は言った。「工場建設にかかわる会社、部品製造を請け負う会社、そして工場で働く従業員に採用された人々にカネが落ちる」

「三十郎さん、何か市役所側の味方みたいな言い方してへん？」

菜実に睨まれ、貴仁は「それは邪推じゃ。敵の立場になってその腹の内を推し量るのは必要なこと。それに菜実どの、商店街の存続を求める運動がどれほどの力になると考えておられるか」

「ＳＮＳ上で賛同者を募ったり、署名活動をしたりして――」

「市外の人たちが騒いだところで力になるか。市役所も市議会も、有権者である市民の声は気にするが、市外の声など二の次三の次じゃ」

「署名活動は」と新谷さんが言った。「頑張って集めても役人連中は、承りましたって受け取って、担当部局のロッカーに放り込んで終わりだって言うからね。諫早湾干拓事業に反対する署名運動なんかもかなりの数が集まったけど、結局はストップはかけられなかったし」

菜実は黙り込んでうつむいた。下唇を嚙んで、両手の拳を強く握っている。

「商店街が存続することがもちろん僕も第一希望ですよ」と気を取り直すように新谷さんは言った。「でも、それが無理だったら第二希望を選ぶしかないんです。僕らは広めの駐車場がある物件を探してみようと思ってます。国内のラーメン店って、毎年三千店ぐらいの新規出店があるけど、ほぼ同数が閉店してるんです。お陰で、お手頃価格で借りられる居抜き物件は結構ありますからね。もちろん、出店場所は慎重に決めなきゃですけど」

新谷さんが「僕ら」という言い方をしたことで、ウォンバットエリカさんと一緒に新しい店を始めるという青写真がもうできているらしいことが窺（うかが）えた。

白岩亭を後にして歩き出したところで、菜実がぽつりと言った。

「商店街存続派と、太陽光パネル工場建設派に市民が分断されていがみ合ったりするぐらいやったら、いらんことせえへん方がええのかな。私らどうせ、よそもんやし……」

貴仁はかける言葉が見つからず、「うぅむ……」と曖昧な返事しかできないでいた。

11

その日、おでん屋こひなたでは、来店客の多くが「商店街、なくなるの？」「せっかく盛り上がってるのに何でなんやろうね」「残念やね」などと声をかけてくれ、中には「ひなた三十郎さんがおる店やったら、どこかに移転しても大丈夫たい」などとはげましてくれるおじさん客もいた。気を遣ってくれる気持ちはありがたかったが、いずれも市役所の方針は変えられないという前提での言葉だった。

肥前新聞に、この件についての記者コラムが載った。忍者コスプレのおでん屋が評判を呼んだことがきっかけで、中華そばの店が健康志向のタンメンにメニューを変更したり店主がブルース・リー映画のコスプレをして人気を集めるようになり、洋品店も作務衣や忍者パーカースウェットが外国人観光客に売れ、和菓子店も手裏剣ぼうろや撒きびしあられなど新商品を生み出し、駄菓子屋を兼ねる文具店も居着いている地域ネコが招きネコとなって顧客を増やし、さらには空き店舗を利用してのイベントも上手くいっていたにもかかわらず、市長があのような発表をしたことについて、せっかく盛り上がっているのになぜなのか、とした上で、もっと話し合いの場を持ったり、市民の声を聞いた上で方針を発表すべきだったのではないか、とあった。しかしその一方で、第三セクターの肥前市活性化事業組合が設立当初から商店街の廃止を決定する権限を持っており法的な問題はなさそうであるとした上で、太陽光パネル工場が建設されれば地元での雇用と地域経済の活性化が期待できることも確かであり、難しい判断ではある、という形で結ばれていた。市を批判するスタンスを見せつつ、実は市に理解を示した煮え切らない態度、というのが貴仁の印象だった。

水崎建設など地元の建設業界や不動産業界は、肥前新聞にとって大切な広告主。このコラムを書いた記者は、頑張ってくれた方なのかもしれない。

調理場で仕事中、功一おじさんが「タカちゃんは、店がなくなったらどげんする？もしおでん屋をどこかでまたやりたいっていうんやったら、道具一式持ってってよかよ。開店資金も援助するけん」と言ってくれた。貴仁は素直に「もしそうしようと決めたときはよろしくお願いします」と頭を下げた。

その日の夜は、九時前にもう客がいなくなった。商店街がなくなるという話題に触れないわけにはいかない、ということで、敬遠されたのかもしれない。

菜実はまた一人で泣いているかもしれない。やけ酒でもいいから、ここに来てくれたら、いくらでもおごってやって、話を聞いてやるところだが、多分今日は来ないだろうと思った。何となくだが、これまでのつき合いで、意地っ張りなところがあるという感じを受けているので、おじさんに落ち込んでいる姿を見せたくないはずだ。

功一おじさんたちも既に奥に引っ込み、そろそろ後片づけをするか、というときに出入り口の引き戸が開いた。

「まだいいかな?」と言われて、すぐに対応できなかった。

右足を少し引きずる歩き方で入って来たのは、貴仁の父親、近江明だった。

「ビールとおでん、もろてよかね」と聞かれ、貴仁は「ああ、もちろん」とうなずいた。親父は出入り口に近いカウンター席に座り、「おでんは、そうやな……余ってるのを適当に四つほどもらおうか」

「そんな遠慮はせんで、食べたいもんを注文してよかよ」

「ひなた三十郎さん、あんたとは初対面やと思うがね」

親父は口もとをゆがめて笑っている。

素の息子とは話しにくい、ということだろうか。貴仁は「そうであったかな」と応じ、調理場で大根、卵、こんにゃくと、牛すじ三本を皿に載せた。牛すじだけは余っていた具材ではなかったが、確か親父の好物だったはずだ。

この日の親父は、色あせた黄緑のポロシャツの上に黒いウインドブレーカーをはおり、グレーのハンティングキャップをかぶっていた。競輪場などをうろついていそうな初老のおっさん、という印象の格好である。

そういえば親父は興信所の仕事をやっていたせいか、こういう服装で家に帰って来ることもあればスーツ姿のこともあったし、作業服のときもあった。仕事で出向く場所に応じて、服装などを変える必要があったのだろう。もしかしたら探偵こそコスプレのプロフェッショナルなのかもしれない。

瓶ビールやおでんの皿を出すときに、表情に緩みが出たらしい。親父から「何かおかしいか?」と聞かれた。観察力の鋭さは健在というところか。

「いや、近江どのは調査業に従事しておられたとここの店主から聞いておったものでな。その服も私服というより、目立たぬように活動するためのコスプレではないかと思いが及び、ならば拙者と同類かもしれぬと」

親父は「へっ」と失笑するような感じで表情を緩ませ、手酌でビールをコップについで口をつけた。一杯目を飲み干してから、親父は両手を腿の上に置いて、「ひなた三十郎さん、オレの義妹夫婦がいつも世話になって、ありがとう」とうやうやしく頭を下げた。

「いや、世話になっているのは拙者の方でござる。礼には及ばぬ」

「あんたの活躍は、弓子さんから聞いとったよ。直接やなくて、うちの女房経由やが」親父はそう言って大根に箸を入れた。「ゴーストタウンみたいになってた商店街が活気を取り戻してゆくのを弓子さんが喜んで、何かあるたびにうちの女房に知らせてくれとったんよ。叔母として鼻が高いって言うとった」

「ほう、そのようなことを」

「それが、市長があんなこと言い出したけん、頭にきとるやろう」

「確かに不意打ちを食らった気分で頭に血が上りはしたが、拙者は所詮よそ者。他の店舗の面々が思いのほか淡々と事態を受け止めているのを見て、この流れは止められぬようじゃなと今は達観しておる」

「残っとった店舗は年寄りばかりやけんのう」

「左様。まさに、笛吹けども踊らず、いや、吹く笛もない状態じゃ。拙者の方も、妙案が浮かばぬ。最終的には、できるだけ好条件で和睦に応じるしか策はなかろう」

「聞いた話やが、ここが活気づいてきたお陰で、五つも新規出店の予定が決まりかけとったんやろう。市長があんなことを言い出さんかったら、ますます賑わって、数年後にはもしかしたらほとんどの空き店舗が埋まるっていう奇跡が起こせたかもしれん」

「たら、ればの話をしたところで――」

「お前は、アクション俳優を目指したが結果を出せずにこっちに舞い戻ってきて、失意の中でここで働き始めたとやろ」

「ああ……」

親父はなぜかギアチェンジをして、ひなた三十郎ではなく、息子の近江貴仁に対する言い方になっていた。だが貴仁が知る親父は、こんなに熱くなる人間ではないはずなので、困惑した。

「負け組の人生やと思うとったけど、お前が忍者の格好をして仕事を始めたことがきっかけで、商店街が変わり始めたやないね。このままやと今度こそ本当に負け組確定やぞ」

「申し訳ないが、意味がよく判らぬ。いや、意味は判るが、拙者にいったい何をせよと申すのか」

「ここであきらめるなとオレは言いに来たんよ。忍びは決して一人やなか。どこかに援軍が潜んどって、出番を待ち構えとるかもしれんやろ。そやけんお前は、最後の最後まで悪あがきを続けるべきなんよ。まだ負けたとは決まっとらんのにお前が負けたと思うてしもたら、いよいよ終わりたい。ええか、ここからが正念場、天王山たい」

「近江どの、来る前にもう飲んでおったな。気持ちはしかと受け止めたので、まっすぐ歩けるうちに帰られた方が――」

「そんなには酔うとらん。確かに来る前にも引っかけてきたが」親父は急に声のトーンを落として、牛すじをほおばり、ビールを飲んだ。「とにかく、まだ勝負はついとらん。しかしお前の心が折れてしもうたら味方も総崩れになるぞ」

「それで拙者にどうせよと」

「そやけん、悪あがきをやめるなち言うとろうがっ」

　またアクセルを踏み始めたようだった。実際はかなり飲んでいるのかもしれない。

貴仁は「判った、判ったっ。悪あがきは続ける。そやけん、もう帰りんさい」と近江貴仁に戻って親父をなだめた。

　しかし親父はすぐには帰らず、おでんの残りを食べながら「逆転劇たい、逆転劇」「できるったい」などとぶつぶつ言っていた。ビールのお代わりを要求されたが、「飲み過ぎたい。年を考えんと」と説得すると、「仕方なか」とため息をついて「では帰るか」と席を立ってくれた。貴仁が「オレのおごりでいいけん」と言うと、親父は舌打ちをして「バカにすんな」とカネを払った。

姿が見えなくなるまで店の前で見送った。もともと交通事故の後遺症で右足を少し引きずる歩き方をしているが、この日はそれに加えて右に左にと身体が揺れていた。歩いて帰れる距離ではあるが、大丈夫だろうか。

貴仁は、その不安に加えて、もっと大きな心配を始めていた。帰郷して実家に顔を出したときの冷淡な態度との、このギャップ。

もしかして、認知症を発症した？

後で母親に電話をかけて、親父の帰宅を確かめなければ。

そんなことを考えながら店内に戻ろうとしたとき、緑ジャージが視界の隅に入って顔を向けた。

菜実は目の周りが少し腫れていたが、表情にはどこか緊張感があった。

「さっき、ハンティングキャップを被った年配の男の人が猪狩文具店に来はってん」

「えっ」

「後でおばあちゃんから聞いたんやけど、あの人、三十郎さんのお父さんやねんね」

「ああ。今しがたその親父を見送ったところでござる。その前に猪狩文具店を訪ねたようじゃが、何用じゃ？」

「店の中で、おばあちゃんと立ち話をしてはった。十分ぐらいかかな」

「どんな話？」

「判らへん。おばあちゃんが私に、奥に行ってろって言うたさかい。こっそり近づいて聞き耳を立ててたけど、ひそひそ話してたから聞き取れへんかった。でも、フキタとか、ミズサキっていう人の名前？　みたいな言葉が出てたと思う」

「フキタは吹田副市長、ミズサキは水崎建設じゃろうな」

「それって、どういうこと？」

「判らぬ。吹田副市長と水崎建設の社長は太陽光パネル工場誘致計画の中心人物。猪狩のばあさまや拙者の父親があの二人とどういう関係にあるのか、さっぱりじゃ」

「お父さんは三十郎さんに何の話をしに来たん？」

「まだあきらめるなとしきりに言うておった。酒が入っておったようじゃ」

「あきらめるなっていうのは、商店街のこと？」

「いかにも。援軍がいる、みたいなことも口にしておった」

「お父さんは、吹田副市長とか水崎建設の社長とかと知り合いなん？」

「どうじゃろう。じゃが、猪狩のばあさまなら知り合いかもしれぬ。何しろ大昔から駄菓子屋と文具店をやっておったお人じゃ。吹田副市長や水崎建設の社長がガキだった頃も知っている可能性はある。猪狩のばあさまは拙者の父親が帰った後、何か言うておったか」

「私が一人で泣いてたことに気づいてたみたいで、商店街がなくなるのはそんなにつらいんかってさっき聞かれた。そやさかい、私はよそ者やから怒ったり泣いたりするのは筋違いかもしれへんけど、せっかく商店街が活気づいてきたのにいきなりハシゴを外されたら、それはやっぱり悔しいって」

「ばあさまは？」

「商店街がよみがえるとしたら、それは若いよそ者がどんどん入って来てこそやなって」

「どういう意味じゃろうか」

「よくは判らへんけど、明日の予定を聞かれた。何でって聞いたら、ちょっと出かけたいところがあるから、二時間ぐらい店番をしてくれって頼まれた。そやさかい、ええけどおばあちゃん、一人で出かけて大丈夫？　途中で転んだり自転車に接触したら危ないさかい、出かけてる間はお店は閉めて、私もついて行くよって言うたら、しばらく考える感じで黙ってたけど、そしたら頼むわって。ただし、何も聞かんで黙ってついて来るんやったら、やて。私、大学の授業があるけど、明日は出席取らへん科目ばっかりやさかい、サボるわ」

「ばあさまの行き先は？」

「市内やって言うだけで、それ以上は教えてくれへんかった。あんまりそういう話はしたくなさそうな感じがあって、強くは聞かれへんかった」

「ふーむ。そのことと、拙者の父親とのひそひそ話との間に関係がありそうじゃな」

「おばあちゃんや三十郎さんのお父さんが何をするつもりかはよう判らへんけど、私は私で、ぎりぎりまで悪あがきしてみたい。ウォンバットエリカさんかて現役時代、身体が一回り以上大きい外国人選手にボコボコにやられて、これはもうあかんと思ってたけど、ロープに飛ばされてからの飛びひざ蹴りをあごに決めて大逆転勝利したことがあんねん。エリカさん、試合後にマイク握りしめて、最後の最後まであきらめたらあかんて言うてはった。あきらめたらそこでゲームオーバーやけど、あきらめてない間はまだ勝負はついてへんのやって」

プロレスにたとえられても今一つピンとこないが、菜実と一緒に、もうしばらく悪あがきをしてみるか、という気持ちは固まった。アクション俳優の道をあきらめてこちらに戻って来て、ほんの数週間後にまたあきらめたりしたら、あきらめグセ、負けグセがついて今後の人生に響きそうである。

「菜実どの、拙者もつき合おうぞ、悪あがき。敵の頭目が放った一言だけで敵前逃亡するようでは、鍋島直正公に合わせる顔がない」

「よく言いました。三十郎さん、立派です」

菜実は力のこもった目でうなずき、貴仁もうなずき返した。

しかし、一発逆転の手なんてあるんだろうか。

翌日の午後、おでん屋こひなたのランチタイム終了間際に、貴仁のスマホに菜実からLINEで「おばあちゃんから、今から出かけるって言われた。」「どこに行くのって聞いたら、バスで十五分ぐらいのところって。」「あれこれ聞くんやったら一人で行くって言われた。」と連絡がきた。貴仁は「逐一情報を頼む。」と返した。

その後、菜実から「江北町方面に向かうバス停にいる。」と入った。貴仁はスマホで肥前市の地図を画面に呼び出し、江北町方面に向かって車で十数分の場所を探してみた。

店内の片づけや掃除をしながらスマホを使って調べた結果、その辺りに水崎建設の本社ビルがあることに気づいた。貴仁はそのことを菜実に伝えた。

親父は昨夜、猪狩のばあさんを訪ねて、ひそひそ話をしていたが、菜実によるとその会話の中に、吹田副市長や水崎建設と思われる名前が出ていたという。

猪狩のばあさんはこれから水崎建設を訪ねる可能性が高い。ということは、親父の方は吹田副市長を訪ねるのではないか。訪ねてどうするつもりなのかは皆目判らないが。

菜実から「やっぱり水崎建設っぽい。」ときた。

貴仁は第三セクターの正然に「うちの親父が吹田副市長に面会しようとしてるらし

い。理由や目的は不明。そっちで何か判ったら教えて。」とLINEを送った。

正然から「はあ?」と返ってきた。

しばらく経って、菜実から「やっぱり水崎建設。何か用事があるのって聞いたら、知り合いがおるけんって。それ以上は言うてくれへん。」と来た。さらに菜実からは数分後に「一階エントランスの受付でちょっともめてる。」「おばあちゃん、水崎社長に会わせろって言って、アポイントメントはお取りでしょうかって聞かれて、何じゃそのアポ何とかちゅうのはって言い返してる。」「受付の人が私に助けを求める目で見てくる。」「おばあちゃん、猪狩文具店のばばあが来たと伝えろって大きい声出した。」「受付の人、顔をしかめて内線電話で誰かと話してる。」と続々報告が届いた。

正然からも返信があった。「秘書室にいる後輩に探りを入れたら、午前中にお前の親父さんから電話がかかってきて面会したいという申し入れがあり、午前十一時半に副市長室に入って、十五分ほどで出て行ったらしい。」とあった。貴仁が「話の内容は判らんか?」と尋ねると、「内容は判らんが、副市長の怒号が外にまで聞こえたって。」「親父さんが帰った後、副市長は市長室を何往復もしとる様子。」とのことだった。

吹田副市長が怒号。話の内容は判らないが、怒らせるようなことを言ったのは確かだろう。そして、親父が帰った後、吹田副市長は中渡市長と何か話し合っている。

いったい親父は、何を仕掛けたのか。

その後、正然から〔親父さん、帰るときに秘書室の職員に対して、お騒がせしましたって笑いかけとったらしい。〕と補足の情報が届いた。

菜実から再び連絡。〔社長さんの秘書が迎えに降りてくるって。〕〔私、一階エントランスのソファで待ってろっておばあちゃんに言われた。〕とあった。

そして菜実からは〔しばらく連絡途絶えます。〕と連絡があり、貴仁が〔どういうこと？　おいおい。〕と送ったが、本当に連絡が途絶えてしまった。

やきもきしながら、調理場でタマネギの皮むきをした。その途中で正然から〔秘書室の次長が副市長の表情に異変を感じたらしくて、どうかされたんですかと尋ねたけど、何でもないと言われたらしい。〕〔親父さんと副市長のつながり、知ってるか？〕と聞かれたので、貴仁は〔全く知らぬ。〕と答えた。さらにその後、〔副市長が担当秘書に、パレス産業についてのネガティブな情報をネットで調べて一覧表にしてくれと指示したらしい。〕ときた。

貴仁の方でも、スマホでパレス産業について調べてみた。

保守系の国会議員との癒着(ゆちゃく)が疑われているようだった。また、社長の長男である専務取締役による部下の女性への執拗(しつよう)なセクハラ行為があったがカネを積んで示談でもみ消したらしい、という噂について一部の週刊誌が記事にしたようである。

親父は興信所の所長をしていたとき、会社の不祥事なども調査したはずだ。あの業界は横のつながりがあって、物々交換のような感じで興信所同士が情報をやり取りしてウィンウィンの関係を築いていると聞いたことがある。

親父は、パレス産業のスネの傷を暴くことをちらつかせた、ということだろうか。だから副市長は、オレを脅す気か、と怒鳴り返した？——そう考えれば、話のつじつまは合う気がする。

菜実から再び連絡があったのは、三十分以上経ってからだった。

［今、帰りのバス。とっさにスマホの音声レコーダーのアプリを作動させて、おばあちゃんのカバンに忍ばせといた。］

［バスに乗るときにカバンを持つよって言って、そのときにスマホを取り戻した。］

［今イヤホンで、おばあちゃんと水崎建設社長の会話を再生させながらこれ打ってる。］

［二人の会話で判ったこと。水崎建設の社長、子どもの頃はカギっ子で、猪狩文具店に入り浸りやったって。水崎少年がなかなか帰らへんからおばあちゃんが事情を聞いて、家に上げてテレビ見せたりしてたって。］

［おばあちゃんちで宿題もして、おやつにゆで卵とかおにぎり食べさせてもらったって。］

「水崎社長、おばあちゃんには頭が上がらへんみたい。」

「おばあちゃん、本題に入った。今ごろになって商店街が活気づいてうれしいって。冥土(めいど)へのいい土産話ができたって。」

「あと、五軒も新規出店希望がきてたのに、ほんまに商店街をなくしてええんやろうか、若い人たちが出店してくれたら面白くなりそうやのにって。」

「商店街は、あんたにとっては第二の実家みたいなもんやろうって。」

「水崎社長、口数が少なくなってる。ええ、とか、はい、とかばっかり。」

「おばあちゃん、できたらもうしばらく、この年寄りに夢を見させてもらえたらありがたいって。」

「長い目で見たら、商店街が活気を取り戻す方が町のためになるんと違うやろかって。」

「水崎社長、商店街が本当に賑わいを取り戻すのなら、それはすばらしいことですって言うた。」

「水崎社長、太陽光パネル工場の計画は、市長や副市長の方針であって、決して水崎建設が尻を叩いたからではないって。」

「おばあちゃん、副市長さんとよく話し合ってほしいって。水崎社長、黙ってる。」

「忙しいところ、お邪魔しましたっておばあちゃんが席を立ったみたい。」

〔水崎社長が会社の車で送るって言ったけど、おばあちゃんはいいって。〕
〔会話が途切れた。多分、エレベーターを待ってるところ。〕
〔エレベーターが開いて、乗ったみたい。そんな音がした。〕
〔その後は私も知ってる。社長さん、私にもあいさつしてくれて、外まで見送りに出てくれた。〕
〔おばあちゃん、外を見ながら『東京ブギウギ』の鼻歌。続きはまた後で。〕

両手鍋を持った菜実がおでん屋こひなたに来たのは数時間後の夕方だった。貴仁が近づくと、菜実は小声で「おばあちゃん、水崎建設に行ったのは、あそこの社長が子どもの頃はよく駄菓子を買いに来てくれて、その後も律儀に文具をたくさん買ってくれていたので、最近どうしてるかと思って顔を見に行っただけやて、私には言うた。そやのに行ったことは他人に言うなって口止めされてん」と笑った。また、貴仁の父親が副市長を訪ねた件について聞くと、菜実は「三十郎さんのお父さん、いったい何をしてんやろなあ。でも近いうちに何か起きそうやね」と小さくうなずき、「きっと何か起きる」と自分に言い聞かせるようにつけ加えた。

一時間ほど経って、菜実から〔晩ご飯のとき、おばあちゃんにそれとなく聞いて判った新情報。〕〔水崎少年が中学生のとき、駅前の書店で万引きして捕まってんて。おばあちゃんが親戚になりすましてお店に謝りに行ったたって。帰り道で水崎少年、しくしく泣いてたって。」と追加の報告がきた。

二日後、市議会で野党系の女性議員が「商店街を更地にして太陽光パネル工場を誘致する計画を知らされたが性急な印象を受けた。最近、白岩商店街は賑わいが出てきており新規出店の希望が五業者もあったと聞いている。第三セクターに決定権があるとはいえ、地域住民の生活にかかわることでもあり、議会でもっと意見交換をしてから発表すべきだったのではないか」と質した。

それに対して市長は「確かに勇み足だったかもしれない。太陽光パネル工場はあくまで検討案の一つであり、市としてはこの方向で進めたい、という意味で発言したが、おっしゃるとおり、市民の声も聞きつつ議会と相談しながら最終決定したい。その間に商店街がさらに賑わって、未来に期待が持てるようであれば、柔軟に判断したい」と答弁、事実上の撤回だとしてローカルニュースで報じられることとなった。

『だいひぜん!』のニュースコーナーでもこの件は取り上げられ、レギュラーコメンテーターである健康食品メーカーの女性社長は「そうそう、大切なことを話し合うために議会があるんやけん、強引に進めたらダメ。商店街の人たち、あんなに頑張っとるんやもん、応援してあげたいよね。市長さんが聞く耳を持ってくれて、よかったよかった」と声を弾ませ、その日のゲストコメンテーターらしい元大手新聞社論説委員の男性は「太陽光パネル工場の計画を主導していたのは二年前に霞ヶ関からやって来た中渡市長ではなくて、ここ十年以上にわたって事実上市政を取り仕切ってきた副市長さんや幹部の人たちと、前市長と現市長の後援会長を務める中堅ゼネコンの水崎建設だと聞いてますが、本音を言えば、シャッター通りになってしまった商店街をよみがえらせるのはやはり難しいということで、近いうちに更地にして地域経済のためになる企業などを誘致するという流れが決まってたんだと思うんです。ところが最近、商店街の人たちのアイデアがバズって賑わい始めたせいで、あわてて太陽光パネル工場の誘致を発表した、と。お役所というところは、いったん決まった方針を中止したがらないところがありますから。ところが市議会でも指摘されたように、ちょっと性急すぎましたね。ちゃんと市議会でも意見交換したり市民の声を聞くべきだっていう、手続きについてのクレームですね。全国的に商店街はどんどんなくなっています。表現が悪いかもしれませんが、絶滅危惧種ですよ。そんな中で、白岩商店街、というより、ひなた商店街ですね、ここは全国的な傾向に逆らって大健闘してるんですから、私はひなた商店街推しです」と熱く語ってくれた。

菜実からさっそく［キンシャサの奇跡。］とＬＩＮＥが届いた。それだけで意味が判った貴仁は［菜実どのも大儀であった。］と応じた。キンシャサの奇跡というのは、かつてモハメッド・アリが下馬評を覆して、破壊力に勝る王者ジョージ・フォアマンを倒した有名な試合のことである。

スマホでさらに詳しく調べてみたところ、アリはベトナム戦争に反対して徴兵を拒否したせいで王者のタイトルを剥奪（はくだつ）され、その後三年半にもわたってリングに上がることができず、体力的な衰（おとろ）えもあってジョー・フレージャーやケン・ノートンにも連敗、もうアリの時代は終わったとささやかれていた。一方アリより七歳年下のフォアマンは全盛期で、パンチ力はゾウも倒すと言われていた。果たして試合はフォアマンが一方的に殴り、アリはロープを背にして必死でブロックするという展開になったが、実はそれはアリの作戦で、やがてフォアマンのパンチが大振りになって息切れを起こしたと見るや猛反撃を開始、8ラウンドに劇的な逆転勝利を収めたのである。

菜実がアリの実話を持ち出して奇跡だと言いたい気持ちはよく判った。貴仁は追加で「拙者は小さな一匹のアリのごとき存在。偉大なアリにあやかりたいものじゃ。」と返しておいた。するとすぐに「あ、ええやん、それ。」ときた。

白岩亭の新谷さんからも「商店街、まだ存続するんですね！　もう終わったと思ってたのでびっくりしました。よかった！」というＬＩＮＥが届いた。貴仁は「御意にござる。白岩タンメンはやはり白岩町のもの。簡単に出て行かせたりはせぬ。」と返しておいた。

その日の夜、正然からＬＩＮＥで〔副市長、ひどい二日酔いで、今日は朝からずっと副市長室のソファでほとんど横になっとったらしい。〕〔商工部長からストップをかけられてた新規出店の件、一転して進めろと言われた。憮然とした顔で言うてきよったのがウケる。〕と教えてくれた。貴仁が〔親父が何をしたか詳細は不明じゃが、パレス産業の不祥事を調べて世間にさらしたらどうなる、みたいなことを言ったやもしれぬ。〕と送ると、〔親父さん、興信所の所長やったもんな。裏で暗躍する寝業師。怖っ。〕と返ってきた。

来店したおじさん客らは口々に「商店街、息を吹き返したね、おめでとう」「もっと賑わうようにして、役人の計画なんか潰しちゃれ」などと声をかけてくれた。役人の計画なんか、と言ったおじさん客の勤め先は確か河川事務所だったので、県庁職員のはずだ。

夜の客がいなくなって、後片づけを始めたときに、緑ジャージ姿の菜実がやって来て、「何か新しく判ったことってある？」と聞き、「あ、ついでにビール一緒に飲まへん？」と言った。以前の明るい表情が戻ったことに、貴仁は胸をなで下ろした。

調理場の冷蔵庫からビールを二本出して、カウンターをはさんで乾杯した。

飲みながら貴仁は、正然からもらった新たな情報と、親父はパレス産業の不祥事を詳しく調べて告発するぞと副市長を脅したのではないかという推理を伝えた。

菜実は「なるほどねー。で、三十郎さんのお父さんが猪狩文具店に来ておばあちゃんとひそひそ話してたのは、お父さんが副市長を、おばあちゃんが水崎建設の社長をそれぞれ説得するっていう作戦会議やってんやね」とうなずいたが、「お父さんから直接何か聞いたりはでけへんの?」と言った。

「拙者が聞いてもあの御仁は何も言いはせぬ。そういうお人じゃ。そもそも拙者は親父どのと直接スマホで連絡を取ったこともない」

「あれま」菜実は苦笑気味に目を見開いた。「お母さんは?」

「用があるときはメールを送るが、母上の方はそういう操作が得意ではなく、たいがい電話がかかってくる」

「お母さん経由やったら、ある程度のこと、判るんと違う?」

言われてみればそうかもしれない。貴仁は「うむ、一理あるな」とうなずいて、スマホを取り出した。まずは「親父さん、副市長に会いに行って何か話し合ったらしいけど、知ってることがあったら教えて。」とメールを送ってみた。

数分後に電話がかかってきた。

「タカ? 商店街、よかったね」

「ああ、ありがとう」貴仁はひなた三十郎ではなく、息子として話すことにした。

「親父さんは近くにいる?」

菜実が口の形で、スピーカー、と要求してきたので貴仁は応じた。

「今お風呂に行ったところ。二十分ぐらいはかかると思う」と声が外に聞こえるようになった。「お父さんが副市長さんに会いに行ったことは知らんかったけど、多分、商店街を存続させるために話をしたんやろね」

「親父さんと副市長って、知り合いなん？」

「タカには教えといた方がええかもね。ただし内緒にするって約束してくれる？」

菜実が貴仁をガン見しながらうなずき、片手で口にチャックをする仕草をした。

「判った。誰にも言わんから」

「お父さん、タカが上京して間もない頃に、バイクにぶつけられて足を骨折して、変形が残ったのは知ってるやろ」

「ああ」

「あれ、実は吹田さんの息子さんなんよ」

「えっ、吹田副市長の」

「そのときは課長補佐っていう立場やったかな。息子さんは高校生で、無免許運転で。友だちのバイクやったって」

「まじか……」

「息子さん、あのとき気が動転したようで、バイクでそのまま逃げたんよね。だからお父さん、自分で救急車呼んで。でも救急隊員の人たちには、めまいがして転んだときにアスファルトにひざをひどくぶつけてしまったって説明して」

「何で？」

「お父さん、これはおカネになると思ったみたい。実際、覚えてたバイクのナンバーから所有者を割り出して、すぐに吹田さんの息子さんまでたどり着いたから」

「親父さんの方から、警察沙汰にしないからそれにふさわしいケジメをつけろと脅したっていうことかね」

「あはは っ、そういう言い方しなさんな。示談交渉を持ちかけたのは、一人の少年の人生のことも考えてなんやから。実際、吹田さんからは泣いて感謝されたそうやから」

「ああ、そう」

「正確な金額は私も知らされてないけど、それなりの数字やったんやろうね」

「金額とか、判らんの？」

「それ用の通帳を作って、金庫に入れてたから。その頃お父さん、仕事の知り合いが立て続けにガンで亡くなってて、家族に何かあったときのためにおカネは貯めとかんとって言うてたね」

「ふーん」

「当時の吹田さんはまだ課長補佐やったけど、市議会議員の親戚がいたり、実家が結構な土地持ちで地元の経済界とのつながりがあったそうやから、貸しを作っておいて損はないとお父さんは思ったみたい。それから何年かは、吹田さんからお中元とお歳暮が届いとったよ。高級ハムとかウイスキーとか。ゴディバのチョコレートのときもあって、あれはうれしかったわ」

「つまり親父さんが吹田副市長に面会しに行って、息子の過去の不祥事を持ち出して何らかの交渉材料にしたかもしれん、と」

「そんな露骨なことはせんでしょ。恐喝になるやん」

「じゃあ、パレス産業の不祥事の情報を同業者から入手するかして、あの会社を誘致して大丈夫なのか？　考え直した方がいいぞ、みたいな？」

「パレス産業のことはちょっと調べてたみたいね。スマホで誰かと話してるときにその会社名は何回か聞こえたから。その上で副市長さんに、ところで息子さんはお元気ですか、みたいなもの言いならしたかもね」

親父はおそらく、吹田副市長の息子の近況なども調べた上で面会したのだ。いい会社に就職してご活躍のようですな、などと言えば、相手にその意味は充分伝わる。

貴仁は「どうもありがとう。口外しないという約束は守るから」と言って会話を終わらせようとすると、母ちゃんが「お父さん、タカが帰って来たときに冷淡すぎる態度を取ったことを後悔しとったよ」と言った。「商店街が少しずつ賑わってきて、人出が増えてきたのをすっごく喜んで、あいつは俳優としては上手くいかなかったけど、周りを巻き込んで変化させる能力があるようだとか、オレにはない才能を持ってるとか言ってたから」

「えっ」

「タカにバレないようにしょっちゅう、商店街の様子を見に行ってたし、ネットでも情報を集めたりしてて。最近のお父さん、楽しそうな顔しとるよ」

「へえ、そげんやったとね……」

「あ、このことも内緒よ。お父さん、プライドの高か人やけん」

電話を切ると、菜実が「ふーっ」と大きく息を吐いた。「やっぱり、お父さんが裏で動いてくれたんやね」

「パレス産業の不祥事が続々と暴かれたら、計画はスムーズに進まなくなるよ。そんな感じのもの言いであったのかもな」と貴仁は言った。「その上で、ところであんたの息子さん、元気そうで何よりやねえ、と」

「副市長はその意味を理解して、オレを脅す気かと怒鳴り声を上げた」

「多分そういうことじゃな」

「私の推測やけど」と菜実が言った。「お父さんはさらに、市長の後援会長さんは商店街を存続させた方がいいと思ったはるみたいですよって、揺さぶりをかけたんちゃうかな。その上で、もう一度話し合ってみた方がええのとちゃいますかって」

「なるほど、その直後、後援会長の水崎建設社長は、恩人ともいえる猪狩のばあさまから、遠回しに商店街存続に協力してくれと頼まれて、断ることができなかった」

「そやから、もし副市長と水崎社長が後で会ったり連絡を取り合ったりしたら、どちらからともなく計画を強引に進めるのは得策ではないかも、っていう話になる」

「あくまで推測にすぎぬが、おおむねそういう流れだったように思う」

「三十郎さんのお父さんとおばあちゃんの連係プレイかぁ」菜実はそう言ってから「すごっ」とつけ加えた。

12

翌日は少し二日酔いが残った。昨夜あの後、菜実のテンションが上がって「これは、あらためて乾杯やね、大人のおごりで」と言い出し、さらにもう一本ずつビールを飲み、牛すじ、鶏軟骨天、たこなどを食べたのだが、それだけでは済まず、最終的に貴仁は四本、菜実は三本の中瓶を空けることになった。菜実の最後の瓶の半分ぐらいは貴仁が飲んだので、二リットル以上を身体に入れたことになる。二十代のときはそれぐらい平気だったが、アラフォーになると頭痛やむかつきに見舞われることを思い知らされた。

朝、店の周囲でゴミ拾いをしていると、今池洋品店のおばちゃんが近づいて来て、

「太陽光パネル工場の話は、なくなったってことなんかね？」と聞いてきた。

「いや、なくなったわけではあるまい。市長らは、性急に進めすぎたかもしれぬということで、もうしばらく商店街の様子を見た上で、あらためて判断することにしたということじゃろう」

「曖昧な、煮え切らん言い方をしよるな」

「お役人はそういう人種じゃ」

「商店街が活気づいてきたせいで、市長にもの申した人らがおったんかね」

「かもしれぬな」

「私はいい値段で土地が売れることを期待しとったんやが」

「それは残念じゃな。しかし売ることはできるのではないか」

「いや、やっぱり売らんでええかなと考え直したところたい。作務衣も忍者パーカースウェットもちょいちょい売れとるし、業者がまた新商品を持って来てくれとるし。

ヒョウ柄とゼブラ柄の忍者パーカースウェットと、鎖帷子(くさりかたびら)の模様が入ったTシャツがもうすぐ入るんよ。あと、〔白岩流〕とか〔白岩流忍法〕の文字が入ったパーカーやトレーナーはどうやっていう提案されてて」

「新商品がぞくぞくとできて結構なことじゃな。では、祐徳稲荷神社の参道に引っ越すという話は白紙ということか」

「こっちの商品を向こうにも置かせてもらう形になりそうやね。従姉妹(いとこ)は一緒にやりたがっとるんやけど、もうしばらくはこっちで日銭を稼ぐことにするわ」

　そのとき、背後から「市長発言の話かね」と声がかかり、振り返ると、作務衣に白い三角巾の平田本舗のおばさんが予想外にそばにいて、「何があったんやろね。商店街を更地にするって公言したくせに、急にごにょごにょと違うことを言い出して」と続けた。

「拙者らの知らぬところで、商店街がさらに活気づく方が得策ではないか、考え直した方がよいぞ、などと忠告したお方々がおられたのかもな」

「土地を売り損ねることになったけど」と平田のおばさんは両手を腰に当てた。「商店街が続くなら、それにこしたことはなかもんね。五軒も新規出店してくれるっていうんやろ。賑やかになってゆく様子を見るのが楽しみたいね」

　今池のおばちゃんが「そしたら土地の価格も上がるやろか」と言った。

平田のおばさんは「あっ、そうやね」と両手を叩き、さらに女性二人で両手のひらを合わせ軽く叩き合った。ハイタッチというより、昔の女子が遊びでやっていた「せっせっせーのよいよいよい」の感じだった。

午後の手が空いた時間に、猪狩文具店に出向いた。菜実は午後に出席しなければならない授業が二つあると言っていたので、いないはずである。訪問の目的は、ばあさんに礼を言うことだった。

そのとき店に客はおらず、ばあさんはパイプ椅子に座り、そのひざの上で寝そべっているにゃんこ師匠にブラシをかけていた。貴仁が「にゃんこ師匠、ご機嫌いかがでござるか」と尋ねたが、にゃんこ師匠は薄目を開けてちらっと見ただけで、すぐに目を閉じた。

ばあさんも、知らないうちに灰色の作務衣姿に変わっていた。他の店に合わせたらしい。後ろで束ねた白髪は、あらためて見ると意外とつややかで、この人はまだまだ元気なんだなと感じた。

「ばあさま、このたびは世話になり申した。礼を申す」

貴仁は丁寧に頭を下げたが、ばあさんは「何のことかね」と聞いた。

「水崎建設の社長に会いに行って、商店街存続のために説得してもらったことは知っておる。あの御仁は少年期に、ばあさまに大変世話になったという話も人づてに聞いた。太陽光パネル工場の計画に待ったがかかったのは、ばあさまのお陰じゃ。誠に——」

「あんたが礼を言う必要はなか」ばあさんは遮るように言った。「菜実がえらくがっかりしとったんで、ちょっと力になってやろうと思っただけたい。あと、にゃんこ師匠の居場所がなくなるのもかわいそうやけんね。そのせいで私はまだしばらく働かんといけん」

「元気で働いてくだされ。隠居したらたちまち老け込みますぞ」

「とっくに老けとるよ、そんなもん」ばあさんはふんと鼻で笑ってから貴仁を睨むように見上げた。「あんた、菜実と一緒にいろいろやっとるのは結構やが、まさかあのコを女として見とりゃせんやろうね」

何を言い出すかと思えば。

「やくたいもないことを。そんなわけがなかろう。拙者とは親子ほどの年の差、しかも菜実どのは明らかに拙者を親戚のおじさんのように見ておるし、拙者も姪っ子を見るような気持ちでござる。くれぐれも妙な邪推は口にされるな」

実際、貴仁のストライクゾーンは、年が近い女性である。

それにしても、このばあさんはそんなことを心配していたのか。

「一応確認しただけたい。私もそんなことは思っとりゃせんよ」ばあさんは苦笑しながら片手で叩く仕草をした。「あのコの方は、あんたを親戚のおじさんというより、父親やと思っとるみたいやね」

「菜実どのには実の父親がおるであろう」

「父親には会ったことがないし、とっくに死んどる。菜実の母親はヒトミという名前でな、字は仁義の仁に木の実の実。その仁実は若い頃、ヤンキーとかギャルとかいうやつで、ケバケバしい化粧をして、髪を染めて、高校もろくに行かんで遊んどったんよ。で、卒業直後に暴走族の彼氏との間に菜実を身ごもったんやが、男は妊娠中に姿を消しておらんくなったんやと。そういうの、バックレるとか言うんか？」

「ああ、そうじゃな」

「捜せば見つかったんやろうが、捕まえてもどうせ父親になる自覚なんてないろくでもない男やけん、仁実は認知を求めたり養育費を請求したりせんまま出産、その後は実家住まいを続けながらアルバイトを掛け持ちして働いとったんよ」

「その、実家というのは、ばあさまの妹さんの」

「そうそう。私の妹夫婦の家たい。で、仁実は実家住まいをしながら自分でカネを貯めて専門学校に通って勉強して、理学療法士になったたい」

「理学療法士というと、リハビリなどを補助する専門家でござるな」

「そうそう。ろくに勉強せんまま高校を卒業してしもた仁実にしては、結構頑張ったんやろう。その後、菜実と近くのアパートに移ったと聞いとる」

「その地は滋賀県の甲賀市でござるな。それは判り申したが、菜実どのがなぜ拙者を父親に見立てることになるのじゃ」

「菜実は小学校に入ったばかりの頃、甲賀市は甲賀忍者の里やったと学校で教わって、無邪気に仁実に尋ねたことがあるんよ。菜実のお父さんて、もしかしたら忍者なのって。子どもなりに頭を巡らせたんやろう、父親が忍者だとすれば、姿を見せないのも理解できる、きっと秘密の任務があるんやろうと。それに対して仁実は、自分の娘が目を輝かせて聞いてきたもんで、本当のことは言えず、そうかもねと答えたらしい」

「…………」

「菜実が思春期になると、さすがにそんな妄想はせんようになって、あるとき仁実に本当のことを教えてほしいと言ったらしい。そやけん仁実は正直に教えたわけたい。父親は元暴走族のチンピラで妊娠を知って逃げたということ、トラック運転手になったが違法薬物に手を出したらしいこと、最後はバイクで警察の追跡を振り切ろうとして街路樹に衝突して死んだこと」

「それは本当の話でござるか」

「ニュースで名前が出たけんね。仁実もそのニュースで男のその後を知ったわけたい」

「菜実どのにとっては、なかなかつらい話じゃな」

「そりゃつらかろう。そやけん、心の中でこんな父親がいたらよかったのにという理想像を作ったんやろうね。詳しくは聞いとらんが、今の菜実を見ていると、あんたにその父親像を重ねとるように思えて仕方がなか」

「生きていれば拙者とは年齢が近いわけか」

「そうたい」

「思い出した。初対面のとき、拙者が売れないアクション俳優で忍者役などもやっておったと知って、菜実どのは驚きと喜びを隠そうともせなんだ。その後、拙者に忍者装束になるよう、しつこく言ってきたのも、今の話を聞けば腑に落ちる」

「あんた、チカエっていう苗字やけど、オウミと書くんやろ。そういう偶然を、何かカタカナで言うんやなかったかね」

「えーと、シンクロニシティでござるか」

「そうそう、それ。滋賀県はかつて近江の国と呼ばれとった。ただの偶然やが、あのコは意味のある偶然やと受け止めたわけたい」

「左様であったか……」

「母親の仁実によると、あのコが遠く離れた佐賀の大学に進学したのは、母親のお荷物から卒業したいと思ってのことらしかよ」

「遠くに住めば、お荷物ではなくなるのか？　母上は寂しかろう」

「自分のせいで、母親の人生の時間を奪ったち思うとんよ、きっと。自分がおったせいで趣味を楽しむこともできんかった、恋人もできんかった。そやけん、せめてこれからは自由な時間を楽しんでほしいってことなんやろう」

菜実は菜実で、実はいろんなことを考えて、頑張っていたらしい。高校生のときはイケてる女子グループに無視されて居場所がなかったとも聞いている。

菜実は、アクション俳優をあきらめておでん屋で働き始めた冴えないアラフォー男と出会ったことを、単なる偶然ではなく、意味のある偶然だと受け止めた。

そういう捉え方は、結果的にいい方向に作用した。菜実から忍者装束になるよう強く勧められて、それがきっかけでテレビで紹介されたり動画をネットに上げたりするようになった。そこから波紋が広がってゆくように、白岩亭の新谷さんもバズり、他の店も新商品などを見出してお客さんが増え、イベントをやればさらに人が来てくれて、龍馬氏や小夢想也氏もわざわざやって来てエールを送ってくれた。

「ばあさま、菜実どのにまつわる話を聞かせてもらい、まことに痛み入る。また、もろもろ心得た。他言はせぬゆえ」

「まあ、私も正直」ばあさんはにゃんこ師匠へのブラッシングを止めて、代わりに素手で頭の周りをなで始めた。「商店街が変わってゆくさまを見て、年甲斐もなく、ちょっとわくわくさせてもろうとったんよ。これからもこの調子で頼むわ」

そのとき、忍者装束の内ポケットでスマホが振動した。

菜実からのＬＩＮＥだった。菜実が管理しているブログ『ひなた三十郎、見参。』に届いたコメントの内容をコピーしたものだという。

それに目を通した貴仁は、「ばあさま、またもや、わくわくしていただけそうですぞ」と笑った。


ブログ『ひなた三十郎、見参。』のコメント欄に届いた連絡は、フレックス企画という映像制作会社からのものだった。十一月中旬頃にテレビのバラエティ番組の中で南郷タケルがおでん屋こひなたをメインに、ひなた商店街を訪問する様子を撮りたいので何卒対応をお願いしたい、という内容である。

それを読んだ貴仁が最初に思ったのは、南郷タケルも俳優としての仕事が減っていて、知名度や好感度を上げるためにそういうロケの仕事もしなければならないのだろうなということだった。あまりテレビドラマをチェックしてはいないが、南郷タケルを見かける機会がこのところ減っていたように感じていたからである。先日、南郷タケルがＳＮＳ上でひなた三十郎のブログやユーチューブ動画などを紹介してくれたのも、少しでも自身の宣伝につながりそうな相手を見つけたらとりあえずからんでおこうということだろうと解釈していた。

　もちろん、南郷タケルが本当に来てくれて、全国放送の番組として流してくれるのはありがたいことなので、貴仁はもちろんフレックス企画に了解どころか大歓迎ですというメールを送った。

　すると一時間も経たないうちにフレックス企画から、承諾に対する礼の言葉と共に、番組企画書や南郷タケルの近況を記した文章などがメールに添付されて送られてきた。

　南郷タケルは、『敗者の一分（いちぶん）』という主演映画がこのたび完成したため、その宣伝のために複数のバラエティ番組に出演する予定だが、中でも『おしゃべリンク』という番組では二十分程度の尺を使って南郷タケルが世話になった人たちに会いに行く様子を収録する予定だという。その再会する相手として、南郷タケルが貴重なアドバイスをもらったという脚本家や、金欠だった若い頃に皿洗いや店内の掃除と引き換えに料理をたらふく食べさせてくれた大衆食堂のご夫婦と並んで、貴仁を指名してくれたのだった。南郷タケルは貴仁について「新人の頃にアクションの技術を教えてくれた先輩です。近江さんは撮影スタッフさんたちへのあいさつを欠かさず、名前も覚えてさんづけで呼んだりする方で、俳優仲間への気遣いなど、多くを学ばせていただきました。売れていないときに、撮影所で近江さんがコンビニのサンドイッチを食べていたので、旨そうっすねと声をかけただけなのに、ためらいなく残り半分を差し出してくれたときには苦笑いをしながらいただきましたが、後で近江さんっていい人だなってちょっと泣きそうになりました」と話しているという。

　スタッフへのあいさつなどは、貴仁自身も他の先輩を見習っただけなので過大評価されている気がしたが、サンドイッチの件は覚えている。あのときは貴仁自身も腹が減っていたし、なけなしのカネで買ったものだったので分け与えたりしたくはなかったのだが、ケチくさいやつだと思われたくなくて、泣く泣く差し出したのだ。

　南郷タケルを最近テレビで見かける機会が減っていたのは、俳優としての仕事が減っていたからではなく、本人の希望もあって舞台中心に活動していたからだった。その舞台を映画プロデューサーが観に来て、主演映画にと声がかかったのだという。貴仁の印象では、南郷タケルの演技力は可もなく不可もなくという感じだったのだが、舞台での活動が彼を変えたのかもしれない。

　貴仁は、「三日会わざれば刮目して見よ」という言葉を思い出した。確か『三国志』に出てくる言葉だ。

　映画『敗者の一分』は、新撰組の二番隊組長だった永倉新八の、新撰組解体後を描いた作品だった。メールに添付されていた映画紹介文によると、永倉新八は新政府軍との戦いに敗れた後、松前藩に戻ることを許され、医者の娘と結婚して家督を相続、杉村治備（後に義衛）と改名したという。そこには永倉新八を仇と狙う者たちが少なからずいたという事情もあったらしい。その後、北海道で刑務所の看守に剣術を指導するなどしたが、人生の集大成として新撰組の回想録『新撰組顛末記』を新聞に連載(永倉新八の口述を記者が文章化)。これがきっかけとなって当時は国賊とされていた新撰組の評価が大きく変わり、小説や映画などの題材にもなって、今ではアイドルグループのような扱いである。映画のストーリーは、永倉新八が新撰組の回想録を世に出したいと考えるが協力してくれる人がほとんどおらず、資料集めの過程で遺恨のある相手から襲われたりもしたが、やがてそういった苦労が報われるときが、という内容だが、老いてからのさまざまな武勇伝なども盛り込まれているらしい。

そういえばと貴仁は、まんま龍馬氏が訪問してくれたときに、ノリでひなた三十郎としてアドリブの会話をすることとなり、どちらからともなく永倉新八の名前が出て、敵に回すと実にやっかいな男だ、みたいなことを言い合ったのを思い出した。幕末の人間になりきっていろいろやっていると、自然と幕末のさまざまなものを引き寄せるものらしい。

これもまた、意味のある偶然というやつかもしれない。

十一月中旬の火曜日は秋晴れの天気で、しのぎやすい涼しさだった。

撮影スタッフと共に南郷タケルがやって来たのは、おでん屋こひなたのランチタイムが終わった直後だった。まず南郷タケルが扉を開けて「すみませーん、お邪魔しまーす」と声をかけ、「あ、近江さん」と言い、貴仁は「おう、久しぶりじゃな」と応じる。その様子は店の外からの撮影なのでまだ貴仁の姿は映らない。それからカメラマンやディレクターなどスタッフが南郷タケルと共に店内に入り、貴仁がカウンターの内側に立って口もとを隠していた布をずり下げ、ほっかむりを外ところから、あらためて撮影が始まった。おおまかな段取りは事前に聞いているが、ここからはほぼアドリブでいくことになっている。

南郷タケルは、和服でもなく、ダンダラ羽織でもなく、青いノーネクタイのシャツにベージュのジャケットという、ごく普通の格好だった。貴仁はそれを少し残念に思ったが、彼は永倉新八としてではなく、俳優南郷タケルとして旧知の先輩に会いに来たのだから、当たり前といえば当たり前だった。若い頃より一回りがっしりした体格になっており、顔つきも精悍さを感じた。まさに〔三日会わざれば刮目して見よ〕である。

「先輩、ご無沙汰してます」南郷タケルが頭を下げてから、「ええと、近江貴仁さんというより、ひなた三十郎さんなんですよね」と苦笑気味に言った。

「左様。この格好をしておる限りは、ひなた三十郎でござる」カウンターの内側で貴仁はうなずいた。そして「それより、いつまで立っておられる気か。さ」と片手を差し伸べてカウンター席に座るよう促した。

「ひなた三十郎さん、すごい評判ですね。動画も拝見しましたけど、シャッター通りだった商店街が、動画が更新されるにつれて、若いお客さんや外国人観光客の方々の姿がどんどん増えていって」

「拙者はこの格好でうろついておるだけ。他の店の御仁たちが頑張ってくれたお陰じゃ」

南郷タケルがカメラの方を向いて、「ブルース・リー作品のコスプレをするタンメン屋さんとか、ひなた三十郎さんの師匠だというトラネコが店内にいる文具店とか、忍者ふうのパーカースウェットを販売する洋品店、手裏剣の形をした丸ぼうろなんかを売る和菓子店など、みんなそれぞれが工夫なさってすごいと思います。後でそれらのお店も訪問したいと思ってます」とコメントした。

「せっかく来られたのじゃ、何かお出ししたいのじゃが」

「あ、そうでした、そうでした」南郷タケルは軽く手を叩いた。「実は昼飯まだなんですよ。でもランチタイムは終わってるんですよね」

「気にせんでいい。うちは基本、客が所望すれば、出せるものは出しておる」

「では、おでん定食をお願いします。おでんは卵と厚揚げと、あと軟骨入りの何ていうんでしたっけ」

「鶏軟骨天じゃな。魚のすり身に鶏軟骨を混ぜて揚げておる」

「そうそう、それをお願いします」

「承知した。しばし待たれよ」

貴仁が調理場に向かうと、顔を覗かせて見物していた功一おじさんと弓子おばさんがあわてて奥に逃げ、照れくさそうな顔で「本物の俳優さんって、やっぱりオーラがあるね」「テレビで見るより実物の方がカッコいいわね」などと言った。二人ともテレビ出演は恥ずかしいとのことで、撮影中は奥に引っ込んでいると言っていたが、興味はあるらしい。貴仁が「顔ぐらい出せばいいのに」と言うと、弓子おばさんは「いいわよ、何しゃべっていいか判んないし、恥さらすだけだから」と片手で叩く仕草を見せた。

トレーに載せたおでん定食を出すと、南郷タケルは丁寧な所作で「では、いただきます」と手を合わせた。

貴仁が「冷えた麦酒もあるが、いかがかな」と言うと、南郷タケルはディレクターの方を向いて「一本を三十郎さんと分け合って、いいですかね」と尋ねた。男性ディレクターが苦笑しながら両手でマルを作り、南郷タケルが「ＯＫいただきました」と笑った。

カウンター越しに互いにコップに注ぎ合い、南郷タケルが「久々の再会に」と言い、貴仁は「主演映画のクランクアップを祝して」と応じた。

食事中、南郷タケルは食レポのようなコメントもしたが、「あー、旨いなあ」「軟骨のコリコリ感がいいっすね」「豚汁だけでも丼飯いけそうな気がしますよ。タマネギの甘みがすごい」など割と普通の表現しかできず、この手の仕事には慣れていないことが窺えた。しかし、口に入れていったん目を閉じてからじわっと笑みを浮かべたり、具材を見つめながらうなずいたりしてからのセリフなので、視聴者はおそらく南郷タケルの表情だけで充分な食レポになっていると感じるだろう。プロの役者に飾り立てたコメントはかえって野暮というものである。

本当に昼食を抜いていたようで、南郷タケルはきれいに完食してくれた。その後は貴仁が出したほうじ茶をすすりながら、若い頃の話になった。南郷タケルがアクションの技術、特にテレビ映えする動き方を貴仁から教えてもらったことや、スタッフへのあいさつや気配りを学んだこと、サンドイッチを分けてもらったエピソードなどを話し、貴仁は「それは拙者も先輩方から学んだことじゃ。拙者が編み出したものではないので過大評価されるな」と応じ、サンドイッチの件については「食べたいわけではないのなら遠慮せよ。拙者はあのとき、断腸の思いで差し出したのじゃぞ」と文句を言った。

その他、現場でやたらと怒鳴るくせにベテラン女優の前では別人みたいにおとなしかったカメラマンの悪口を言い合ったこと、いつも腹を空かせていたので撮影で使われた料理は後で取り合いになったこと、南郷タケルの方がさきにセリフのある役を得たせいで貴仁がしばらく無愛想になったこと、二人とも演劇論みたいなのが苦手だったので売れていない俳優仲間の飲み会がそういう流れになると示し合わせてこっそり抜け、公園で缶酎ハイを飲み直したこと——いずれも懐かしい思い出だが、昨日の出来事のようによみがえるのは、やはり青春まっただ中だったからだろう。

ディレクターからカットがかかり、少し緊張感があった場が緩むのを感じた。貴仁にとっては久しぶりの感覚で、今もカメラの前で仕事をしている南郷タケルを少しうらやましく思った。

南郷タケルは席を立ち、「どうもごちそうさまでした。旨かったす」とトレーを差し出した。そして「時間を取っていただき、ありがとうございました」と丁寧に頭を下げた。

「いやいや、感謝すべきはこちらの方じゃ。久しぶりに会えてよき時間であった」貴仁はそう答えてから「この後は、他の店も本当に回るのか？」と尋ねた。

「ええ。番組内でもちょっとだけ、他のお店の紹介もさせてもらうことになってて」

「猪狩文具店に居候（いそうろう）をしておるおなごには南郷どのが来ることは知らせてあるが、他の店は知らぬはず。もし無礼があったときは拙者の顔に免じて許してたもれ」

「そのおなごというのが、ひなた三十郎をプロデュースした、駄菓子屋の看板娘さんですね。会うのが楽しみです」

ディレクターの男性が、「一応、他店を訪問する様子もしっかり撮影する予定なんですよ」と話に入ってきた。「全国的に商店街が元気がなくなっている中、ひなた商店街のこの盛り上がりは注目に値しますので、経済ドキュメント番組の候補としてプレゼンしようと思ってまして」

南郷タケルが「近い将来、ひなた商店街が活気づいた経緯が再現ドラマになるかもしれませんよ。そのときはひなた三十郎さんは本人出演ですね」と、本気か冗談かよく判らないことを言った。

撮影スタッフさんたちに「みなの衆は、昼食は摂られたのかな？」と尋ねてみると、ディレクター男性が「ロケバスに積んでたおにぎり一個だけなんですよ。そんなのしょっちゅうですから大丈夫です」と言うので、「もしよければじゃが、うちにあるものでよければ何なりと腹に入れられよ。おでん定食でも、豚汁と飯でも、おでんのみでも遠慮されるな」と勧めてみた。カメラマンなど他のスタッフがディレクター男性の方を向き、少し間ができた後、ディレクター男性が「本当に？」と貴仁に聞いた。

貴仁が「遠慮は無用。宣伝費として計上するのでウィンウィンというやつでござる」とうなずくと、ディレクター男性が「では、いただいちゃっていいですか」と後頭部を片手でかきながらすまなそうに言った。

ディレクター男性を含めて四人のスタッフさんたちは、全員がおでん定食のご飯少なめを頼んだ。ディレクター男性が「おなかいっぱい食べると眠くなっちゃいますからね」と言った。

スタッフさんたちの食事中、南郷タケルから「先輩、ちょっとそっちのテーブルで」と促され、向き合って座った。

南郷タケルは「シンクロニシティって言葉、ご存じですか？」と聞いてきた。

「意味のある偶然という意味じゃな。拙者はこの格好で商売をするようになってから、それを感じることが多くなったぞ」

「へえ、そうなんですか。たとえばどんな？」

そこで貴仁は、菜実が甲賀の生まれだったこともあって忍者というものに特別な感情を抱いていたところ、おでん屋で働き始めたアラフォー男がアクション俳優として忍者役をやっていたことや苗字が近江であると知り、これはただの偶然ではないかもしれないとなって、貴仁に忍者装束で働くことを提案したこと、それがこの商店街が大きな変化を起こすきっかけになったこと、最初のちょっとした偶然がなければここはシャッター通りのままだったかもしれないということなどを話した。

「うーん、確かに意味のある偶然ですね、それは」南郷タケルは腕組みをしてうなずいた。そして「オレの方も、ひなた三十郎どのに、聞かせたい偶然の話があるんですよ」と言って、にやりとした。少し演技がかった口のゆがめ方だった。

「ほう。どのような？」

「映画『敗者の一分』は、国賊の烙印を押されて日陰で生きることになった永倉新八が、剣術師範などをしながらしぶとく明治と大正の時代まで生き残り、ついには『新撰組顛末記』を残して新撰組の名誉回復を遂げたという話なんです。オレは撮影中に何度も、永倉新八はひなた三十郎さんに似ているなあって思ったんです」

「それは買いかぶりがすぎるぞ。拙者はただのおでん屋、しかも雇われの身じゃ」

「役者になることをあきらめて帰郷したのは、失礼な言い方ですけど、世間で言うところの負け組。永倉新八もしかり」

「ああ……」

「しかし先輩は、地方のおでん屋のままでは終わらなかった。ひなた三十郎と名を変えて、商店街に賑わいを取り戻した。名前を変えたところも名誉回復を遂げたところもそっくりじゃないですか」

「うーん、そうか？　まあ、そう思ってもらえたとすれば、光栄至極でござる」

「それだけじゃありません。先輩、中学の野球部ではセカンドだったんでしょう」

「よく覚えておるな」

「草野球、何度か一緒にやったじゃないですか。オレはサッカー部出身なんで下手くそで、ゴロの処理の仕方なんかを教えてもらったんですけど、覚えてないんすか？」

「いや、言われて思い出した。確かにそんなことがあったな」

「セカンドは二塁手。永倉新八は新撰組の二番隊組長」

「おお……」貴仁は苦笑した。

「打順はどうだったんすか？　野球部で」

「二番が多かったな。セーフティーバントが得意であったこともあって」

「ほら、また二番だ」南郷タケルが笑って手を叩いた。「他に二番手だった思い出って何かありませんか？」

「さあ、どうかのう」貴仁は腕組みをして天井を見上げた。「……あ、小学生のときに体操教室に通っておって、バク転やバク宙ができるようになったことが自慢じゃったが、同じ教室にもっと格上のやつがおった。お陰で拙者は常に二番手じゃった。しかしそういうことを言い出したらきりがない。こじつけにすぎぬ」

「じゃあ、これはどうですか。先輩はアクション俳優になるという夢を抱いて上京した。永倉新八は剣の道を究めるという夢を抱いて松前藩から脱走して江戸に行った」

貴仁は「ははっ」と苦笑いをした。

「先輩、長い間、市ヶ谷のボロいアパートに住んでましたよね」

「ボロいは余計じゃ」

「市谷は、かつて試衛館があった場所なんですよ」

貴仁は「うそ」とつい素に戻ってしまった。

「本当です」南郷タケルは勝ち誇ったように両手を腰に当てて笑っている。

「試衛館は近藤勇が父親から引き継いだ天然理心流の剣術道場で、後に新撰組副長になる土方歳三や一番隊組長になる沖田総司らが稽古に励んだ場所です。永倉新八や斎藤一ら他流派の剣術家もそこにやって来て客人として居候してました」

「市谷のどの辺りじゃ？」

「牛込柳町駅の近くです。今は小さな記念柱が建物と建物の間にひっそり立ってるだけなんで、新撰組ファンじゃないと知らないと思いますけど」

貴仁が住んでいたアパートからの最寄り駅も牛込柳町駅である。

「そのことを知らずに拙者はあの地に住んでおったわけか……」

「永倉新八の霊が、おっ、自分にどこか似たところのあるやつがおるぞと目をつけてたんじゃないですかね」

「じゃが拙者は佐賀藩士。薩長土肥の肥前。新撰組とは敵同士であろう」

「ええ。なので何かリンクしてないか、ちょっと調べてみたんすよ」南郷タケルはにやついて咳払いをした。「永倉新八の剣術のルーツは神道無念流という流派なんですが、その神道無念流を代表する剣術家たちが愛用した刀って、佐賀藩の刀鍛冶たちの手によるものが結構あるんですよ」

「えーっ」またもや素に戻ってしまった。「まことか」

「本当です。永倉新八自身が愛用してたのは播磨(はりま)国つまり今の兵庫県の刀でしたが、神道無念流と肥前刀とのかかわりは深い。後でネット検索してみてください」

「左様であったか。永倉新八どのの剣術と、肥前刀との間にそのようなかかわりが」

「ですから」と南郷タケルは少し身を乗り出した。「ひなた三十郎が京都などで諜報(ちょうほう)活動をしていたときに、永倉新八と何度か遭遇したっていうエピソードも是非ひねり出してください。永倉新八とひなた三十郎は、オレと先輩のアバターなんですから」

ディレクター男性が「楽しくお話されているところ、申し訳ありません」と声をかけてきた。「ごちそうになり、ありがとうございました。そろそろ他の店を訪問させていただこうかと……」

南郷タケルが「あっ、そうだ」と何かを企むような顔つきで立ち上がった。「映画は今、編集作業などをやっているところなので完成までもうしばらくかかりますがね、上映に合わせて全国主要都市を回って舞台あいさつをする予定があるんですよ。福岡に来たときには、永倉新八の格好でここにもう一度来ますから、そのときに、ひなた三十郎と永倉新八として再会し、積もる話をさせていただきましょう。そのときまでにどんな出会いがあってどうなったかっていう話、作っといてくださいね」

「二言はないか？」

「もちろん」

「動画を撮ってネットに上げてもよいのじゃな」

「大丈夫です。オレの所属事務所は、そういうのはウィンウィンだからどんどんやれっていうスタンスなんで」

「承知した。そのときを楽しみに待っておるぞ」

出入り口の戸を開けて見送ろうとすると、南郷タケルがここに入ったという目撃情報がたちまち拡散していたようで、若者ら十数人が店の前に陣取っていて、いっせいに拍手とどよめきが起きた。「タケルさーん」と女子が手を振り、南郷タケルが振り返すと、キャーキャーと飛び跳ねている。

ノーネクタイにダークスーツの正然がその中にいて、両手でメガホンを作って「みなさーん、ロケの途中でーす。ご協力をお願いしまーす」と声を張った。貴仁が片手を上げると、正然はうれしそうに親指を立てて応じた。ひなた商店街サイドの担当者として撮影の手伝いを買って出てくれたのである。後で南郷タケルらは、市長の表敬訪問もすることになっており、その段取りを組んだのも正然だった。

南郷タケルは若者たちに「すみません。これからまだ撮影があるので、お一人ずつと一緒に撮るのは無理ですけど、その場からどうぞご自由に撮ってください」と言い、しばらく店の前に立って両手の親指を立てたり片手を振ったりして対応してくれた。

ではそろそろ次の店に、とディレクター男性から促された南郷タケルは最後に振り返り、「先輩、ありがとうございました」と声をかけてくれた。

ありきたりの言葉だったが、心のこもった、温かい言葉でもあった。

その日の夜、菜実から画像が送られてきた。緑ジャージ姿で、その後に猪狩文具店を訪問した南郷タケルとのツーショットだった。〔南郷さん、イケメンで優しくてかっこよかった。知らないで生きてきて損した。あと、私の緑ジャージを見て、ビフ・タネンだねって指摘してくれて、めっちゃうれしかった。〕とあった。

13

南郷タケルの訪問から三日後の金曜日、元寝具店の両隣に、レンタル衣装店とプリントサービスの店がオープンした。

衣装レンタル店は〔時代旅行〕という看板を掲げ、時代劇ドラマで目にするようなさまざまな衣装を貸し出してくれ、客から頼まれれば撮影もサービスでやるという。店長さんは腰が低くて愛想がいい初老の男性で、おでん屋こひなたにもあいさつに来てくれて、「うちの衣装を着たお客さんたちが、ひなた三十郎さんと一緒に撮りたがると思うんですよ。お手数かけますが、何とぞよろしくお願いします」と丁寧に頭を下げて、五枚つづりのレンタル回数券をくれた。四枚分の料金で五枚つづりが買えるのだという。

スマホ検索してみると、この衣装レンタル店は、もともとは京都市内の観光地で外国人観光客相手に商売をやっていて、好評ではあったのだが、京都市内はどこも店のテナント料が高い上に、コスプレ外国人は街の景観を損なうという陰口やクレームもあったので、思い切って、今注目のひなた商店街で営業を始めることにしたらしい。

プリントサービスの店は二人の若い女性店員がカウンターにいるだけで、客が来店したら要望を聞いて奥にあるプリンターを操作し、トレーディングカードやポストカードにして引き渡して精算する、というシステムのようだった。昔は町のそこかしこにあった写真フィルムの現像や焼き増しをするサービスの店に似ているが、決定的に違うのは、その場ですぐに完成品を引き渡すことができるところである。客の要望があれば、Tシャツなどへのプリントもやるという。

新たな二店舗が金曜日に開店したのは、土曜日に嬉野温泉と武雄温泉からマイクロバスで外国人観光客がまとまってやって来る予定があったためで、いわば慣らし運転のようなものだったのだが、金曜日の午後になると、事前に情報が拡散したらしく、時代劇衣装を身につけた日本人の若者たちが次々とおでん屋こひなたにやって来て「ひなた三十郎さん、一緒に写真撮っていただけませんか」と頼まれた。

女性客は、町娘だとか腰元といった着物を選ぶのかな、などという安易な予想はあっけなく覆され、性別に関係なく、鎧兜、忍者、浪人などの格好が圧倒的な人気だった。要するに彼らにとってそれらは衣装というよりも、コスプレのアイテムなのだろう。中には、風車の弥七と木枯らし紋次郎の男女カップルもいた。

鎧兜はさまざまな色形のものがあり、いずれも軽い素材でできているらしかった。また、安全のためか、彼らが腰に差している刀は抜くことのできない、柄と鞘が一体になっているものだった。

気がつくと商店街の通りは、にわか時代劇コスプレイヤーたちの交流会の場となり、初めて知り合った若者同士が笑顔で立ち話をし、浪人同士が刀を抜く構えで対峙したり、鎧兜と忍者が並んでピースサインをするなどして撮影し合っていた。ひなた三十郎の影響を受けてのことか、途中からござる言葉を使い始めたはいいが、ところどころ現代語が混じって周囲のみんなが噴き出す光景も見られた。

もっと向こう側に目をやると、黄色い空手着にアフロヘアの新谷さんが、ダンダラ羽織の新撰組隊士らしき若者と並んで写真を撮っていた。撮影者は赤い鎧兜姿。なかなかシュールな絵である。

その新谷さんがいる方から歓声が湧いた。二つの中華用お玉をチェーンでつないだ特製ヌンチャクのパフォーマンスが始まったのだ。最近の若いコたちにはヌンチャクというものにあまり馴染みがない分、かえってすごさを感じてもらえるらしい。

今ここで時代劇衣装を身につけて語り合い、撮影し合っているコたちは、写真や動画をＳＮＳにアップするはずだ。中には結構な数のフォロワーを抱えているコもいるかもしれない。それらが拡散されて、肥前市白岩町のひなた商店街という場所に行けば、時代劇コスプレを楽しむ若者たちが誰かしらいるぞ、あの場所なら抵抗なく誰でも参加できるぞ、そんなふうに思ってもらえるようになって、今後さらに賑わいが増すことになる。要するに彼らは、広告費ゼロで人集めをしてくれる、ありがたい味方なのだ。

時代劇コスプレイヤーたちと一緒に写真を撮る役目が一段落して、店内に戻ろうとしたとき、「おい、ひなた三十郎」という女性の声がした。

振り返って、一瞬固まった。

黒いサングラスをかけて、薄手のロングコートにジーンズ。貴仁は心の中で、『マトリックス』か、とツッコんだ。

　その人物、小塚美々が口もとをゆるめながら近づいて来た。別れた頃に較べて、ずいぶん髪が長くなっている。

「誰かと思えば、小塚どの。こんなところに何用じゃ」

「そういう話し方をずっと続けてるんだー」美々は何かを嚙んでいた。多分、以前と同様、お気に入りのコーラ味のソフトキャンディだろう。「タカっちが俳優の道をあきらめて佐賀に帰ったから、もう近況なんかも判らなくなるだろうなーって思ってたら、逆にバズって有名になってるって、どういうことよ」

「冷やかしに来たわけか」

「そんな言い方ないでしょ」美々は片手で貴仁の肩を強めに叩いた。「すごいねって言いに来たんだよ、まじで」

「それはかたじけない」

「本当は、友だちの結婚式が長崎であるんで、ついでに寄ったんだけどね。さすがに元彼にわざわざ会うためだけに来たりはしないって」

「じゃろうな。だが、わざわざ顔を見せに来てくれたことには礼を言う」

　少し気まずい間ができた。

　貴仁は「髪が伸びたな」と口を開いた。「長いのは面倒だから嫌がっておっただろう」

「ああ、これね」美々は苦笑いをして肩より長く伸びているストレートの茶髪を片手ですいた。「婚約した人が、長い方が好きだって言うから」

「婚約したのか」

「うん」

「それはめでたい」

「ありがと」美々は少し冷めた感じの作り笑顔でうなずいた。「あと、謝らなきゃなって思って」

「何のことじゃ」

「ほら、私、あんたに持ってない男だ、みたいなこと言っちゃったじゃない。それ、完全に間違いでした。まじゴメン」

軽いノリの謝り方だったが、美々としては精一杯の謝罪なのかもしれない。もともと、深刻なことが嫌いなタイプである。

「拙者はそんなことは気にしておらんぞ。むしろお主をがっかりさせてしまったことを申し訳なく思っておった」

「じゃ、お互いにわだかまりはなくしてリセットということで」

「御意にござる」

「聞かないんだね、どんな人と婚約したのか」

「あ……」

「いいよ。言わない。興味ないでしょ」

「まあ、聞いたところで――」

そう言いかけたときに美々はいきなりハグをしてきて、背中を両手でポンポンと叩いて、笑いながらすぐに離れた。化粧品の匂いが鼻腔に届いた。

「じゃ、行くね」と美々は片手を振り、きびすを返して歩き出した。貴仁は「達者で」と声をかけたが、彼女は振り返らないで片手を上げただけだった。

美々の姿が見えなくなったところで背後から「もしかして、彼女さん？」と言われた。

菜実が立っていた。赤と茶色の地味な着物に同系色の前掛けをし、たすきで着物の袖を束ねている。時代劇に出て来る町娘といった出で立ちだった。

「菜実どの、何じゃその格好は」

「衣装レンタル店さんが回数券くれたから、駄菓子屋の看板娘っぽい格好をして、三十郎さんと一緒に写真を撮ろうと思って来たんやけど……女の人とハグしてたやん」

「あれは、とっくに別れた女じゃ」

「とっくに別れた女の人がなんでわざわざ三十郎さんに会いに来て、ハグとかすんのよ。そんなん、おかしいやん」

　菜実は明らかに不機嫌そうだった。

「以前からちと変わったところがある女じゃ。拙者のせいではない」

「何しに来たん？」

「最近の拙者のことを知って、別れたときに口にした言葉を謝りに来たそうじゃ。ついでに婚約したと報告して、帰って行きおった」

「でもハグしてたやん」

「他意はない。スポーツ選手が試合後に健闘をたたえ合うときにもやっておるだろう。もう会うことはないであろうが、互いに頑張ろうぞ、ということじゃ」

「別れたときに何を言われたん？」

「持ってない男じゃと言われた」

「それは失礼やね」菜実の表情がようやく緩んだ。「持ってなかったら、ひなた商店街をこんなに変えられるわけないいんやから」

「それは菜実どのたちのお陰じゃ。あらためて礼を申す」

　貴仁が丁寧な動作を心がけて頭を下げると、「その謙虚さ、忘れるでないぞ」という言葉が降ってきたので、貴仁は「ははっ」と応じた。

翌日の土曜日は、東南アジア系の外国人観光客を中心に、ひなた商店街の通りはさながら時代劇コスプレ祭りのようになった。鎧兜が一番人気のようで、あらためて見ると色や形にこれほどバリエーションがあるのかと感心させられた。朱色の鎧兜を身につけた外国人男性に別の外国人男性が「ネクスト、プリーズ」と、レンタルの時間が終わったら次は自分が着たいからよろしくと直談判している様子も見られた。

忍者装束も人気で、黒や紺だけでなく、なぜか目立つ赤やピンクのものもあった。くノ一はそういう色なのだと外国人から本気で思われていないか、少し心配になった。

さらには、黒地に赤いラインが襟に入った、ちょっとセクシーなくノ一姿の外国人女性もいた。下は黒い網タイツにハイヒールのブーツという、よく判らないがどこかで見たことがあるような格好で、襟も開いていて胸の谷間が少し見えている。さすがにこれはないだろうと貴仁は苦笑したが、その場での注目度は群を抜いていて、外国人も日本人も大勢が取り囲んで撮影していた。

残念なのは子供用の貸衣装がないことだったが、今池洋品店に行けば忍者パーカースウェットを売っていることをみんな知っていて、外国人の子どもたちはそれを着るだけでも充分に喜んでくれているようだった。

猪狩文具店の前に、ばあさんが小さな机と椅子を出して、何やら作業をしていた。先日は外国人の相手を嫌がって奥に引っ込んでいたと聞いたが、何か心境の変化でもあったのだろうか。貴仁が近づいて「ばあさま、どうなされた？」と声をかけると、猪狩のばあさんは「外国の子どもにプレゼントしようと思ってね」と折り紙を折り始めていた。相手が子どもなら大丈夫だということらしい。

するとこのおばあさんは何をやってるんだろうという感じで、忍者パーカースウェット姿の子ども二人が近づいて来た。その母親らしきピンク忍者が後ろにいる。手際よく折ってゆくばあさんの手を、外国人親子は目を丸くしていた。

ほどなくしてばあさんが完成させたのは、二枚の折り紙を使った手裏剣だった。ピンク忍者のお母さんが「オー」と拍手した。

ばあさんがさらにもう一つ、色の組み合わせが違うものもたちまち完成させ、二人の子どもたちに「はい」と笑顔で差し出した。

二人の子どもはお母さんの方を振り向いて、もらっていいの？　と顔で尋ねる。お母さんは、もしかしたら料金が発生するのかと少し不安そうな顔になったので、貴仁が「プレゼント、フォー、チルドレン」と言うと、「おー、サンキュー」と両手の指を組んで胸の前で振り、それから両手を差し出してばあさんの右手を握った。ばあさんは「これぐらいのことでそんなに感謝せんでよかて」と照れ笑いをしていた。

折り紙の手裏剣がもらえることが他の外国人観光客にも伝わり始め、忍者パーカースウェット姿の子どもたちが次々と並び始めた。ばあさんは結構楽しそうに手を動かしている。

貴仁は、そっとその場を後にした。その際、店内を見ると、町娘姿の菜実が、別の外国人親子を相手に駄菓子の販売をしていて、ガラス越しに貴仁と目が合うと親指を立てた。にゃんこ師匠は相変わらず棚の上から目を細くして客の出入りを眺めていた。

時代劇コスプレイヤーの姿はさらに増えて、足軽、浪人、裃姿、着流しの町人なども出現していた。さまざまな姿が行き交い、互いに笑顔であいさつをし、写真を撮り合う様子は、外国人の着こなし方や歩き方がちょっと変な具合なのも相まって実にほほえましく、パラレルワールドのようでもあった。ひなた三十郎にもときどき声がかかり、一緒に忍者ポーズをするなどして写真に収まった。

巨大なアイスキャンディーの棒みたいなのを持った平安貴族ふうの男性もいた。スマホを取り出して、その木の板について調べてみると、笏（しゃく）という名称で、昔は役人が仕事上忘れてはならないことなどを書き留めた備忘録を内側に貼っていたのだという。カンペのルーツかもしれない。

テレビ局のカメラクルーも来ていて、時代劇コスプレの外国人にインタビューをしていた。貴仁も一度呼び止められてこの状況についての感想を聞かれ、「普段の自分ではない格好をすることは、ちょっとした時間旅行のようなもの。みんな楽しそうで、拙者もいい気分でござる。鍋島直正公も喜んでおられるのではないかな」と答えた。

この日は元寝具店の空き店舗もシャッターが上げられ、第三セクターの肥前市活性化事業組合が長机やパイプ椅子を並べて休憩所にしてくれた。この日は薄茶色の前掛けをつけた着流し姿の正然が常駐して、主に外国人観光客からの問い合わせなどに対応してくれている。三十ほどあるパイプ椅子のうち、半分ぐらいが埋まっていた。貴仁が「お疲れでござる」と声をかけると、正然は「よう。盛況で何よりじゃな」と笑って片手を上げた。

近くの長机に、四人連れの外国人家族がいた。若い両親は普段着のままだが、子ども二人が忍者パーカースウェット姿。ペットボトルの緑茶を飲みながら、皿の上に出した手裏剣せんべいや撒きびしあられを食べている。

正然が小声で、「ここで食べたいと言われたんで、さっき平田さんとこに行って皿を借りて来たんよ」と言った。「あと、奥のトイレを使えるようにしておくことに事前に気づいてよかったたい。うっかり忘れとったら、今頃対応に苦労しとったよ」

見ると、奥のドアのところに青と赤のトイレマークが貼ってあった。

その日の夜にネット検索してみると、この日の時代劇コスプレの画像やショート動画が山ほど出てきた。白岩亭も盛況だったようで、アフロヘアで黄色い空手着の新谷さんとカンフー服のウォンバットエリカさんが、鎧兜や浪人、折り紙の手裏剣を構える忍者パーカースウェット姿の子どもたちらと一緒に撮った画像がたくさん見つかった。その他、猪狩のばあさんが店の前で手裏剣を折る様子や、ばあさんから折り方を教えてもらっている外国人親子、手裏剣ぼうろや巻物ようかんの食レポをする若い外国人カップルなどの動画もあった。

プリントサービスの店で作ったという〔ひなた商店街カード〕なるものを披露する若い日本人男性の動画もあった。順番にカードをめくりながら「おーっ、忍者ポーズのひなた三十郎と鉄の爪のハンが並んでるレアカード！」「やったー、超レア、『ドラゴンへの道』に初登場したチャック・ノリスが白岩タンメンを差し出してるやつー！」「これはすごい、ひなた三十郎がにゃんこ師匠のご機嫌を取ろうとして無視されたところーっ」などとフリップ芸のような内容で、これは特に視聴回数がぐんぐん伸びていた。

翌日の日曜日も結構な賑わいとなり、それに加えて元寝具店の休憩所ではスポーツ吹き矢協会の協力を得て、吹き矢による射的が催された。吹き矢の矢は刺さるタイプのものではなくて先端が丸くなっており、棚に並べた猪狩文具店提供の駄菓子に当てて倒せばそれをもらえるという企画である。これは外国人観光客の子どもたちに大ウケで、ココアシガレットやオレンジガムの箱を倒すたびに歓声や拍手が上がった。うまい棒など袋に入った菓子も、紙を折って作ったスタンドにはさんで立ててあり、的の種類は豊富だった。

子どもたちが一喜一憂する様子を動画撮影する親たちも実に楽しそうで、費用があまりかからない割にはいい企画だなと貴仁は感心したが、子どもたちが何度も順番待ちの列に並び直すため、この日も会場で雑用係を担当していた正然は「終わらせるタイミング、どげんすればよかやろか……」と困り顔だった。

その付近では、シャッターが下りている店舗の前で、エプロン姿で調理パンを販売しているひげ面の男性がいた。調理パンはすべてラップにくるんであって値札シールがついており、種類ごとに長机の上に並べられている。そのひげ面の男性から「あ、これは、ひなた三十郎さん」と声をかけられたので「会ったことのある御仁かな」と尋ねると、「いえ、初対面です。急に声をかけてすみません。私、ひなた商店街に出店希望出してる者でして、今日はちょっと賑やかしに参加させていただいてます」とのことだった。貴仁は「おお、お仲間になっていただけるか。それは頼もしい。待っておりますぞ」と返しておいた。

夕方になり、おでん屋こひなたで仕込み作業をしているときに、貴仁宛に宅配便の箱が届いた。南郷タケルの所属事務所からだったので、いったい何だろうと首をかしげつつ開けてみると、貴仁が着ているのと似た色合いで同等のくたびれ具合の忍者装束が二着入っていた。南郷タケルからのメッセージカードも入っていて、〔先日はありがとうございました。何か所か連絡してみて、手に入れました。よかったら使ってください。南郷拝〕とあった。

これはありがたい。一着をずっと使っていたので毎日洗濯しなければならず、いつまで持つだろうかと心配していたところだった。南郷タケルには〔心遣いに感謝。大切に使わせていただきたく。〕とＬＩＮＥを送り、自分の部屋に戻って畳の上に二着の忍者装束を広げて並べ、スマホで撮影して、〔南郷タケルどのより賜った忍者装束。感謝感激。〕という言葉と共に画像を菜実に送った。菜実からは〔おー、すばらしい。ブログに掲載しようね。〕と返ってきた。

その直後、外が騒がしくなった。吹き矢の射的は既に終了し、外国人観光客の集団は既にマイクロバスで引き揚げたはずである。

店から出てみると、すぐ近くに若い男性を中心に人だかりができていた。日本人ばかりのようで、みんなスマホを構えている。「こっちも向いて」「今のポーズ、もう一回」といった声が聞こえた。

近づくと、人だかりの中心にいたのは、ダンダラ羽織に灰色の袴を身につけて、刀を腰に差した若い女性だった。だが目を引いたのはそこよりも、青緑に光る長い髪と、ダンダラ羽織の下の、さらしを巻いただけの格好だった。本物のさらしは刃物から受ける傷を浅くするためにきつく巻くが、彼女はむしろ胸の谷間を強調するような巻き方をしていた。そしてアニメやフィギュアの世界から抜け出てきたような、整った顔立ちとプロポーション。普通のコスプレイヤーとは別次元の完成度だった。

近くでスマホを彼女に向けていたオタクっぽい太った男性に「あちらは何というおなごじゃ」と聞いてみると、「あ、ひなた三十郎さん」と言われて勝手にスマホを向けていったん顔を撮られてから、「コスプレイヤーのリーフちゃんです。ネットで、ここでゲリラ撮影会をやるらしいっていう情報が流れたんで、ファンが集まったところなんですよ」と教えてくれた。

「リーフちゃんとな」と貴仁は言ったが、オタクふうの男性はもう聞いていないようで、一心にリーフちゃんに向かってスマホを向けている。リーフちゃんは少しずつ向きを変えながら、さまざまなポーズでファンに応えていた。

その場でスマホ検索したところ、リーフちゃんは数十万単位のインスタグラムのフォロワー数やユーチューブの登録者数を誇る人気コスプレイヤーで、ネット上に動画や画像が山ほどあった。ウィキペディアにも載っていて、芸能事務所に所属していないフリーランスで、写真集やＤＶＤはすべて友人チームで自主製作しているが、通販でバカ売れしている、とあった。製作会社、取り次ぎ会社、書店などに中間利益を抜かれないので、売り上げのほとんどが利益になるという、ネット時代ならではのビジネスモデルだろう。

見ると、リーフちゃんを取り囲むファンの中に、蛍光色のウインドブレーカーを着て白いキャップをかぶり、ハンディカムを構える女性がいた。リーフちゃんのチームメンバーだろうか。このゲリラ撮影会の様子もライブ映像としてユーチューブに上げられ、広告収入になるのだろう。

そのハンディカムのレンズが貴仁の方を向いて止まり、「あっ、ひなた三十郎さんっ」と女性が撮影を続けながら片手を振った。

貴仁は「拙者を撮ってもリーフちゃんのファンは喜ばぬぞ」と言ったが、女性は「リーフちゃん、ひなた三十郎さん、ほら」とハンディカムをリーフちゃんに向けた。

「あっ、本当だ」とリーフちゃんは貴仁を指さし、「ひなた三十郎さん、一緒に撮らせていただいていいですか？」と明るい口調で言った。

ファンたちは指示がなくても行儀よく動いてくれて、リーフちゃんと貴仁の間に道ができた。貴仁は彼女の胸元ではなく顔を見るようにした。

「拙者を知っておるのか」

「知っておるぞ」とリーフちゃんは近づきながら笑う。「かつてはこのダンダラ羽織が視界に入ると、敵対関係にあった貴殿は身を隠しておったことじゃろうが、現代ではコスプレの同志。よってツーショット撮影を所望致す」

「承知した」

リーフちゃんから渡された脇差しを腰の後ろに差して、しばらくの間ファンに囲まれて撮影された。貴仁はお決まりの忍者ポーズの他、片手を後ろに回して刀を抜こうとするポーズや、懐から武器を出そうとするポーズなど、思いつくままに動いた。ハンディカムの女性から「ひなた三十郎さん、顔隠しバージョンもお願いしていいですか」と言われ、そちらでもいくつかのポーズを取った。

最後はリーフちゃんとアームレスリングタイプの握手をして終了となった。リーフちゃんは撮影中は不敵な笑みを浮かべたり鋭い眼光でにらみつけたりしていたが、別れ際は「突然声をかけたのに神対応していただき、本当にありがとうございました」と素の表情になって丁寧に頭を下げてくれた。

ハンディカムの女性が「まんま龍馬さんや小夢想也さんもひなた三十郎さんとコラボしてるので、私たちもいつか行こうねって言い合ってたんですよ。福岡で撮影会の仕事が入ったんで、タイミングよく実現できました。ありがとうございます」と満面の笑みで言い添えた。

見た目の印象と違って、実直で真面目なコたちである。だからこそ、お遊びではなく、ちゃんとビジネスとしてコスプレを成立させているのだろう。今ここにいるファンたちが実に行儀がいいのも、リーフちゃんとその仲間たちの努力のたまものだろう。

貴仁は「拙者の方こそ、いろいろと勉強させてもらった。その上、高名なリーフちゃんからコスプレの同志だとの公認をいただき、真に痛み入る。ありがたき幸せでござる」と丁寧な礼で応じた。

店に戻ると、調理場の方から功一おじさんが「三十郎さん、ちょっといい？」と顔を出して手招きした。

もう一人、ベージュの作業ジャンパーを着た小柄なおじさんがいて、「こんにちは」と笑顔で会釈してきた。貴仁は「これは伏吉(ふせよし)どの。ご機嫌はいかがでござるか」と応じた。丸天、角天、ごぼう天、鶏軟骨天などの魚のすり身製品をこひなたに卸してくれている伏吉商店の社長さんである。社長といっても家族経営らしく、配達はたいがいこの社長さんが自ら軽のワンボックスカーで届けてくれている。

「社長さんが、こんなのはどうだってアイデアを出してくれたんよ」と功一おじさんは苦笑気味にダンボール箱からポリ袋に入ったそれを出して、調理台の上で袋を開いた。

それを見た貴仁は「おおーっ」と漏らした。「社長どのの考案かな？」

「平田本舗さんの新商品を見て、おでんでもやれそうやなって気づいて」社長さんは照れくさそうに指先でほおをかいた。「とりあえず試作品ということで、持って来たんよ」

手裏剣の形をした揚げかまぼこだった。要するに、丸天や角天の材料を使って、手裏剣ふうに成形したものである。十字の形をしたものと、歯車のような形をしたものの二種類があり、いずれも中央部分に○型の焼き印が入っていた。この焼き印のお陰で、手裏剣らしさが出ている。

「あと、揚げボールを丸っこいのから、撒きびしっぽい形に変えてみたけど」と社長さん。「あれはちょっとダメやった。撒きびしというより、テトラポットみたいになってしもて。はんぺんでも試してみたけど、ふわふわしすぎて手裏剣には見えんかった」

結果、今夜から新メニューとして出すことが決まった。功一おじさんからは、店内に新メニューの貼り紙を頼まれた。貴仁は「承知」とうなずき、「して、名称はいかがいたそうか」と尋ねると、伏吉社長が「手裏剣天」と言ってから「あ、オレが決めることじゃねえか。申し訳ない」と後頭部に片手をやった。

功一おじさんは貴仁に「他にいいの、ある?」と聞いた。

貴仁は「簡潔で判りやすい名称が一番。手裏剣天でよいかと」とうなずいた。

その夜、手裏剣天を注文した若いお客さんたちはみんな面白がって、食べる前にスマホで撮影していた。中にはその場で自身のSNSにアップする男性客もいて、貴仁がその画面を見せてもらうと、手裏剣天の写真と共に〔おでん屋こひなたの新メニュー、手裏剣天。これを食すれば、狙った的を外さない人生になること間違いなし。〕とあった。貴仁が「なかなか上手いではないか」と感心していると、その若い男性は「あざっす。一応、ワードセンスが求められる仕事やってるんすよ」と言い、自己紹介してくれた。

福岡の広告代理店で働いてるという、平田本舗のおばさんの甥っ子だった。

14

次の週の日曜日、元寝具店のスペースで再び白岩女子大学落研ライブが催された。登壇する顔ぶれは前回と同じ三人の女子たちで、おかっぱ頭のコは『紙入れ』、髪を後ろにまとめたコは『芝浜』を披露した。

『紙入れ』は、取引先の旦那の奥さんから誘惑された男の話。彼は旦那の留守を知らされていそいそとやって来るが、ことに及ぶ前に旦那が急に帰宅、あわてて逃げ帰ったところ財布を忘れてしまったことに気づく。翌日、恐る恐る旦那に会うが何事もなかったような態度なので事情を確かめたくなり、他人の出来事として昨夜のことを話してみると、それが聞こえて現れた奥さんが「浮気をするような女はずる賢いからすぐに財布に気づいて隠すだろうよ」と言って、遠回しに男に事情を説明する。そういうことだったかとほっとしていると、旦那がさらに「浮気をされるようなやつは間抜けだから財布を見つけたとしても何も思わねえだろうよ」と言って笑う。

『芝浜』は、酒好きの魚屋が大金入りの財布を拾う話。大喜びし、友人を集めてどんちゃん騒ぎをするが、翌朝目覚めると女房から「そんな財布は最初からないよ。酒に酔って変な夢でもみたんだろう」と言われる。男は落ち込むが、その後は気持ちを切り替えてまじめに働き、三年後には自分の店を持つようになる。すると女房が財布を出して、あんたのためにならないと思ってお奉行に届けたものが持ち主不明で戻ってきたと言い、騙したことを泣いて謝るが、男はむしろ感謝して礼を言う。そして女房から祝いの酒を出されるが、「それはやめとこう。また夢になるといけねえ」と応じる。

落語の世界ではいずれも有名な演目らしいが、若い女子たちの朗らかな声や楽しげに話す表情や所作のお陰で独特のポップさを感じた。以前よりも話し方が丁寧で判りやすく、この日のためにたくさん練習してきたらしいことが窺えた。今後、もしかしたら落語はおじさんたちだけのものではなくなるかもしれない。

前回、落研ライブを見て感動して入会したという一年生の女子は、菜実と共にそろいの法被を着て、会場の案内係をしていた。グレーの法被の背中には、相撲の番付表などで見られるような書体で〔噺〕と大きく入っている。落研として作ったものらしい。

最後に登場した洗場みやびは、『古希の太刀』というオリジナル講談を披露した。菜実が書き下ろした新作だということは聞いていた。

時は明治の終わり頃、場所は北海道は小樽にある剣術道場。稽古に励む道場生たちの様子を、格子窓に顔を近づけて覗き込んでいる老人が一人。このところ毎日のようにやって来ては外から稽古の様子をにやにやしながら見物しているので、道場生たちは「何だあのじいさん、にやにやしやがって」などと言い合っていた。老人の存在が目障りなのは道場生たちだけでなく師範代も同様だったのである日、老人を中に入れてちょっとからかってやろう、ということになった。「じいさん、見てるだけじゃ退屈だろう。ちょっと立ち合ってみるか?」と声をかけられた老人は、予想に反して「いいんですか?」と無邪気に喜んで中に入り、竹刀を受け取った。この生意気なじいさんを、ちょっと痛い目に遭わせて判らせてやろうということで、道場内の実力者と、防具なしで竹刀での立ち合いをすることに。すると、始め、のかけ声の次の瞬間、道場生は竹刀を落として腕を抱えて顔をゆがめている。目にもとまらぬ速さで小手が決まったのだった。さあ、メンツを潰された道場生たちは、次はオレが相手だと続々と名乗り出る。それを老人はにこにこしながら次から次へと小手だけで撃退してゆく。顔をゆがめて腕をさすりながら座り込む道場生たち。しかし、老人の小手の動きを何度も観察して見切ったと判断した師範代は、では私がお相手致す、と進み出た。さすが師範代、最初の小手の攻撃は見事に打ち払うことに成功するが、老人はにこにこしたままで、今度は下段の構えになり、ほれ打ってこいとばかりに上半身をがら空きに。これにかっとなった師範代は半殺しにしてやろうとばかりに喉を狙って突きを繰り出すが、あっさりとかわされ、続いて振り下ろした面も老人はわずかに下がって受け、つばぜり合いに。師範代がこのまま押し倒してやろうと考えた次の瞬間、老人は下から師範代の竹刀を擦り上げるやいなや、切り落とす形で強烈な面が炸裂。額をしたたかに打たれた師範代は尻餅をついて茫然自失。道場生たちが固唾を呑む中、老人は「ありがとうございました。久しぶりにいい運動をさせていただきました」と一礼して帰って行った。その後、老人はこの道場には現れなくなったが、隣町の道場も同じ目に遭ったらしいという噂が耳に入る。やがて、あの老人こそは元新撰組二番隊組長の永倉新八であり、師範代を倒したあの擦り上げから切り落とす面は、かつての得意技、飛龍剣だったことが判る。そして永倉新八から痛い目に遭わされた道場生たちは、あの伝説的なお方から稽古をつけてもらったことを光栄に思い、いっそう稽古にはげむようになったとのこと——。

南郷タケルがひなた商店街に来てくれたことに触発されて、永倉新八の晩年のエピソードを講談にした内容だった。まるで目の前で晩年の永倉新八が躍動しているかのような、臨場感あふれる講談だった。

パイプ椅子に座る五十人ほどの客が盛大な拍手をする中、トイレ出入り口の横に立っていた菜実と目が合った。貴仁が拍手をする手を上げて、菜実に向けての拍手であることを示すと、菜実は両手の親指を立てて応じた。

その夜、おでん屋こひなたは暖簾を外して〔営業終了しました〕のプレートをかけ、落研の女子たちだけの打ち上げが開かれた。

前回のライブでユーチューブの視聴回数が伸びたお陰で、県内の老人ホームや総合病院などから出前公演を頼まれるようになったという。小中学校からの依頼もあるが、相手が子どもだと浮気や間男が出てくるような話は少しまずいので、演目を選ばなければならない、とおかっぱ頭のコが苦笑しながら教えてくれた。その他、県内の大学祭実行委員会などからも、来年の学園祭に来てほしいと声がかかっている、とのことだった。

みんながいい加減のほろ酔いになり、洗場みやびが「菜実ちゃんって、作家の才能あるよねー。私、台本あったらしゃべれるけど、何をしゃべるかを考えるのって、むっちゃムズい。菜実ちゃんはほんますごいわ」と菜実をほめそやし、「これからも私ら、コンビやでー。菜実ちゃんあっての洗場みやび、洗場みやびあっての菜実ちゃんや。な」と菜実の肩に腕を回した。

菜実が「判ったって、ちょっと首が痛いって」と言っているときに、出入り口の戸が叩かれ、返事を待たずに赤い顔をした正然が大きな紙袋を抱えて入って来た。今夜の打ち上げはそもそも正然が「オレのおごりで打ち上げやろう」と言い出したことによるのだが、上司連中との飲み会とかち合ってしまい、途中で抜けて来る、と貴仁のスマホに連絡が入っていた。

「ようやく抜け出せたか、正然どの」

「おう、遅れて悪かった」と正然は片手で拝む仕草をして、出入り口付近のカウンター席に座り、紙袋を空いている隣の席に置いた。今夜のスポンサーだからか、女子たちが「いよっ、谷町」「いい男っ」などと野次りながら拍手で迎えた。

正然は「さっきまで副市長がいる席で飲んどったんよ」と、貴仁が注ぐビールを受けながら言った。「商店街を潰して太陽光パネルの工場を作ろうとしとった男が、ひなた商店街を肥前市の観光名所にするぞ、なんてことを言い出して、取り巻きが、おーっ、と拳を突き上げとったわ」

貴仁は「何という変わり身の早さ。まさに風見鶏じゃな」と言いながら、おでん数品が載った皿を出した。

「他の自治体から視察したいという打診がきとるらしいんよ。そういう視察を鼻高々で受け入れて、私らが手がけました、みたいな自慢をするつもりなんやろう。他県の人らは、肥前市活性化事業組合がひなた商店街再生の仕掛け人やと思っとるみたいで、理事長に対する講演依頼まできとる。おっ、これが手裏剣天か」

正然は、十字手裏剣の形をした揚げかまぼこをつまみ上げ、笑いながら眺めた。

「理事長というのは、商工部長であったな」

「そうそう。そやけん急遽、理事長の上に会長職を作って、吹田副市長が就任することになったわ」

「何と」

「講演依頼がきたら、理事長を差し置いて旅行気分で出かけようっちゅうんやろう。あの男、大勢の前で自慢話をしとうてたまらんのよ」

「ちいと腹は立つが、使い方によっては心強い男かもしれんな」

その後は何となく、落研の女子たちは二つのテーブルをくっつけて囲んで落語の話やそれぞれの学部の話、恋バナらしきことで盛り上がり、貴仁はカウンター越しに正然の相手をする形になった。世代が違うこともあって共通の話題となると限られてくるので、仕方のない流れではあった。

「今日、長机に調理パンを並べて売ってたおっちゃんがおったやろ」

正然からそう言われて貴仁は「うむ。先方は拙者のことを知っていて声をかけてくれたので少し話をした」と答えた。

「もともと市役所周辺にワンボックスカーを駐めて販売しとった業者さんで、味も人柄も評判がいいんで、手続きはスムーズに進むと思うわ。年内には出店できるやろ」

「ならば、さらに賑やかになるな」

「あと、カレー店も年内に開業すると思う。この業者さんは、鍋島市内で小さな店をやっとったんやが、旨さに定評がある人気店やったんで、ソラージュからテナントに入って欲しいと声がかかっとったらしいんよ。しかも道路拡張で既存店を売ることになったもんで、渡りに船やったはずやのに、ひなた商店街を見に来て、こっちに出店したいって言ってくれたんよ」

ソラージュというのは鍋島(なべしま)市内のショッピングモールである。

「ならば、弱小チームにスター選手が入ってくれるようなものじゃな」

「謙遜、謙遜」正然は笑いながら大根を口に運んだ。「今やひなた商店街は強豪チームたい。カレー店さんが来てくれるのも、こひなたと白岩亭の高血圧メニューに感心して仲間入りしたいってことなんやけん」

「若者にはコスプレストリート、おじさんには高血圧対策ストリート。二本柱ができつつあるわけじゃな」

「うどん屋も来年早々に出店してもらう方向で話し合いをしとるし、他にも新規出店についての問い合わせがあるけん、近い将来、全店舗が埋まることも夢ではなかたい。塩漬け土地と言われとった駐車場も土日は八割以上埋まるようになったし」正然はそう言ってから「あ、そうそう」と手を叩いた。「忘れんうちに言わんといけんやった。十二月のうちに、市役所勤めのアラフォー独身男五、六人と、年が近い独身女性グループでコンパをすることになったんよ。三十郎どのもどうじゃ」

「お見合いコンパのような？」

「まあ、そうたいね。女性の方は、市役所の出入り業者さんの社員が中心で。お主もそろそろ手を打たんと、いよいよ婚期を逃すことになるぞ」

「いやいや、どうじゃろ」貴仁は後頭部をかいた。「急に言われてものう」

「そげん、大げさに考えんでよか」正然は片手ではたく仕草をした。「ただの飲み会やと思って、参加だけせんね」

「そうじゃな。では、男性陣の人数がもし不足したときの控え要員ということで。あ、ただし、ひなた三十郎は行かぬぞ。近江貴仁どのに行ってもらう」

「当たり前たい。初対面の飲み会にござる言葉の忍者が来たら、相手さんたちも困るたい」正然はそう言ってから、「あ、これも忘れるとこやった」と、横に置いてあった紙袋をつかんだ。

正然が中から取り出したのは、グレーのTシャツだった。広げて見せられ、貴仁は「何じゃ、これは」と漏らした。

口もとを隠した状態の、ひなた三十郎の上半身姿がプリントされていた。両手の人さし指を縦に組む忍者ポーズをしながら、こちらを見据えている。写真をイラスト加工アプリで処理したもののようだった。

正然がTシャツを裏返すと、背中の上の方に〔見参!〕と横向きに毛筆書体の文字が入っていた。

「今池洋品店の新商品なんやと」

「拙者には一言もなくか」

「そやけん、オレもちゃんと本人に話をせんとって言うたんよ。そしたら、後で話はするけん、試作品をやっといてって頼まれた。サイズの小さいのももらって来たけん、ここにおるコたちにも配ろうと思って」

Tシャツを取り出して話をしていることに気づいた洗場みやびが「あ、ひなた三十郎Tシャツ、めっちゃ欲しいー」と声を上げた。正然が「これを着て外を歩いたら、悪目立ちせんかね」と苦笑いすると、彼女は「そんなことあらへん。チェ・ゲバラの顔が入ったTシャツに対抗して流行らそー」と、本気か冗談かよく判らないことを言った。

正然が「今池洋品店さんが試作品をみなさんにどうぞって。一人一枚あるよ」と言うと、洗場みやびが「わーい、おおきに、ありがとうございますーっ」と紙袋を受け取り、「先輩、そっちのテーブルで分けましょう」と持って行った。

その後、正然がみんなに、これからも協力よろしく、今日はありがとう、という感じの締めのあいさつをして飲み会はお開きとなった。

最後まで店に残っていた菜実が「後片づけ、手伝うわ」と言い出し、貴仁は「いや、それには及ばぬ。これは拙者の役目」と応じたが、「ちょっと頼みたいことがあんねん」とさらに言われ、何ごとかといぶかりつつ「では、コップや皿を運んでもらえるか。洗い物は後で拙者がやっておくゆえ」と承諾した。

片づけ作業をしながら「で、頼みたいこととは何じゃ」と問うと、カウンターを拭きながら菜実は「おばあちゃんやねん」と答えた。

「猪狩のばあさまがどうされた。病（やまい）でも患っておられるのか」

「ううん」菜実は頭を振った。「猪狩文具店はお陰さまで駄菓子も文具も売り上げ好調でありがたいねんけど、人相占いのお客さんが全然おれへんさかい、機嫌が悪いねんよ」

「人相占い。観相学とも書いてあった、あれじゃな」

「そう」

「店に来る客は増えたものの、人相占いは頼まれない。それが不本意で、機嫌を悪くしておられると」

「うん。観相学っていう判りにくい名称も外して、人相占いやりますっていう貼り紙に変えたのに、誰も頼んでくれへんのよ」

「それは残念なことじゃな」

貴仁はそう言ったが心の中で、三千円はちと高いからのう、とつぶやいた。

「残念やなって、三十郎さんも思ってくれてるよね」

「ああ。残念であり、気の毒な話じゃ。ただ、だからといって拙者にできることはなかろう。そもそも拙者は、ここで働くことになってあいさつに出向いたときに、人を上手く動かして利益を手にする者の顔ではない、他人に利用されるタイプの顔じゃと言われておるので、あらためて客になる意味がない」

「いやいや」と菜実は片手を振った。「おカネを払って頼みにくる正式なお客さんやったら、もっと正確で詳しい人相占いをしてくれるはずやて。あのときのはただの冗談やったかもしれへんやん」

「いや、あれは的を射た言葉じゃった。実際、拙者はこの格好でおでん屋の仕事をしておっただけ。菜実どのが動画を撮り、白岩亭どのが七変化し、他の店も新商品を売るようになり、それらの積み重ねによって今の賑わいが生まれたのじゃ。拙者は仕掛け人などではなく、みなの衆に利用されただけ。もっとも、利用されることもまた人の役に立つ一つの道でござる。拙者は、利用されてなんぼの道をさらに追い求める所存じゃ」

「まあ、それはそれとして、ひなた三十郎さんが初めて人相占いをしてもらうというテイで、動画撮らしてえな。おばあちゃん、きっと喜んでくれるから。また、他人に利用される顔やて言われてもええやんか」

「それは別に構わぬが。ばあさまの機嫌がそれで少しでもよくなるのであれば、拙者に異存はない」

「じゃあ、明日の午後、ランチタイムの後でね」

「承知した」

その後、菜実はなぜか鼻歌を歌いながら拭き掃除をしていた。

翌日のランチタイムに、メタボ体型をグレーのジャージで包んだ、愛想がよさそうな中年男性がこひなたに来店して、店の様子や一人食レポをスマホで撮ってもいいでしょうか、と頼んできた。その手の客は多いので、貴仁がいつものように、「他の客人に迷惑がかからぬ形でお願い致す」と応じると、彼はおでん定食を注文し、「いやあ、来たかったんですよ」と笑って、スマホ画面を見せながら貴仁に自己紹介した。彼は、江北町でビストロを経営しながら、タンクちゃんという名前でユーチューバーもやっているという。

見せてもらった彼の動画は、『佐賀平野の小さな水路に巨大魚！』『市営団地横の小さな水路に七色の魚！』『山で掘り返した謎の幼虫を育ててみた』などのタイトルで主に生き物を扱ったものだった。ちなみに、水路の巨大魚というのはルアーで体長九〇センチのライギョを釣り上げた様子を撮ったもので、七色の魚というのはカネヒラというタナゴの仲間が釣れたときの映像、謎の幼虫はその後さなぎとなりヒラタクワガタだと判明し、成虫となって元気に昆虫ゼリーを食べるところまでが編集されていた。

そのタンクちゃんがおでん屋こひなたに来たのは、今日から毎日、おでん定食と白岩タンメンを食べ続けて、高血圧がどれぐらい改善するかを検証して、一か月ごとに測定値をユーチューブで発表しようと思っているからだという。タンクちゃんは結構な高血圧だとのことで、「医者から降圧剤を服用するよう言われたんですけど、薬で治すのは抵抗があって。おでん定食と白岩タンメンを食べるとタマネギ一個分が摂れることになるんで、その食事療法に加えて、ひなた商店街までの片道約五キロをマウンテンバイクで毎日二往復することで、メタボからの脱却を目指そうという企画でして」と話してくれた。

「立派な心がけでござる。拙者の知り合いで、来店するたびに血圧を測っている御仁がいるが、確実に血圧が下がっていて喜んでおった。タンクちゃんどのも日々励んでおれば、必ずやよき結果となるはず」

「今まで、栄養とか健康のことなんてほとんど考えないで生きてきたんですけど、ひなた三十郎さんとか、白岩亭の大将とかの動画を見て、自分にも変革が必要なんだって気づかせてもらったんです。本当にありがとうございます」

「それは恐縮至極。拙者にとってはこれから常連客になってくださるお方。こちらこそ感謝感激でござる」

カウンター越しに右手を差し出されて貴仁が握手に応じると、店内にいた他のお客さんたちが「いいぞっ」などと声を出して拍手してくれた。タンクちゃんが立ち上がって「これからよろしくお願いします」と後ろを向いて他の客たちに頭を下げると、「頑張って」「応援するよ」などの声がかかった。

タンクちゃんは店を後にするとき、「温かい店には温かいお客さんたちが集まるんですね。いやいや、そういうところも勉強になりました」と言ってくれた。

ランチタイムと片づけが終わって仕事が一段落したところで、猪狩文具店に向かったが、その途中で作務衣の下に鎖帷子Tシャツが見えている今池洋品店のおばちゃんから「Tシャツ、正然さんからもろた？　どやった？」と声がかかった。

「拙者をTシャツにしてもらって恐縮でござるが、売れるかどうか責任は持てんぞ」

「新しくできたそこの」と今池のおばちゃんがあごをしゃくった。「プリントサービスの店で、無地のTシャツにプリントしただけたい。売れたらまた作るっていうのを繰り返すだけやけん、何のリスクもなか」

「左様であったか。拙者の顔隠しバージョンの写真を選んだのは、肖像権に対する配慮というやつじゃな」

「違う、違う」今池のおばちゃんは笑って片手を振った。「顔が出とったら売れんと思っただけたいね。あんたの顔はほら、何ていうか」

「地味」

「傷つかんような別の表現を考えとったのに、自分から言うかね」

今池のおばちゃんは手を叩いてけらけら笑った。

そのとき、背後から「楽しそうに話しとるね」と声がかかり、振り返ると平田のおばさんが近づいて来るところだった。こちらも示し合わせたように鎖帷子Tシャツに作務衣。外国人観光客が喜ぶだろう。

「これは平田本舗どの。手裏剣せんべいや撒きびしあられがよく売れておるそうで、何よりじゃな」

「お陰さんで」と平田のおばさんは笑ってうなずいた。「来店した外国のお客さんたちめいめいがネットで広めてくれて、最近始めた通販も順調たい。福岡の広告代理店で働いてる甥っ子が――」

「その甥っ子どのなら、先日こひなたに来てくれおったぞ」

「ああ、らしいね」平田のおばさんはうれしそうにうなずき、「あのコの提案で今度は、手裏剣ぼうろ、手裏剣せんべい、撒きびしあられ、巻物ふう糸切りようかんの贈答用セットをお歳暮向けに販売しようってことになったんよ。しかも、広告代理店を辞めて平田本舗専従で働こうかって言い出しとるんよ」

「それは頼もしい話じゃな」

「まあねー」平田のおばさんはまんざらでもない表情で両手を腰に当てた。「でも、おかしなもんやね。あのコが就職活動をしとったときに、冗談半分で平田本舗でよかったら継いでよかよって言うたときには、鼻で笑とったのに、今は本気みたいやけんね」

「おでん屋こひなたでも、平田本舗どのに倣って、手裏剣天を出させてもらっておる。あらためて礼を申す」

「やめて、やめて」平田のおばさんは叩く仕草をした。「もともと、あんたが忍者の格好をするようになって注目されるようになったけん、思いついた商品なんやけ」

するとと話を聞いていた今池のおばちゃんが「商店街は持ちつ持たれつたいね。誰かがいいアイデア出したら乗っからしてもろうて、それがまた新しいアイデアにつながる。お互いのお陰ってことでよかとよ」と言い、平田のおばさんも「ほんと、そうたいね」と何度もうなずいていた。

猪狩文具店に行くと、商品棚の整理をしていた菜実が「あ、いらっしゃい」と変な笑い方をした。人相占いのサクラ客が来たぞ、と言いたげな表情だった。

にゃんこ師匠は相変わらず、棚の上に寝そべった状態で貴仁を見下ろしていて、「師匠、ご機嫌いかがでやんすか」と声をかけると、ぷいとそっぽを向かれた。

貴仁が「相変わらず愛想のないお方じゃ」とぼやくと、菜実は「にゃんこ師匠、これでも頑張って人間とつき合ってくれてんねんよ」と言った。「保護したときは背中を怪我して血が固まってたし、ひげも切られてたさかい、結構ひどい目に遭うてはったんやと思う。背中の怪我はネコ同士のケンカかもしれへんけど、ひげは絶対に悪い人間の仕業（しわざ）や」

「左様であったか。ならば、触らせていただけるだけでも、師匠の心の広さをありがたくかみしめるべきじゃな」

　菜実が片手を出したので、理由がよく判らないまま握手に応じようとすると、「ちゃう、ちゃう」と笑われた。「人相占いのお代どす。おばあちゃんに渡して呼んで来ますよって」

　代金を持って菜実が奥に消え、ほどなくして一緒に出て来た猪狩のばあさんは「どういう風の吹き回しかね。あんたがあらためて人相を見てもらいたいなんて」と言った。

「以前、ばあさまからは、拙者の顔は、人を上手く動かして利益を手にする者の顔ではない、むしろ他人に利用される側の顔じゃと指摘をされたが、それは実に的を射ておったと感服致した。実際、拙者を面白がって、乗っかったり利用したりした御仁たちのお陰で、ひなた商店街は賑わっておる」

「なかなか謙虚な態度やな」とばあさんはかすかに笑った。

「ついては、さらに詳しく人相を鑑定していただき、今後の指針としたい。お願い致す」

　貴仁が軽く頭を下げると、ばあさんが「立ったままでええよな。普通のお客さんやったら椅子に座ってもらうところやけど」と言ったので、「構わぬ」と応じた。

　ばあさんはじっと貴仁の顔を見始めると、菜実が横から「三十郎さん、頑張って」

と声をかけてきた。じっとしているだけなので、言われても頑張りようがない。

「うむ。じっくり見ても同じやな」とばあさんは口を開いた。「前にも言うたとおり、人を上手く動かして利益を手にするタイプの顔ではなく、むしろ利用されるタイプの顔たい。そやが、それは悪い方に取る必要はない。周りの人を楽しませたり、やる気にさせたりできるのが、あんたみたいな人たい。結果として、みんなの役に立っとるんやから、自分の顔に自信を持ちんさい」

菜実が貴仁を差し置いて勝手に「商売運とか金運的なものはどんな感じ？」と尋ねた。

「欲を出したら失敗するけん、気をつけた方がよか。他人に利用されることで値打ちを発揮できる人間やけん、自分のそういう役割を心得て謙虚さを失わんこと。そうすれば、生活に困るようなことにはならんけん、心配はいらんよ」ばあさんはそう言ってから、「ま、カネ持ちになる器やないことは確かよ」と笑った。

貴仁は「健康運なんかはどうじゃろうか」と聞いてみた。

「今のところ、よくもなく悪くもなくじゃな。もともと、ぎらついたところもないし、やる気をみなぎらせるタイプでもなかけん、急に電池が切れるようなこともないじゃろ。あんた、身体はそこそこ鍛えとるんやろ」

「一応は」

「そうやって毎日ちょっとずつ身体に充電しとる限り、問題なか」

人相から導き出されたというより、見た目の印象や、トレーニングをしているという情報から導き出された答えではないかと思ったが、余計なことを言うとばあさんが機嫌を悪くするので「それは安堵致した」とうなずいておいた。

間ができたので、そろそろ終わりかなと思ったところで菜実が「恋愛運とか結婚運とかも聞いとかな」と余計な口添えをした。

お主が仕切るな、という言葉を飲み込んで、代わりに「あまりそちらの運はないことぐらい、今の状況を見れば明らかじゃろう」と応じた。

するとばあさんは「人は誰しも同等に運はあるもんたい」と真剣な眼差しを向けてきた。「その運を手に入れるか、見過ごすかはその人次第。あんた、そちらの運はないと思うとるようやな」

「……佐賀に帰るちょい前に、一人のおなごから別れを告げられておる。運があれば、そのようなことにはならぬ」

「あんたはその体験でいろいろと学んだことがあるやろう。こうしておけばよかった、相性をよく見極めるべきやった、女性はこういう言葉を嫌い、こういう言葉を喜ぶ」

「それは確かにそうじゃな」

「それじゃ」ばあさんはうなずいた。「あんたは女にフラれて、ついてない、不運やち決めつけとるが、それは新しい出会いの機会を得たということでもあるやろ」

「……うむ」

「過去の反省点は、次なる出会いがあったときに生かせばよかたい。今は、意中の女性というのはおらんのかね」

一瞬、以前おでん屋こひなたに来店した、きりっとした顔つきの女性を思い浮かべた。あれは十月下旬頃だった。彼女は、商店街が活気づいてきたことについてしきりに感心してくれて、ひなた三十郎さんはその仕掛け人ですね、かっこいいとほめてくれた。そこへ正然がやって来たせいで、それ以上の話はできなくなってしまったが、佐賀にはときどき出張で来ると言っていたから、もしかするとまた会えるかもしれない……。

「おるようやな」とばあさんが口の片側を持ち上げた。「今、誰かを思い浮かべとったやろう」

「いや、おらぬ」貴仁はあわてて頭を横に振った。「ばあさまの邪推じゃ」

「ほう、そうかね」

「そうじゃ。人相占いはこれで終わりじゃな」

「大事なことがまだ終わっとらん。南の方角から声をかけてくる女性、そして目に力がある女性と良縁あり。もしそういう女性が現れたなら、出会いを大切にした方がええ」

南の方角……。

おでん屋こひなたのカウンターの内側は、北側になるから、客席はすべて南側ではある。そして、あの女性は確かに目力があるタイプだった。

貴仁は、動揺を隠しつつ、「どういう根拠じゃ」と尋ねた。

「忍者や武士は、太陽を背にして戦うもんたい。まぶしくない場所を確保した方が有利やけんな」

「ああ。宮本武蔵先生の『五輪書』にも書いてあることじゃ」

「南側から声をかけてきた女性は無意識に忍者や武士の心得があるということやけん、あんたとは相性がよか」

「それは、少々こじつけが過ぎぬか」

「ただのこじつけやと思うか、そうかもしれぬと捉えるかは、あんた次第たい」ばあさんは諭すように言った。「あと、目の力やけど、あんたは持っとらんもんな」

「悪かったな」

「目に力がある女性は、あんたが持ってない部分を補ってくれる象徴たい。似た性格の者同士が似ているが故に上手くいかんことがある一方で、真逆ともいえる性格の者同士の方が案外上手くいったりするもの」

それは、そうかもしれない……。

「おばあちゃんの人相占い、みくびってたらあかんよ」とそれまで黙っていた菜実が口をはさんだ。「テレビで白岩亭にウォンバットエリカさんが食レポに来たのを見て、この二人の人相は相性がええから、くっつきそうやねって的中させたんやから」

こわっ。貴仁は「左様か。それはすごいことじゃな」と答えながら、ぞくっと背筋に冷たいものが走るのを感じた。

15

おでん屋こひなたに戻って夕方からの仕込みをしていると、菜実から〔三十分ほど時間作れまっか？　新しい動画撮りたいねんけど。〕というＬＩＮＥ連絡があったので、〔どういう動画じゃ。〕と問うと、〔児童公園の木の上に何かいるぞって感じから始まって、ひなた三十郎さんが樹木と一体になる訓練をしてはった、みたいな。〕とのことだったので、〔承知した。〕と返した。ユーチューブ動画はコンスタントに新作動画を上げることがファンを増やすことにつながると菜実から何度か聞かされている。

この日は風は吹いていないものの、肌寒さを感じる気温のせいか、児童公園には人影がなかった。公園の外周に生えている木はイチョウが多く、ちょうど落葉の時期で、黄色い葉がたくさん落ちて積もっていた。そんな中、遊具の近くにある大きなクスノキだけは常緑樹のため、この時期でも葉がぎっしりと枝についている。

「この木やけど、登れる？」と菜実が見上げながら聞いた。

「拙者にとっては朝飯前じゃ。というか、既に何度も登っておる」

「えっ、まじ？」

「身軽さを維持するための鍛錬に使っておる。スポーツクライミングのようなものじゃ」

「あー、スポーツクライミングか。なるほど」

「これを使わせてもらうぞ」

貴仁は懐から、手のひら側がウレタン素材でできている黒い作業用手袋を取り出した。

「それって、滑りにくい手袋なん？」

「左様。百均で手に入れた。懸垂などぶら下がっての鍛錬（たんれん）にも重宝しておる」

菜実がスマホを向けて、「まずは、登るところも撮らせてもらいます」と言ったので、貴仁は「承知した」と答え、クスノキに近づき、ひょいと枝に跳びついて懸垂をし、片足を幹の出っ張ったところにかけて一気に枝の上に乗った。菜実が下から「わあ、すごい。あ、しゃべったらあかんかった」と言った。

クスノキは、比較的低い位置から太い枝が伸びていて、樹皮も滑りにくいので木登り向きの樹木である。貴仁はいつもの手順でさらに上へとすばやく登り、すぐに建物の二階の高さに達した。

横向きに突き出ている枝に腰かけて目を閉じた。自分はクスノキの一部だと念じて、気配を消してゆく。

しばらくして、下から菜実が「あれえ、この木に何かいるような気がすんねんけど」と始めた。「鳥でもおるんかなあ……気のせいかなあ……いや、やっぱり何かいるような」

貴仁は目を開いて、近くにある枝を軽く揺すった。葉がこすれる音がし、何枚かの葉が落ちていった。

「あ、やっぱり何かおる。もしかして、お猿さんとか？」

貴仁が「猿ではない。人じゃ」と言うと、菜実が「ひええーっ」と後ずさった。

貴仁は笑いをこらえながらするするとクスノキから下りて、最初に跳びついた枝からひょいと飛んで着地した。

「ひゃあっ」と逃げかけた菜実が「あ、何や、ひなた三十郎さんやんか」と言い、近づきながら「こんなところで何をしてたんです？」とスマホを向けた。

「忍びの鍛錬と休憩を兼ねて、木の上で休んでおったところじゃ」

「ああ、そやったんですか。びっくりしたー、お猿さんがおるんかと思った」

「特に用がないのなら、また上がらせてもらうぞ」

「木の上なんかでリラックスできるんですか？　落ちたら危ないんと違います？」

「座り心地のいい場所があるので心配無用じゃ。それに、幹に耳を当てると、かすかに木の脈が聞こえてきて、やがて心の声も聞こえてくる。この木はここで何十年にもわたって、周囲の人々の営みに立ち会ってきたと言うておる」

「そう言えば、樹木からはフィトンチッドっていう成分が出てるんでしたっけ？」

「知らぬ」

「自律神経を安定させる効果とか、リラックス効果とか」

「聞き慣れぬ用語ばかり使われても拙者は返答しかねる。西洋の学者がそう言っておるのか？」

「まあ、そうですね」

「ならばその西洋の学者どのも、幼き頃より木登りに親しんで対話を繰り返す中で、心が安らかになることに気づいたのであろう」

「そういえば昔の子どもは木登り遊びとか、よくやってたんですよね」

「拙者の時代は遊ぶものが少なかったからのう。どういう手順ならば安全に登り下りができるか、知恵と胆力を養うにはもってこいの遊びであった。最近はスポーツクライミングとかいう壁登りが流行っておるが、現代人は木登りを見直すべきじゃな。さて、話はそろそろ終わりにして、もう少し上で休ませてもらいたいのでこれで失礼する」

貴仁は再び枝に跳びついて、するすると登った。

しばらく待機していると、下から「はい、オッケー」と声がかかった。「木登りは知恵と胆力を養う。ええやないですか。ナイスアドリブ」

下りて着地した貴仁は、ふと思いついたことを口にしてみた。

「菜実どの、お主も、ちと登ってみんか？」

「えーっ、無理無理無理無理」と菜実は激しく片手を振った。「私、そんなん絶対できひん」

「拙者が手伝ってやるから心配するな。登れるところまででよいから、挑戦してみよ」

「怖いってー」

菜実はそう言いながらも、貴仁が差し出した作業用手袋を受け取り、スマホをジャージのポケットにしまって手袋をはめた。

「まずはその枝に跳びつくのじゃ」

「届くかなあ」

「拙者が補助してやろう」

やってみようという気にはなったようで、菜実は両手を伸ばして跳ぶ姿勢に入った。

貴仁はすかさず、かがんで跳び上がった菜実の両ふくらはぎを抱えて立ち上がる。

枝に捕まった菜実は「きゃー、この後、どうしたらええの？」と言うので、「手を放すなよ」と声をかけながら、菜実の両足の裏をつかんで押し上げた。

やや不格好な感じではあったが、菜実は枝の上に乗ることができた。彼女はそこからクスノキを見上げて、「わあ、何か、登って来いって言われてるみたい」とつぶやいた。

「そこから先は、手がかり足がかりを見つけながら三点確保を守って登ればよい。この木はしっかりした枝がたくさんついておるから登りやすい」

「三点確保って？」

「両手両足の四点のうち、常に三点をしっかり接着させておけば安全ということじゃ。両手で枝をつかんでいるときは片方の足をしっかりつけた上で、もう片方の足を次なる足場に移動させる。両足がついているときは、片方の手で枝をしっかり握って、もう片方の手で次なる枝を探す。スポーツクライミングと要領は同じじゃ」

一応は理解できたようで、菜実はゆっくりと少しずつ、上へと登り始めた。

貴仁も枝に跳びついて、菜実に続いた。

「菜実どの、登るのはよいが、後で下りることを忘れるでないぞ」

そう言われてようやく下を見たようで、菜実は「わっ、怖っ」と声をうわずらせた。

結局、途中の座りやすい場所を貴仁が探してやり、幹をはさむ形で並んで休憩することになった。

「ここからやと、枝と葉っぱに隠れて、外からは気づかれへんよね」菜実は左右を見回しながら言った。「でもこっちからはしっかり見えてる。まさに忍者の隠れ場所やん」

菜実はできっこないと思ったことができたせいか、ちょっと興奮しているようだった。

背後にはイチョウの木が並んでいて、正面は児童公園のグラウンド。右手は民家が集まっている区域で、左手は水路があり、その向こうは空き地。近いうちにこの空き地にはコーポが建つらしいことが、設置看板に記されている。

空が妙に暗くなってきた。いつの間にか、分厚くてどす黒い雨雲が上空に広がっている。降り出す前に引き揚げた方がよさそうだった。

「三十郎さん、おばあちゃんの人相占いのとき、誰か特定の女性を頭に浮かべたやろ」

「急に何を申すか」

「あのとき、ちょっとだけ天井に目が泳いでたで。でも、おばあちゃんには、そんな人はいないって答えたのは、好意は持ってるけど、まだ親しい間柄ではないってことやろ」

勘の鋭いおなごじゃ。

「お主が知る必要のないことじゃ」

「赤の他人やからこそ、しゃべりやすいんと違う？　それに三十郎さんって、恋愛には奥手なんやろ。絶対にぐいぐい行ったりでけへんやろ」

余計なお世話じゃ、と言い返すよりも早く、菜実は「もしかしたら力になれるかもしれへんやん。秘密は守るさかい、しゃべって楽になり」と続けた。

この調子だと、教えるまでしつこくつつかれ続ける気がした。

ま、別にいいか。

「十月の下旬に、おでん屋こひなたに一人でやってきた御仁がおったのじゃが、そのお方は、ネットを通じて拙者のことを知ってくれていて、以前来たときと違って商店街が賑わっていることに驚いておられた。出張でときどき佐賀に来るとのことじゃった」

「その女の人が、おばあちゃんが言ったように、目に力があるタイプやったわけ？」

「左様。きりっとした顔つきのお人じゃった。拙者を、商店街を活気づけた功労者のようにほめてくれたので、悪い気はせんかったな」

「それからどんな話をしたん？」

「それからどんな話をしようかと思ったところで正然どのがやって来たせいで、何となく会話が途絶えてしまった」

「あのおっちゃん、足を引っ張ってくれるなあ」

「そう言うな。拙者の先輩で、商店街を盛り上げる手伝いをしてくれたお方じゃ」

「で、そのときにその人のことを、ちょっとええなあと思った、と」

「まあ、そういうことじゃ」

「三十郎さんと同じぐらいの年？」

「おそらく」

「そしたら、独身かどうかも判らへんの？」

「判らぬ。ただ、またそのうちに来店してくれそうな気はしておるので、その機会にもう少し話ができればと思っておる」

「えらい悠長（ゆうちょう）な話やなあ。行くときはがつがつ行かんと、チャンス逃すで」

「拙者には拙者のやり方がある。放っておけ」

少し間ができてから、菜実が「話は変わるけど」と言った。「近いうちに、洗場みやびちゃんと一緒に呼子(よぶこ)にでもドライブしよかって言うてんねん。ほら、呼子には水族館もあるし。みやびちゃん、水族館大好きやねんて」

「車はあるのか？　レンタカーか？」

「みやびちゃん最近、中古の安いワンボックスカーを買うてん」

「おなごがなぜそのような車を」

「落研に声がかかったらみんなで行けるようにやて」

「仲間思いの御仁じゃな」

「車の運転が好きやねんて。あと、落研で行くときはガソリン代、みんなで割り勘にしてもらうって」

「そういうところはしっかりしておるな。呼子と言えば、イカの活け造りじゃな」

「三十郎さんは食べたことある？」

「いや、ない。普通のイカの刺身と違って、さばいてすぐなのでまだ身が半透明で、こりこりした食感で、独特の甘みがあると聞いておる。げその部分は皿の上でまだ動いておって、口に入れると吸盤が舌にひっついてくるらしいな」

「食べてみたいなあ」

「でも私ら貧乏学生やさかい、ちょっと手ぇ出えへんわ。親に仕送りしてもらってる身で、イカの活け造りなんか食べてたらバチが当たる」

「それぐらいのカネなら拙者が出してやろう。お主にはいろいろ世話になったので、その礼じゃ」

「いやいや、そんなん、悪いし」

「遠慮するな。それぐらいのこと」

「いや、三十郎さんも食べたことないのに、おカネだけもらうやなんて」

「遠慮するな」

「そしたら、三十郎さんも一緒に行こ」

「お嬢二人におやじ一匹は変であろう。友人同士で楽しんで来い」

「ちょっと話変わるけど、三十郎さんが好感を持った女の人って、もしかして短めの茶髪の人？」

「あ？」

菜実はスマホを操作して、幹越しに「この人？」と画面を見せてきた。

あの女性が、にゃんこ師匠を抱いて笑っている。貴仁は「うっ、まさに……」とうめくしかなかった。

「うむ。同感じゃ」

「やっぱりかー」と菜実は幹越しに笑顔を覗かせた。「その人やったら、猪狩文具店にも来てくれてたんや。ネコが大好きで、にゃんこ師匠に一目惚れしたんやて。で、にゃんこ師匠が保護ネコで、最初は背中に怪我をしててひげも切られてたって知って、こんなにかわいいコがかわいそうにって涙ぐんでくれて。で、後でネコ用トイレを送ってくれたんよ。にゃんこ師匠が、古いたらいに新聞紙を敷いたのをトイレにしてるって聞いて、よかったらこれを使ってくださいって。トイレの中にはヒノキのチップが敷き詰められてて、いい匂いがすんねん。メルカリで安いのを見つけたからって言うてはったけど、私らが気を遣わんようにそう言うてただけで、多分新品やと思う」

「世の中は、狭い……」

「理学療法士さんやねんて。主に手を動かすリハビリを担当してる、みたいなこと言うてはったよ」

「へ？　理学療法士」記憶にあるワードだった。

「それから、独身やで、あの人」

「まことか？」

「うん。間違いない。若いときはヤンキーギャルやってて、二十歳でヤンキーと結婚したけどすぐに別れて、それからはパート仕事やりながら一念発起して、おカネ貯めて専門学校に行って、理学療法士にならはってん」

聞いている途中で、点と点がつながって線になった。

「お主……謀（はか）りおったな」

「えっ？」

「その御仁は、お主の母上であろう。スマホであらためて顔を拝んで判った。お主と輪郭や口もとの感じが似ておるではないか」

菜実は「おお、鋭い」と言ってから、けたけた笑った。「気づくの、意外と早かったなあ。感心、感心」

「では、猪狩のばあさまの人相占いも、仕込みか」

「でも人相的にほんまに相性はいいって、おばあちゃん言うてたよ」

なーにが、南の方角から声をかけてきた女性と良縁ありだ。あのときに気づくべきだったのにそれができなかったのは、ばあさんが真剣な態度だったからだ。

あのばあさんも、たいした役者だ。

「私のお母ちゃん、私を育てるために人生を犠牲にして必死で勉強して資格取って、働きづめやってん」と菜実は少ししんみりした口調になった。「そやさかい私、お母ちゃんにもっと人生を楽しんでもらいたくて、遠くに進学することにしてん」

「それは、ばあさまからも聞いた」

「父親のことも？」

「ああ」

「そっか」菜実は少し間を取ってから「子どもの頃は私」と続けた。「父親は甲賀忍者で、秘密の仕事をしていて家に帰らへんのやと思っててん」

「うむ」

「中学生のときに、ほんまはどうなんかが気になってたんで、思い切ってお母ちゃんに聞いてみたら、事故の記事が載った新聞の切り抜き見せられて。お母ちゃん、他人を巻き込まんで単独事故で死んだのはよかったって言うてた。父親失格の典型的な男やったみたいで、おなかに私ができてすぐにバックレて、お母ちゃんもあいつはどうせあかんと判断して捜さへんかったんやて。そしたら何年か経って、その事故の報道や」

「お主は、会ったこともないわけじゃな」

「別に会いたなかったよ、事情を知りたかっただけで。その頃はお母ちゃんの実家に住まわせてもろてて、おじいちゃんとおばあちゃんもかわいがってくれてたさかい、寂しくもなかったし。二人とも、私が高校生の間に立て続けに病気で亡くなってしもたんやけど、父親がおれへんことより、その方がよっぽど寂しかったわ」

「そのばあさまというのが、猪狩のばあさまの妹さんじゃな」

菜実は「そう」と答えてから、「ほんまはもっと聞きたいことあるくせに」と意地の悪そうな笑顔を幹越しに見せた。「お母ちゃん、三十郎さんのこと、めっちゃ気に入ってるみたいやで」

「まことか？」

「まっこと、まっこと、まことちゃんや。そやかて、つき合ってる人がいるかどうか、私に探ってくれって頼んできたぐらいなんやから」

よみがえったのは、元カノの小塚美々が現れてしばらく立ち話をした後、それを見ていた菜実から詰められたときのことだった。あれは、そういうことだったのか……。

次に口にする言葉が見つけられないでいると、菜実が「そしたら、四人で呼子にドライブ。決まりってことで」と言った。

「ああ……そうじゃな。菜実どの、そのとき拙者は、ひなた三十郎でなければならんのか？」

「あ、忍者の格好で呼子にドライブっていうのは、さすがに悪目立ちしすぎかぁ」

「そう、そう」

「一緒にいる私らも、じろじろ見られそうやし」

「そのとおり」

「じゃあ、明治時代になって、洋服を着るようになったひなた三十郎っていうテイでいきましょ。そやったら、明治時代にあったようなレトロな洋服を探さな」

「何もそこまでせずとも……」

「何を言うてんのん。ひなた三十郎、洋服を着てみた。ひなた三十郎、動く鉄のカゴに乗ってみた。ひなた三十郎、水族館へ。いろんな新作動画を撮るチャンスやないの」

「うう……」貴仁は心の中で、怖ろしいおなごじゃとつぶやいた。

「あと、合コン、行かんときや」

「は？」

「正然さんから誘われてんの、知ってんで。私ちゃんと聞き耳立ててたんやさかい」

「ああ……判った、行かぬ」

「約束やで」

「ああ。で、その、母上が拙者を気に入ってくれているのは、偽りではないのじゃな」

「くどい。娘の私が言うてんのやから信用し。今は大津市内の病院に勤めてるけど、佐賀県内の病院で働いてもええかなって言うてるぐらいやねんから。もしかして三十郎さん、私を娘に迎えるのが嫌なんか？」

「いや、そんなことはない」

「うれしい？」

「……まあ、うむ」

「煮え切らん言い方やなあ。でもまあよろし」菜実はスマホをポケットにしまい、「空も暗なってきたことやし、そろそろ帰ろう」と腰を浮かせた。

菜実に「次は左足をちょっと下にある枝に移して」などと細かく指示を出してやり、最後は貴仁が先に飛び下りて、最後に枝からぶら下がった菜実の両足を抱えて着地させた。抱えるときに、菜実の尻の側面が顔に当たってしまった。

見上げると、空はますます暗くなっていて、遠くでゴロゴロと雷鳴が聞こえた。

「降りそうじゃ。急ごう」と貴仁が言ったが返事がないので見回すと、菜実はなぜかコンクリートベンチの上に立っていた。やや不自然に両足を開いていて、両手は横にあったが、だらんと下がる感じではなく、肩に力が入っているようだった。

「ひなた三十郎、近う寄れ」と菜実は力のこもった低い声で言った。

やれやれ。今度はどういうごっこ遊びなのか。

「失礼ですが、どちらの……」

「小娘の身体をほんのいっとき借りておる。誰か判らぬか」

「失礼致しました」貴仁はベンチに立っている菜実の前に片ひざをついて頭を垂れた。

「親方様、お久しゅうございます」

「方々に手を回して、ほんのひととき、お前に会いに来ることがかなった。なぜはるばる時を超えてやって来たか、判るか」

正直いうと判らなかったが、貴仁は「はっ」と下を向いたままうなずいた。

「ひなた三十郎。このたびの、民を笑顔にする働き、まことに大儀であった」

「ははっ」

心の中で十以上数えたが、無言の間が続いた。

そしてようやく、「三十郎さん、何してんの？　おなかでも痛いん？」と菜実の声がした。顔を上げると、菜実はいつの間にかベンチから下りていた。

菜実は何があったのか全く判らない、という設定らしい。

あるいは本当に？

いや、ないない。

「どこも痛くはない」貴仁は立ち上がり、右ひざについた土を払った。「空模様が怪しいゆえ、早く戻るとしよう」

歩きながら菜実が、呼子の水族館とイカの活け造りが楽しみだとか、南郷タケル主演の『敗者の一分』は舞台あいさつがある福岡にみんなで観に行こう、などと能天気に話した。

空から冷たい雨がぽつぽつと落ちてきた。再び見上げると、さらに黒い雲は厚さを増していた。

「これはまずい。急ぐぞ」

貴仁が走り始めると、菜実が「あっ、一人で行くとか、最低っ」と追いかけてきた。

また空がゴロゴロと鳴った。今度はさっきより大きい音で、菜実が「わっ、怖いっ」と貴仁の左腕にしがみついてきた。「私、カミナリ、大嫌いやねん」

そのせいで、走るスピードが大幅に落ちた。頭が雨にぬれ始めた。

娘になってくれるコと腕を組んで、つかの間の散歩じゃ。

貴仁は空を見上げて、心の中でつぶやいた。

カミナリどの、お主、なかなか粋なことを。

本作は書き下ろしです。
本作はフィクションです。実在の人物、団体、企業、学校
等とは一切関係ありません。

山本 甲士（やまもと・こうし）

1963年生まれ。主な著書に、ロングセラーとなっている『ひかりの魔女』シリーズや『迷犬マジック』シリーズ、冴えない中年男が逆転劇を見せる『ひなた弁当』『ひなたストア』『民宿ひなた屋』の他、『俺は駄目じゃない』『そうだ小説を書こう』『かみがかり』『ひろいもの』『迷わず働け』『運命のひと』『戻る男』『めぐるの選択』など多数。

ひなた商店街

潮文庫　や－4

2024年　3月5日　初版発行
2024年　4月20日　5刷発行

著　　者　山本甲士
発 行 者　南　晋三
発 行 所　株式会社潮出版社
〒102-8110
東京都千代田区一番町6　一番町SQUARE
電　　話　03-3230-0781（編集）
03-3230-0741（営業）
振替口座　00150-5-61090
印刷・製本　精文堂印刷株式会社
デザイン　多田和博

ISBN978-4-267-02420-7 C0193